BOSTON
Massachusetts
5

Liebesroman

Chaotische Küsse

Poppy J. Anderson

Band 3

1. Auflage Juni 2015

Covergestaltung: Catrin Sommer rausch-gold.com

Unter Verwendung von © Minerva Studio – fotolia.com

Korrektorat: SW Korrekturen e.U

www.poppyjanderson.de

poppyj.anderson@googlemail.com

Besuchen Sie mich auf Facebook:

www.facebook.com/pages/Poppy-J-Anderson

Für all die Kayleighs da draußen!

Seid wild, frech, chaotisch, originell und einfach ihr selbst.

Inhalt

Als einziges Mädchen in einer Familie mit vier Brüdern hat Kayleigh Fitzpatrick schon sehr früh gelernt, wie man sich durchsetzen muss, um nicht unterzugehen oder an den Marterpfahl im Garten gebunden zu werden.

Als Ärztin in einer chaotischen Notaufnahme steht sie täglich ihren Mann und weiß sich zu helfen, wenn randalierende Patienten durchdrehen und auf hilflose Krankenschwestern losgehen.

Als ledige Tochter einer katholischen Mutter muss sie sich jedoch öfter, als ihr lieb ist, anhören, dass es an der Zeit sei, sich endlich auf die Suche nach einem Mann zu machen und Babys in die Welt zu setzen.Da Kaleigh jedoch die Erfahrung gemacht hat, dass die meisten Männer von ihrer zupackenden und burschikosen Art sowie von ihrem hitzköpfigen Temperament eher abgeschreckt sind, legt sie keinen Wert darauf, sich für irgendeinen Mann zu ändern, schließlich mag sie sich so, wie sie ist.

Das Einzige, was ihr zu ihrem Glück fehlt, ist ein Date für die Hochzeit ihres Bruders, schließlich hat sie großkotzig vor ihren Brüdern damit geprahlt, dass es kein Problem für sie sei, eine Verabredung für diesen besonderen Anlass zu finden.Leider geht ihr Plan nicht auf und sie sieht sich schon dem Spott ihrer gnadenlosen Brüder ausgesetzt, als sie plötzlich Schützenhilfe von einer Seite bekommt, mit der sie wirklich niemals gerechnet hätte.

1. Kapitel

„Kayleigh? Ich ... ich bräuchte deine Hilfe!"

Kayleigh Fitzpatrick verdrehte die Augen, biss ein letztes Mal von ihrem Apfel ab und warf den Rest in den Abfalleimer neben der Anmeldung der Notaufnahme, bevor sie sich mampfend auf den Weg in Behandlungsraum Nummer zwei machte, aus dem lautes Geschrei drang. Den dumpfen Geräuschen und dem nervösen Gekreische nach zu schließen, vermutete Kayleigh, dass der Medizinstudent Gary Probleme bei der Wundversorgung des betrunkenen Obdachlosen hatte, der mit einer Platzwunde an der Stirn und einer halb leeren Wodkaflasche im Arm eingeliefert worden war.

Für einen Samstagabend war es erstaunlich ruhig, wenn man bedachte, dass es Anfang Mai war und die Spinner der Stadt langsam aus ihrem Winterschlaf erwachten. Es gab Patienten wie den obdachlosen Murphy, die das ganze Jahr über in schöner Regelmäßigkeit in der Notaufnahme vorstellig wurden. Alkoholexzesse, Barprügeleien und Unfälle hatten Tag für Tag, Woche für Woche und Monat für Monat Konjunktur. Dann jedoch gab es Fälle, die zu einer ganz bestimmten Jahreszeit in der Notaufnahme eintrudelten.

Im Frühling waren dies Motorradfahrer, die sich nach der Winterpause verschätzten und mit ihren Zweirädern Unfälle bauten.

Im Sommer quollen ihre Behandlungsräume von Teenagern über, die während ihrer Schulbälle in viel zu hohen Schuhen umknickten oder dank einer Alkoholvergiftung ihre Smokings und Ballkleider vollkotzten.

Zu Halloween schienen alle Verrückten Ausgang zu haben und in Hexenkostümen oder als verkleidete Dominas die Stadt unsicher zu machen, während an Thanksgiving gezeigt wurde, dass Männer mit Tranchiermessern furchtbar ungeschickt waren. Im letzten Jahr hatte Kayleigh gleich fünf Patienten gehabt, die nicht die liebevoll zubereiteten Truthähne tranchiert, sondern sich selbst einen oder gleich mehrere Finger abgesäbelt hatten. Feiertage waren eh eine heikle Angelegenheit. Zu Weihnachten war es besonders schlimm, da Familienväter beim Anbringen der Weihnachtsdekoration vom Dach fielen oder als verkleidete und leicht angetrunkene Santas auf den eisigen Gehwegen ihrer Häuser ausrutschten. Dann kamen Familienzwistigkeiten dazu, die manchmal sogar so weit gingen, dass kreischende Großonkel aus den Krankenwagen gehoben wurden, weil ihnen eine Gabel im Auge steckte.

Eines war ganz klar: Für den Dienst in der Notaufnahme musste man stahlharte Nerven haben. Besonders dann, wenn man in dem Stadtteil Bostons lebte, der fast ausschließlich aus irischstämmigen Einwohnern bestand. Wie Kayleigh dank ihrer eigenen Familie wusste, neigten Amerikaner mit irischem Blut nämlich dazu, einen über den Durst zu trinken, sehr schnell an die Decke zu gehen und ihre Zwistigkeiten mit den Fäusten auszutragen. Anschließend saßen die Streithähne zwar Arm in Arm an der Theke ihrer Lieblingskneipe, lallten zusammen Lieder und beteuerten, wie sehr sie einander mochten, jedoch war es Kayleigh, die ihre Prellungen und Knochenbrüche behandeln durfte.

„Kayleigh", ertönte Garys schrille Stimme beinahe flehentlich, als Kayleigh gerade den Raum betrat und sah, dass sich Murphy zur Wehr setzte und Gary attackierte, weil dieser ihm die Wodkaflasche aus dem Arm nehmen wollte. Dem hilflosen Medizinstudenten, der einem Welpen gleich von einem Fuß auf den anderen sprang, war anzusehen, dass er keine Ahnung hatte, was er tun sollte, als Murphy ihn wütend anschnaubte und die Zähne bleckte.

Mit einem unterdrückten Lachen verdrehte Kayleigh die Augen und stieß einen lauten Pfiff aus, während sie an den Behandlungstisch trat und Gary beiseite drängte.

„Was ist denn hier los?", wollte sie amüsiert wissen und schüttelte den Kopf, als Murphy den Griff um seine Flasche noch verstärkte. „Hallo, Murphy, altes Haus."

„Dr. Fitzpatrick", lallte Murphy fröhlich und stank dermaßen, dass Kayleigh ohnmächtig geworden wäre, wenn sie diesen Geruch nicht bereits gewöhnt gewesen wäre. Traurig, aber wahr, doch Murphy war nicht der größte Stinker, den sie hier jemals behandelt hatte.

Er deutete auf seine Flasche und schenkte ihr ein zahnloses Grinsen. „Auch nen Schluck?"

Sie schnalzte mit der Zunge und schüttelte den Kopf, während sie nach einem Paar Handschuhe griff. „Heute nicht, aber nett, dass du fragst."

Murphy stieß einen Rülps aus und nickte verächtlich in Richtung Gary, der hinter Kayleigh Posten bezogen hatte. „Mit Ihnen teile ich gerne, Dr. Fitzpatrick, aber nicht mit dem Kleinen dort! Er wollte mir die Flasche wegnehmen!"

„Och", seufzte sie, während sie in die Handschuhe schlüpfte und großzügig übersah, dass Gary, der mehr als einen Kopf größer als sie war, sich ängstlich hinter ihr versteckte. „Das ist unser Medizinstudent, Murphy, und darf vermutlich noch nicht einmal Alkohol trinken. Hatten wir bei deinem letzten Besuch nicht vereinbart, dass du einmal in der Woche zum Duschen herkommst?“

Keinesfalls beschämt oder eingeschüchtert zwinkerte Murphy ihr zu. „Nur wenn Sie mich duschen, Dr. Fitzpatrick.“

„Darauf kannst du lange warten! Außerdem hättest du bei mir nicht viel zu lachen, weil ich dich mit einem Gartenschlauch abspritzen würde“, erwiderte sie belustigt und beugte sich vor, um sich Murphys Wunde anzuschauen. „Wie bist du denn dieses Mal an diese Verletzung gekommen, Murphy?“

Aus glasigen Augen schenkte er ihr einen nachdenklichen Blick. „Keine Ahnung.“

Kayleigh konnte sich sehr gut denken, dass Murphy vermutlich wieder einmal in Streit mit einem anderen Obdachlosen geraten war. Seit sie vor fast vier Jahren in der Notaufnahme zu arbeiten begonnen hatte, kannte sie auch Murphy, der zwar liebenswert, jedoch selten nüchtern anzutreffen war. „Lass mal schauen, Murphy.“

„Bekomme ich ein Schmerzmittel, Dr. Fitzpatrick?“

Innerlich verdrehte sie die Augen, als sie Murphys geradezu euphorische Stimme hörte, erklärte jedoch bedächtig: „Die einzige Spritze, die du von mir bekommst, ist eine Tetanusimpfung, Murphy.“

Ohne auf Murphys Proteste zu achten, wollte sie von Gary wissen: „Wie würdest du bei der Behandlung des Patienten vorgehen, Gary?“

Der Student, der verdächtig nah an sie heranrückte und ihr über die Schulter sah, begann zu stottern: „Äh ... äh ... ich würde die Wunde klammern.“

Kayleigh warf Brenda, der diensthabenden Krankenschwester, über Murphys niedergestreckte Gestalt einen bedeutungsvollen Blick zu und rempelte Gary an, damit er ihr nicht dermaßen eng auf den Leib rückte. Gleichzeitig hakte sie ächzend nach: „Hast du nicht etwas vergessen, Gary?“

„Äh ...“

Brendas verächtliches Schnauben ließ sogar den lallenden Murphy, der damit begonnen hatte, ein Sauflied zu singen, irritiert nach oben sehen.

Da Kayleigh sicher war, dass Gary kurz vor einem Tränenausbruch stand, raunte sie so geduldig wie möglich: „Wundversorgung beinhaltet auch eine Desinfektion, Gary. Zuerst solltest du dir ein Antiseptikum schnappen und die Wunde desinfizieren.“

„Okay“, murmelte der Student betreten. „Soll ich die Stelle betäuben?“

Kayleigh verzog den Mund und verschränkte die Arme vor der Brust, während ihr Blick auf Murphy fiel, der ihr ein zahnloses und zudem betrunkenes Lächeln schenkte. Er hätte in dem Zustand vermutlich nicht einmal bemerkt, wenn man ihm bei vollem Bewusstsein einen Fuß amputiert hätte. Daher erwiderte sie trocken: „Das wird sicherlich nicht nötig sein. Anstatt die Wunde zu klammern, nähst du sie bitte mit einer sauberen Donati-Naht.“ Sie nickte Brenda zu. „Wir brauchen einen fünf-null Faden. Außerdem bekommt Murphy noch eine Tetanusimpfung.“

„Heißt das, dass der Kleine mir eine Spritze in den Arsch geben wird?“ Murphy schien hellauf begeistert zu sein.

Kayleigh nickte und trat beiseite, während sie aus ihren Handschuhen schlüpfte und diese in den dafür vorgesehenen Abfalleimer warf. Mit gespielter Begeisterung fügte sie hinzu: „Es wird sogar noch besser, Murphy! Gary wird dich anschließend zum Duschen begleiten und darauf aufpassen, dass deine Naht nicht nass wird.“

Garys gequältes Seufzen ignorierte sie und gab ihm mit einem scharfen Blick zu verstehen, dass er sich an die Arbeit machen sollte. Während sie anschließend zusah, wie der Medizinstudent unbeholfen Murphy behandelte, der noch immer seine Wodkaflasche im Arm hielt, kam sie nicht umhin, sich zu fragen, ob sie auch jemals dermaßen trottelig gewesen war. Sie war sich ziemlich sicher, dass dies niemals der Fall gewesen war.

Gary konnte froh sein, dass Murphy sein Patient war, da dieser großzügig darüber hinwegsah, dass er vermutlich eine wenig ästhetische Narbe zurückbehalten würde. Brendas Schnaublaute, mit denen sie jeden von Garys Handgriffen kommentierte, zeigten Kayleigh, dass sie nicht die Einzige war, die darüber den Kopf schüttelte, wie dilettantisch der junge Mann arbeitete.

Irgendwie konnte Kayleigh verstehen, dass die gesamte Notaufnahme genervt war, da Gary seit seinem Praktikumsbeginn vor fünf Monaten noch immer nicht in der Lage war, die Krankenblätter alphabetisch einzusortieren, einen Zugang zu legen oder auch nur Fieber zu messen. Meistens stand der junge Mann mit dem Welpenblick und den erröteten Wangen im Weg herum und erschwerte vor allem dem Pflegepersonal das Leben. Wenn er nicht diese niedliche Unbeholfenheit an den Tag gelegt hätte, wären die Krankenschwestern vermutlich längst auf ihn losgegangen und hätten ihn mit einem Infusionsständer bewusstlos geschlagen, doch dank der regelrecht süßen Tollpatschigkeit des blondhaarigen Studenten kniffen sie ihm lieber in die Wangen und tätschelten seinen Kopf. Jedenfalls die meisten. Brenda war eine Ausnahme, immerhin arbeitete sie seit dreißig Jahren in der Notaufnahme und war gegen Welpenblicke und Grübchen immun.

Seufzend gestand Kayleigh, dass Gary tatsächlich wie ein Welpe war. Auch die kleinen Fellknäuel konnte man schwer anschreien, wenn sie mitten ins Wohnzimmer pinkelten oder einen Schuh fraßen. Zwar war Gary bereits stubenrein und hatte in ihrer Gegenwart noch nie an einem Schuh gekaut, dennoch erinnerte er Kayleigh immer an den kleinen Beagle, den sich ihr Nachbar zugelegt hatte, als sie acht Jahre alt gewesen war. Auch Gary konnte man kaum böse sein, wenn er wieder einmal irgendeinen Unsinn anstellte. Leider sahen das der Oberarzt und Garys Ausbilder anders, wie Kayleigh bei der letzten Besprechung erfahren hatte. Ihrer Meinung nach war der junge Student nicht wirklich für das stressige Leben eines Notarztes geeignet. Viel eher sollte er in einer ruhigen Privatpraxis arbeiten und gestürzten Omis den Fuß bandagieren, während diese ihn mit Keksen fütterten.

In einer Notaufnahme musste man ziemlich tough sein, durfte keine Berührungsängste haben und musste zupacken können. Wenn man danach ging, war Kayleigh für das Leben als Notärztin geboren worden, schließlich war sie mit vier Brüdern aufgewachsen und entstammte einer Familie, in der ihr Großvater, ihre Onkel, ihr Vater und ihre Brüder entweder Feuerwehrmänner oder Cops waren. Es gab vermutlich keine härteren Jobs als diese. Sie selbst hatte die Hälfte ihrer Kindheit in der Feuerwache ihres verstorbenen Dads verbracht und war die Einzige in der Notaufnahme, die randalierende

Schläger mit geübten Griffen zur Räson bringen konnte. Dank ihres zweitältesten Bruders Shane kannte sie alle gängigen Methoden, um jemanden dingfest zu machen. Außerdem war sie bereits in der sechsten Klasse für ihren rechten Haken berühmt gewesen und hatte eine größere Klappe als Eddie Murphy. Im Gegensatz zu Gary passte sie in die Notaufnahme wie die Faust aufs Auge.

Das wurde ihr wieder einmal klar, als sie eine halbe Stunde später an der Aufnahme stand und einige Krankenblätter bearbeitete, als sich ein unzufriedener Patient mit ihrer Kollegin Stephanie stritt, weil er eine Krankenbescheinigung verlangte, obwohl er lediglich einen Kratzer an der Hand hatte. Kayleigh sah von ihren Unterlagen auf und runzelte die Stirn, während ihre Kollegin den wutschnaubenden Mann kaum bändigen konnte.

„Hören Sie, Mr. Miller ...“

„Nein, Sie hören zu! Wie soll ich mit dieser Verletzung zur Arbeit gehen?“ Er wedelte mit seiner linken Hand herum, auf der ein winziges Pflaster klebte.

Kayleigh klappte eine Akte zu und ächzte ironisch: „Wenn Sie nicht zu Fuß gehen wollen, können Sie auch den Bus nehmen, guter Mann.“

Einen Moment lang schien der aufgebrachte Patient irritiert zu sein, bevor er demonstrativ auf seine Hand deutete. „Die Wunde könnte sich infizieren und ich könnte meine Hand verlieren!“

„Ja, ja“, schnaubte Kayleigh sarkastisch. „Außerdem erblindet man bei einem Gerstenkorn und verliert seinen Pipimann bei zu häufigem Gebrauch.“

„Ich finde Sie überhaupt nicht komisch“, beschwerte er sich, während Kayleighs Kollegin sich amüsiert zur Seite drehte.

Gespielt ernst nickte Kayleigh dem Mann zu, schnappte sich seine Hand und runzelte besorgt die Stirn. „Wie ich befürchtet hatte. Am besten wäre es, wenn wir Ihnen fürsorglich die Hand amputieren, damit Sie nicht eine Sepsis bekommen und den ganzen Arm verlieren oder an dieser schlimmen Wunde krepieren."

Mit einem Knurren entriss der Mann ihr die Hand und polterte davon.

„Oh Mann, Kayleigh", lachte ihre Kollegin prustend. „Meinetwegen hätte ich ihn auch einen Tag krankschreiben können!"

Abwehrend schüttelte Kayleigh den Kopf. „Das wäre ja noch schöner! Wenn ich wegen jedes Kratzers zu Hause bliebe, könnte ich jetzt schon in Rente gehen."

„Untersteh dich! Schließlich brauchen wir dich hier noch eine Weile." Auch Stephanie schnappte sich eine Krankenakte und griff anschließend nach einem Kugelschreiber, den sie aus der Tasche ihres weißen Kittels hervorkramte. Kayleigh wunderte sich wieder einmal, wie Stephanie nach einer fast vierundzwanzigstündigen Schicht noch immer wie aus dem Ei gepellt aussehen konnte, während sie selbst mehr als derangiert wirken musste. Sie hatte das Gefühl, dass ihr dunkles Haar in unordentlichen Strähnen herunterhing, dass sie grauenvolle Augenringe haben musste und dass sie vermutlich ebenfalls unter die Dusche springen sollte, um nicht genauso wie Murphy zu riechen.

Normalerweise machte es ihr überhaupt nichts aus, dass sie nicht so hübsch zurechtgemacht war wie beispielsweise ihre Schwägerin Hayden, die liebend gern hübsche Kleider trug, ihr Haar frisierte und immer perfekt gefeilte Nägel hatte. Doch als Kayleigh aufblickte und den Partner ihres Bruders entdeckte, der mit einem ihrer Kollegen sprach und grüßend die Hand hob, sobald er sie bemerkte, bereute sie es, nicht eine dieser Frauen zu sein, die ein Faible für hübsche Kleider, ordentliche Frisuren und perfekte gefeilte Nägel hatten.

Alec Anderson war der Typ Mann, der die Blicke der Frauen aller Altersgruppen auf sich zog und nur ein kleines Lächeln von sich geben musste, damit diese Schnappatmung bekamen. Seit fast drei Jahren war er mittlerweile Shanes Partner und hatte sich ziemlich schnell als charmanter Zeitgenosse herausgestellt, der bei ihrem Bruder ein und aus ging und damit Kayleigh in den Wahnsinn trieb, die seit fast drei Jahren heimlich in ihn verknallt war.

Ja, sie wusste es! Natürlich war es lächerlich, dass eine erwachsene Frau wie sie, die sich in ihrem Leben noch nie von irgendjemandem oder von irgendetwas ins Bockshorn hatte jagen lassen, schüchtern wurde, wenn es um einen Mann ging. Außerdem war es auch nicht so, dass sie sich aus lauter unerwiderter Liebe nach Alec Anderson verzehrte und heulend auf ihrer Couch saß, schließlich ging sie aus, hatte Spaß und traf sich mit Männern für Dates. Trotzdem begann ihr Puls jedes Mal zu rasen, wenn sie auf Alec traf, und ein eifersüchtiger Stich machte sich in ihr breit, wenn Shane darüber berichtete, dass sein Partner eine neue Freundin hatte.

Allem Anschein nach kam Alec ziemlich rum, wenn man ihrem Bruder Glauben schenken durfte. Dies war eine Tatsache, die Kayleigh ein Dorn im Auge war, denn es machte sie verrückt, dass Alec ständig mit anderen Frauen ausging, jedoch noch nie auf die Idee gekommen war, sie um ein Date zu fragen. Ein außenstehender Beobachter hätte nun einwenden können, dass Alec vermutlich nicht mit ihr ausging, weil er sein Verhältnis zu seinem Partner, der immerhin ihr Bruder war, nicht gefährden wollte, doch Kayleigh wusste es besser, schließlich hatte Alec gleich zu Beginn seiner Partnerschaft Hayden um ein Date gebeten, als diese für kurze Zeit von Kayleighs ältestem Bruder Heath getrennt gewesen war.

Nein, Alec Anderson hatte einen anderen Grund, Kayleigh nicht als potenzielle Freundin zu betrachten. Sie war einfach nicht sein Typ.

Leider waren alle Frauen, mit denen Alec ausging, regelrechte Püppchen, die stets perfekt gestylt waren, hübsche Kleider trugen und auch nicht davor zurückschreckten, für ihn das Hausmütterchen zu spielen.

Auf der Verlobungsparty ihres Bruders vor wenigen Monaten war Alec mit einer winzigen Blondine aufgetaucht, die Kayleigh nett gefunden hätte, wenn sie Alec nicht mit dieser übertriebenen Heldenverehrung im Blick hinterhergerannt wäre und den Eindruck erweckt hätte, dass sie ihm am liebsten die Pantoffeln hinterhergetragen hätte. Während Kayleigh damals neben ihren beiden jüngeren Brüdern gestanden und sich lauthals über irgendeinen Schiedsrichter im letzten Spiel der Patriots gegen die New York Titans aufgeregt hatte, war Alecs Begleitung nur dadurch aufgefallen, dass sie den ganzen Abend über zuckersüß gelächelt und ansonsten geschwiegen hatte. Zudem hatte sie ein faltenfreies Kleid getragen, während Kayleigh alte Jeans und ein Trikot der Boston Red Sox getragen hatte.

Der Unterschied hätte nicht größer sein können.

Kayleigh ging das typisch Weibliche einfach ab. Sie konnte es nur so erklären, dass das Leben mit vier Brüdern dazu führte, dass man sich weder für rosafarbene

Kleider oder Ballettunterricht noch für das Schminken interessierte und dass man sich stattdessen mit Autos beschäftigte, auf Bäume kletterte und Baseball in der Garageneinfahrt spielte, während man sich mit seinem Bruder darum stritt, wer das wahnsinnig coole Spiderman-Shirt bekam, das dem ältesten Bruder zu klein geworden war. An ihr war ein richtiger Junge verloren gegangen.

Natürlich besaß Kayleigh auch Kleider und Make-up. Außerdem las sie sogar ziemlich gerne Liebesromane, auch wenn sie dies in aller Heimlichkeit tat, um ihren Brüdern keinen Grund zu liefern, sie damit hemmungslos aufzuziehen. Dennoch war ihr klar, dass sie sich von den üblichen Frauen, die anscheinend in Alec Andersons Beuteschema passten, grundlegend unterschied.

Wäre sie eine der Frauen gewesen, die sich auf Teufel komm raus für einen Mann verbogen, hätte sie ihr kurzes Haar länger wachsen lassen, ihre Kleidung etwas weiblicher gestaltet und hätte darauf geachtet, ihre große Klappe zu minimieren, doch Kayleigh fand nicht, dass sie sich für einen Mann ändern sollte. Warum auch? Bei aller Bescheidenheit, aber sie war eine lustige, intelligente und freundliche Person, die viele Freunde, tolle Hobbys und eine Familie hatte, die sie liebte. Außerdem war sie alles andere als eine hässliche Hexe. Mit dem unerschütterlichen Selbstbewusstsein, das allen Fitzpatricks zu eigen war, sagte sie sich, dass Detective Alec Anderson dies mit der Zeit auch einsehen würde. Bis dahin würde sie ihn aus der Distanz anschmachten und hoffen, dass er bald von den übertrieben aufgehübschten Frauen die Nase voll hatte.

Als er wenige Augenblicke später auf sie zukam, hatte Kayleigh lediglich einen Gedanken:

Glücklicherweise war Stephanie verheiratet, denn ihre bildhübsche Kollegin gehörte genau zu den Frauen, mit denen sich Alec ständig sehen ließ. Der Ring an ihrem Finger würde ihn netterweise auf Distanz halten.

In der Hoffnung, besonders lässig zu wirken und sich nicht anmerken zu lassen, dass seine Gegenwart ihren Puls in die Höhe trieb, nickte sie ihm zu, als er vor ihr stehen blieb.

„Hey, Kayleigh, wie geht's?"

„Gut." Angelegentlich kritzelte sie ihre Unterschrift unter ein Formular und runzelte fragend die Stirn. „Und selbst?"

„Na ja", erwiderte er lachend und sah sie aus funkelnden Augen an, während er sich durch das blonde Haar fuhr und in seinem dunklen Anzug unverschämt gut aussah. „Es würde mir besser gehen, wenn mein fauler Partner nicht bald heiraten und mir wegen der Hochzeitsvorbereitungen die ganze Arbeit überlassen würde."

Überrascht hob sie den Kopf und hatte nun die Gelegenheit, ihm voll und ganz ins sympathische Gesicht zu sehen. „Ich wusste gar nicht, dass Shane sich freigenommen hat."

„Hat er auch nicht", erwiderte er und zuckte mit der Schulter. „Während ich wegen eines Falles deinen Kollegen befragen durfte, steht dein Bruder vier Blocks weiter in einer Bäckerei und holt Kuchenproben ab. Gleich gable ich ihn wieder auf, damit wir Thorne die Proben für den Hochzeitskuchen bringen können."

Grinsend legte sie die Akte beiseite und vergrub die Hände in den Taschen ihres Kittels, während sie Stephanie ignorierte, die interessiert das Gespräch zu verfolgen schien. „Eigentlich dachte ich, dass es verboten sei, Steuergelder für private Zwecke zu missbrauchen."

Der gut gelaunte Detective der Mordermittlung stieß ein tiefes Lachen aus, das in ihr den Wunsch weckte, ebenfalls aufzulachen. „Und ob es verboten ist! Daher hoffe ich, dass du uns nicht verpfeifst."

„Es ist ja nicht so, als hätte ich davon noch nie profitiert", erwiderte Kayleigh vergnügt und gab zu: „Als Ryan noch Streife gefahren ist, hat er Hayden und mir Pizza geliefert – mit Blaulicht."

„Aha." Er betrachtete sie vergnügt. „Die Fitzpatricks haben es wirklich faustdick hinter den Ohren."

Das konnte Kayleigh nicht leugnen und raunte daher verschwörerisch: „Du weißt nicht einmal die Hälfte!"

„Das befürchte ich auch, immerhin weiß ich aus eigener Erfahrung, wie hitzköpfig deine Brüder sein können." Er zwinkerte ihr zu und spielte auf ihren ältesten Bruder Heath an, der sich mit ihm geprügelt hatte, nachdem Alec mit Hayden ausgegangen war. Kayleigh gab es nicht gerne zu, aber damals hatte sie versucht, ihrer jetzigen Schwägerin auszureden, mit dem gut aussehenden Detective auszugehen. Nicht nur, weil sie ihrem Bruder gegenüber loyal sein wollte und sie gewusst hatte, dass Heath und Hayden einfach zusammengehörten, sondern weil sie ein wenig eifersüchtig gewesen war, dass Alec nicht sie um ein Date gebeten hatte.

Um sich von diesen Gedanken abzulenken, erklärte sie beiläufig: „Shane kann froh sein, dass du dich einverstanden erklärt hast, als Hochzeitsplaner einzuspringen."

„Völlig umsonst mache ich es nicht, immerhin hat mir dein Bruder zugesichert, dass ich von den unterschiedlichen Kuchen probieren darf." Er schob mit der rechten Hand den Ärmel seines Sakkos hoch und schaute auf die Uhr. „Ich sollte mich langsam auf die Socken machen, damit Shane nicht den ganzen Kuchen allein aufisst. Man sieht sich, Kayleigh."

„Jo", erwiderte sie so salopp wie möglich und nickte angelegentlich, während Alec wieder verschwand.

Wie nicht anders zu erwarten gewesen, räusperte sich Stephanie nur wenige Sekunden später und flüsterte amüsiert: „Netter Kerl. Ist er noch Single?"

Irritiert warf Kayleigh ihr einen Seitenblick zu und wollte ächzend wissen: „Was sagt Parker zu deinem Interesse an anderen Männern?"

Stephanie wedelte belustigt mit ihrer Hand vor dem Gesicht herum. „Ich frage doch nicht wegen mir, sondern dachte eher an dich."

„An mich?"

„Ja", bekräftigte Stephanie fröhlich. „Er scheint ein toller Typ zu sein und hat einen netten Hintern, wie man sogar durch seine Anzughose sehen konnte. Außerdem brauchst du für die Hochzeit deines Bruders ein Date, oder? Also? Ist er noch Single?"

Vor ihrer glücklich verheirateten Kollegin wollte sie sich nicht die Blöße geben, dass sie in einen Mann verknallt war, der sie in den vergangenen drei Jahren stets wie einen Kumpel behandelt hatte, und zuckte daher möglichst desinteressiert mit der Schulter. „Keine Ahnung. Das ändert sich anscheinend wöchentlich. Sag mal, weißt du, ob der Patient aus der fünf schon vom Röntgen zurück ist?"

„Nicht so schnell." Stephanie schüttelte belustigt mit dem Kopf. „Wieso fragst du ihn nicht einfach, ob er dich auf Shanes Hochzeit begleiten will?"

Die Frage war einfach zu beantworten, dachte Kayleigh schnaubend. Sie würde eher im Boden versinken und vor lauter Peinlichkeit sterben, bevor sie Alec Anderson um ein Date bat. Doch das verriet sie ihrer Kollegin nicht, sondern entgegnete gespielt empört: „Alec ist der Partner meines Bruders und lediglich ein Kumpel. Wie sähe es denn aus, wenn wir zusammen zu Shanes Hochzeit gingen?“

„Himmel, Kayleigh!“ Stephanie gab ihr einen Klaps gegen den Oberarm. „So kommst du nie an ein Date für die Hochzeit.“

Kayleigh verzog den Mund und schnappte sich ein Bonbon aus dem riesigen Glas neben der Anmeldung, das normalerweise den kleinen Patienten vorenthalten war. Sie warf sich die sauer schmeckende Süßigkeit in den Mund und schmatzte. „Du klingst schon wie meine Mom, die ständig davon redet, dass ich mir endlich einen Mann suchen und kleine Kinder in die Welt setzen soll. Eigentlich dachte ich, dass ich hier meine Ruhe vor solchen Debatten hätte und weit weniger peinliche Gespräche führen müsste – du weißt schon: über Hämorrhoiden, Stuhlgänge und Geschlechtskrankheiten“, ächzte sie ironisch.

„Wer spricht denn von einer Hochzeit und Kindern!“ Stephanie beugte sich vor und wisperte vertraulich: „Du musst ihn ja nicht gleich heiraten, aber ich glaube, dass dir ein kleines Abenteuer mit dem Partner deines Bruders ganz guttäte.“

Mit einem Stöhnen verdrehte Kayleigh die Augen, denn von bedeutungslosen Affären hatte sie die Nase voll, wenn sie bedachte, dass es verdammt frustrierend war, um sich herum dermaßen viele glücklich verliebte Paare zu sehen, während man selbst eine

Barbekanntschaft mit nach Hause nahm und diese nach einem Kaffee am nächsten Morgen aus dem Haus warf.

Glücklicherweise wurde sie einer Antwort enthoben, als vor der Tür der Notaufnahme die Sirene eines Krankenwagens zu hören war und kurz darauf ein Unfallopfer eingeliefert wurde.

2. Kapitel

Der vorwurfsvolle Blick ihrer Mutter löste bei ihr keine Schuldgefühle aus, als sich Kayleigh eine riesige Portion Hackbraten auf den Teller schaufelte und anschließend großzügig Soße über ihr Essen goss. Sie war viel zu hungrig, um sich von den tadelnden Blicken ihrer Mom beeindrucken zu lassen.

„Du warst bereits in der letzten Woche nicht bei der Messe, Kayleigh."

„Mom", entgegnete sie geduldig, während sie mit ihren vier Brüdern, ihrer Schwägerin Hayden, ihrer zukünftigen Schwägerin Thorne, dem sechsjährigen Brady, der kleinen Joey und Baby Kayla am Tisch saß und am sonntäglichen Familienessen teilnahm. „In der letzten Woche war ich doch auf einem Seminar ..."

Anscheinend machte sich ihre Mutter größte Sorgen um ihr Seelenheil, da sie ihre Tochter aufgebracht unterbrach. „Aber heute hättest du am Gottesdienst teilnehmen müssen, schließlich hattest du keinen Dienst im Krankenhaus, sondern hast einen freien Tag!"

Obwohl vier ihrer fünf Kinder in Schichtdiensten arbeiteten, wusste Ellen Fitzpatrick immer ganz genau, wann ihre Kinder zur Arbeit gingen und wann sie einen freien Tag hatten. Für Kayleigh war es unbegreiflich, wie ihre Mom aus dem Stegreif sagen konnte, wie die chaotischen Arbeitszeiten ihrer Kinder aussahen, immerhin wusste sie meistens selbst nicht, wann sie zur Arbeit gehen musste. Beinahe war es so, als verfügte ihre Mutter über übermenschliche Fähigkeiten, die es ihr möglich machten, in die Köpfe ihrer Kinder zu schauen. Als Jugendliche war es nervig gewesen, eine Mom zu haben, die jedes noch so winzige Geheimnis durch einen einzigen Blick ergründen konnte. Beispielsweise war es ihr ein Leichtes gewesen, herauszufinden, dass Kayleigh bei der Mathearbeit in der fünften Klasse geschummelt hatte, obwohl der Lehrer sie nicht einmal erwischt hatte. Auch heute befürchtete Kayleigh, dass ihre Mutter ihr an der Nasenspitze ansah, wenn sie etwas ausgefressen hatte.

„Meine letzte Schicht war wirklich anstrengend", erklärte sie und versenkte die Gabel im köstlichen Hackbraten ihrer Mom.

Ellen schüttelte tadelnd den Kopf. „Der Pater hat bereits nach dir gefragt, weil ihm aufgefallen ist, dass du gefehlt hast. In wenigen Wochen heiratet dein Bruder in unserer Kirche, also solltest du dir im Vorfeld Mühe geben ..."

„Mom", unterbrach Shane seine Mutter belustigt und reichte seinem Sohn ein Stück Brot, das sich Brady mit einem Haps in den Mund schob. „Ich glaube kaum, dass unsere Hochzeit in Gefahr ist, wenn Kayleigh den Gottesdienst schwänzt."

„Danke, großer Bruder", erwiderte Kayleigh grinsend und nickte Shane zu, der hochzufrieden neben seiner Verlobten und Mutter seines Sohnes saß und sich wie der kleine Brady ein Stück Brot in den Mund stopfte. An ihre Mom fügte sie halb beruhigend, halb neckend hinzu: „Hast du Angst, dass ich ins Fegefeuer gerate, wenn ich nicht oft genug in die Kirche gehe?"

Anstatt ihrer Mom war es ihr großmäuliger Bruder Ryan, der seinen Senf dazugeben musste, als er von seinem Teller aufsah und schnaubte. „Du kommst auch so ins Fegefeuer, keine Sorge. Ob du nun in die Kirche gehst oder nicht, wird den Teufel nicht die Bohne interessieren."

„Ryan", empörte sich Ellen Fitzpatrick und schlug ein Kreuz, bevor sie auf den sechsjährigen Brady deutete, der interessiert verfolgte, was um ihn herum passierte. „Es ist Sonntag! Wir haben den Tag des Herrn und du sprichst über den Teufel. Schämen solltest du dich!"

„Och, Mom ..."

Genießerisch lehnte sich Kayleigh zurück und beobachtete, wie ihr jüngerer Bruder zusammenzuckte, als ihre Mom abwertend den Kopf schüttelte. Dass sich der Tadel ihrer Mom nun nicht mehr auf sie bezog, sondern auf Ryan, ließ Kayleigh zufrieden grinsen. Dies war sehr typisch für die Familie Fitzpatrick, die eine eigene Dynamik besaß.

Familienzusammenkünfte liefen meist sehr laut, fröhlich und teilweise auch explosiv ab. Kayleigh konnte sich nicht erinnern, dass es jemals ein Essen gegeben hätte, bei dem sich die Familie angeschwiegen hätte. Selbst nach dem tragischen Unfalltod ihres Dads vor einigen Jahren war es nicht vorgekommen, dass sie wortlos am Tisch gesessen hatten. Dafür waren sie alle viel zu großmäulig und quirlig. Ihr Dad hatte immer behauptet, dass die Lautstärke der Familie damit zusammenhing, dass die Fitzpatricks irischer Abstammung waren und daher allein genetisch bedingt nicht ruhig sein konnten. Obwohl Kayleigh Medizinerin war, musste sie zugeben, dass ihr Dad recht gehabt hatte – wenigstens was das Unvermögen der einzelnen Familienmitglieder betraf, für kurze Zeit die Klappe zu halten.

Ihr ältester Bruder Heath war zwar ein verantwortungsvoller Ehemann und Vater und ein engagierter Feuerwehrmann, doch es brauchte nicht viel, um ihn an die Decke gehen zu lassen. Während er der geduldigste Vater war, den man sich nur vorstellen konnte, und er seine beiden Töchter und seine Frau mit der größten Hingabe und Fürsorge behandelte, war er nur schwer zu beruhigen, wenn er in Streit mit jemandem geriet.

Auch sein um ein Jahr jüngerer Bruder Shane war in seinem Revier dafür bekannt, dass man ihm bestenfalls aus dem Weg gehen sollte, wenn er schlecht gelaunt war. Leider besaß Shane wie alle Fitzpatricks ein unerschütterliches Selbstbewusstsein und konnte nur schlecht Kritik oder Befehle annehmen. Während seiner bisherigen Karriere als Polizeibeamter hatte ihm diese Hitzköpfigkeit schon das eine oder andere Mal Probleme bereitet. Seit die bezaubernde schwarzhaarige Frau an seiner Seite ihm jedoch eine zweite Chance gegeben und sogar eingewilligt hatte, ihn zu heiraten, bemühte er sich sichtlich darum, alles richtig zu machen und durch eine blütenweiße Weste zu glänzen. Kayleigh fand es extrem belustigend, dass Shane derart darauf bedacht war, Thorne auf Händen zu tragen. Ihrer Meinung nach hätte ihr großer Bruder ruhig noch mehr auf Knien vor Thorne herumrutschen können, um all das wiedergutzumachen, was er der Mutter seines Sohnes vor sieben Jahren angetan hatte, doch Thorne schien ebenfalls blind vor Liebe zu sein, da sie Shane alles verziehen zu haben schien und ihn mit einem ebenso vernarrten Lächeln bedachte wie er sie.

Trotz der Tatsache, dass Kayleigh noch immer etwas stinkig auf ihren großen Bruder war, der im Rahmen einer verdeckten Ermittlung Thorne kennengelernt und ihr nicht nur die große Liebe vorgespielt hatte, sondern plötzlich und ohne eine Erklärung verschwunden war, während Thorne sechs Jahre lang allein den gemeinsamen Sohn Brady großgezogen hatte, freute sich Kayleigh darüber, dass Shane nun derart glücklich war. Mit Thorne hatte der Idiot das große Los gezogen und Brady war der klügste und lustigste Junge, dem Kayleigh jemals begegnet war. Sie war völlig vernarrt in ihren Neffen und hätte ihn am liebsten nicht hergegeben, wenn er bei ihr übernachtete. Außerdem schien sich Shane bald über erneuten Familienzuwachs freuen zu dürfen, da sich Kayleigh sicher war, dass hinter der plötzlichen Heirat, Thornes plötzlicher Alkoholabstinenz und Shanes geradezu lächerlicher Vorsicht, seine Frau nicht einmal einen Teller tragen zu lassen, ein Geschwisterchen für Brady steckte.

Auch jetzt belud Shane zuvorkommend einen Teller für seine Angebetete und drückte ihr einen Kuss auf die Schläfe, nachdem er den Teller vor ihr abgestellt hatte.

Obwohl Kayleigh nicht zu der Fraktion der seufzenden Romantikerinnen gehörte, musste sie angesichts des deutlich sichtbaren Liebesbeweises ihres Bruders lächeln, immerhin belud er seinen Teller erst dann, als seine Verlobte versorgt war, obwohl er ein schrecklicher Vielfraß war – wie alle anderen Mitglieder der Familie ebenfalls.

Dies brachte Kayleigh auf ihre beiden jüngeren Brüder, die die friedliche Stimmung durch lautes Schmatzen und den Streit um ein Endstück des Bratens zerstörten.

Bis heute verstand Kayleigh nicht, warum ihre Eltern nach ihr mit dem Kinderkriegen nicht aufgehört hatten, sondern so weit gegangen waren, Heath, Shane und ihr ein dermaßen freches und kaum zu bändigendes Zwillingspaar vorzusetzen.

Ryan und Kyle waren nicht nur besonders hübsch anzusehen und unterschieden sich von den ersten drei Fitzpatricksprößlingen durch ihr blondes Haar, sondern konnten einem tierisch auf die Nerven gehen. Insbesondere Ryan besaß eine hemmungslos große Klappe und hielt sich nun, da er ebenfalls in den Rang eines Detectives aufgestiegen war, für die Krone der Schöpfung. Dass Kayleigh ihren um drei Jahre jüngeren Bruder sehr, sehr lieb hatte, änderte nichts an der Tatsache, dass sie ihn manchmal gerne verprügelt hätte.

Mit Kyle dagegen konnte man es sehr viel besser aushalten, immerhin war er ruhiger und bodenständiger als sein Zwilling. Außerdem verbrachte Kayleigh gerne ihre Zeit mit ihm, da er sich nach seiner Ausbildung zum Rettungssanitäter dazu entschlossen hatte, wieder die Schulbank zu drücken und wie sie Medizin zu studieren. Sie war sich sicher, dass er ein ausgezeichneter Arzt sein würde, und war gleichzeitig erleichtert, dass einer ihrer vier Brüder einen Job haben würde, bei dem sie sich nicht ständig fragen musste, ob er während einer Schicht verletzt werden könnte.

„Tante Kayleigh? Gibst du mir einen Maiskolben?“

Brady riss sie aus ihren Gedanken heraus und schaute sie mit seinen braunen Augen derart liebenswert an, dass sie nicht anders konnte, als ihrem Neffen ein breites Lächeln zu schenken, während sie ihm einen Maiskolben auf den Teller legte.

„Hier, mein Schatz“, erwiderte sie fröhlich und unterdrückte ein Lachen, als er mit einer übertrieben hungrigen Grimasse in den vor Butter triefenden Maiskolben biss.

„Brady“, tadelte Thorne ihren Sohn sofort. „Du weißt doch, dass ich anständige Tischmanieren von dir erwarte. Vor allem am Tisch deiner Grandma.“

„Aber Mom“, protestierte der Sechsjährige sofort und deutete auf seinen Dad, der ähnlich wie sein Sohn an einem Maiskolben nagte und über und über mit Butter beschmiert war. „Dad isst auch so!“

„Shane“, tadelte Ellen Fitzpatrick ihren Sohn. „Was bist du bloß für ein Vorbild!“

„Ein hungriges, Mom“, erwiderte Shane ohne ein Gefühl von Scham und grinste genauso verdorben wie sein Sohn.

Dass Ryan und Kyle ganz ähnlich über ihr Essen herfielen, ließ ihre Mom seufzen. „Da muss man sechzig Jahre alt werden, um zu bemerken, dass man einen Haufen von Barbaren großgezogen hat.“

„Was sind Barbaren, Grandma?“

Kayleigh antwortete an der Stelle ihrer Mutter, indem sie ihrem Neffen zuckersüß erklärte: „Schau dir deinen Onkel Ryan an, Brady. Dann weißt du es.“

„Hey“, beschwerte sich dieser laut schmatzend. „Wer im Glashaus sitzt, sollte nicht mit Steinen werfen, Kayleigh! Du bist es, die wie ein Schwein isst, wenn Hayden Burritos macht!“

„Ja“, entgegnete Heath lachend und gab dem Säugling in seinem Arm die Flasche. „Aber auch nur, weil meine Frau die besten Burritos der Stadt macht.“

Hayden lachte entzückt und schnitt gleichzeitig Josephines Essen klein. „Wie lieb von dir, Schatz, dennoch stehst du deiner Schwester in nichts nach, schließlich lassen deine Tischmanieren ebenfalls zu wünschen übrig, sobald du Burritos isst.“

Heath schnitt eine Grimasse, ließ die Aussage seiner Frau jedoch unkommentiert.

„Bevor ihr mich an den Rand der Verzweiflung bringt, weil ich mit der Tatsache leben muss, dass meine Kinder nicht mit Messer und Gabel umgehen können, würde ich mich lieber über die Hochzeit unterhalten“, teilte ihnen ihre Mom mit und schaute Thorne mit vor Begeisterung funkelnden Augen an. „Was machen die Hochzeitsvorbereitungen, Schätzchen?“

Die schwarzhaarige Thorne lächelte breit. „Wir haben uns gestern auf eine Torte geeinigt, Ellen.“

„Es wird eine Schokoladentorte“, jubelte Brady entzückt.

„Ja“, prustete seine Mom. „Wenn es nach mir gegangen wäre, hätte es eine leichte Buttercremetorte mit einer Ganache aus Passionsfrucht gegeben, aber gegen Brady, Shane und Alec kam ich einfach nicht an. Daher wird es eine Schokoladentorte sein, die sicherlich Flecken auf meinem weißen Brautkleid hinterlassen wird.“

Sobald Kayleigh Alecs Namen hörte, spitzte sie die Ohren und betrachtete wie ein hypnotisiertes Eichhörnchen ihren Teller, während sie zum Allmächtigen, Buddha und dem Baseballgott gleichzeitig betete, dass sie nicht errötete und damit preisgab, dass Alec Anderson in der letzten Nacht für ihren versauten Traum verantwortlich gewesen war.

„Schokoladentorte klingt doch gut“, ließ sich Kyle vernehmen. „Auf Haydens und Heaths Hochzeit gab es eine Buttercremetorte, die bei unserer laktoseintoleranten Großtante Maisiri zu einem schrecklichen Durchfall geführt hat. Sie musste sogar mit einem Krankenwagen abgeholt werden.“

Ryan schob seinen Teller beiseite und stieß einen Würgelaut hervor. „Mahlzeit! Musst du über Durchfallerkrankungen reden, während wir Moms Hackbraten essen, Kyle?“

Naserümpfend erwiderte sein Zwilling: „Durchfallerkrankungen treten ebenso häufig auf wie Erkältungen oder Migräneanfälle, also stell dich nicht so an.“

„Falls du es nicht bemerkt hast, Kyle, aber wir wollen über den Zustand des Kuchens sprechen, *bevor* er verdaut wurde! Gott, jetzt fehlt nur noch, dass du Vergleiche zwischen der Konsistenz von Moms Hackbraten und Tante Maisiris Durchfall anstellst“, gab Ryan abfällig von sich.

Während die übrigen Familienmitglieder ein Gesicht machten, als wären sie alle Zeuge von Tante Maisiris Durchfallerkrankung geworden, grinste Kayleigh und verfolgte den Schlagabtausch ihrer Brüder, während sie unvermindert besagten Hackbraten in sich hineinschaufelte. Es brauchte schon mehr als Erzählungen über ihre laktoseintolerante Großtante, um ihr den Appetit zu verderben.

Ihre Mutter dagegen empörte sich: „Ryan Niall Fitzpatrick! Vergleichst du meinen Hackbraten etwa mit Durchfall?“

Ganz der brave Medizinstudent griente Kyle: „Farblich gibt es tatsächlich einige Übereinstimmungen, Mom.“

Während Heath, der dafür bekannt war, eine Mimose in Sachen eklige Tischgespräche zu sein, kurz vor einem Amoklauf stand und auch Shane sowie Hayden und Thorne aussahen, als würden sie jeden Moment vom Tisch aufstehen, tobte ihre Mom.

„Kyle Rhys Fitzpatrick! Ich versohle dir gleich mit meinem Kochlöffel den Allerwertesten und wasche dir danach den Mund mit Seife aus! Was ist nur heute in euch gefahren?“

Mit professioneller Ruhe tauchte Kayleigh ein Stück des besagten Hackbratens in die köstliche Weinsoße und deutete damit anschließend auf ihre Zwillingsbrüder. „Ich wäre für einen Exorzismus, Mom! Vielleicht würde das Ryan endlich von dieser lästigen Angewohnheit heilen, allen Frauen hinterherzuschauen, die Ähnlichkeit mit Kathy Bates haben. Langsam mache ich mir Sorgen.“

„Ha!“ Ihr jüngerer Bruder rümpfte die Nase und nickte ihr zu. „Wenn wir schon einmal beim Thema sind, Schwesterherz. Ich mache mir auch langsam Sorgen, immerhin scheint es so, als hättest du noch immer kein Date für die Hochzeit, oder?“

Kayleigh knirschte mit den Zähnen, entgegnete jedoch möglichst unbefangen: „Um mich musst du dir keine Sorgen machen, Ryan.“

Ihr Bruder, dieses Großmaul, lächelte geradezu wölfisch. „Ich wollte dich auch nur daran erinnern, dass du uns ziemlich großkotzig berichtet hast, mit einem Date zur Hochzeit zu kommen. Jetzt bin ich ziemlich gespannt, wer dran glauben muss. Etwa der arme Medizinstudent, den du immer drangsalierst?“

Sie schnitt eine Grimasse. „Du klingst sehr eifersüchtig, Bruderherz. Wenn du willst, kann ich Gary ja *deine* Telefonnummer geben.“

Kyle mischte sich lachend ein. „Solange er aussieht wie Kathy Bates, wird Ryan nicht abgeneigt sein.“

„Wenigstens habe ich kein Faible für widerwärtige Gespräche über Fäkalien“, gab Ryan ächzend zurück.

„Kinder“, murmelte ihre Mom. „Eigentlich hatte ich mich auf ein ruhiges und harmonisches Sonntagessen mit der Familie gefreut.“

Heath schnaubte laut. „Haben wir jemals ein ruhiges und harmonisches Sonntagessen in dieser Familie erlebt, Mom?“

Niedergeschlagen schob ihre Mom die Unterlippe vor und schlug mit ironischer Stimme vor: „Solange keiner von euch auf der Hochzeit über Fäkalien oder Ryans Faible für Kathy Bates spricht, bin ich glücklich.“

Thorne würde eine wunderschöne Braut sein.

Dessen war sich Kayleigh sicher, als sich ihre zukünftige Schwägerin um die eigene Achse drehte und anschließend stehen blieb, damit die Verkäuferin des Brautmodengeschäfts den Saum des Kleides abstecken konnte.

„Meine Liebe, ich fürchte, dass wir das Bustier ein wenig ändern müssen. Sie scheinen oben herum etwas zugelegt zu haben.“

Angesichts der nachdenklichen Stimme der Verkäuferin errötete Thorne und warf Kayleigh einen alarmierten Blick zu.

Diese lümmelte jedoch in der bequemsten Jeans, die sie ihr Eigen nannte, auf dem großzügigen Sofa des hübsch dekorierten Geschäfts, konnte ein breites Grinsen nicht verstecken und zwinkerte Thorne zu, die wie auf Kommando noch heftiger errötete.

Kaum hatte die Verkäuferin den Showroom verlassen, um ein weiteres Nadelkissen zu holen, seufzte die Braut. „Sag's bitte keinem, Kayleigh."

„Hey! Entgegen der allgemeinen Gerüchte kann ich ein Geheimnis bewahren." Sie kratzte sich am Kinn und gab zu bedenken: „Trotzdem ist es allzu offensichtlich, dass mein Bruder ganze Arbeit geleistet hat, Thorne."

Nun wirkte die schwarzhaarige Frau alarmiert und ließ die Augenbrauen nach oben zucken. „Sehe ich etwa fett aus?"

„Ganz und gar nicht", beruhigte Kayleigh sie und streckte die Beine von sich. „Nur scharwenzelt mein Bruder um dich herum wie um den heiligen Gral und lässt nicht einmal zu, dass du deine eigene Handtasche trägst. Man muss kein besonderes Genie sein, um dahinterzukommen, dass du schwanger bist."

„Pst", zischte Thorne ihr zu und deutete nervös in Richtung des angrenzenden Raumes, in dem Kayleighs Mom vor ein paar Minuten verschwunden war, um nach einem passenden Schleier für die Braut zu suchen. „Ich will nicht, dass deine Mom davon erfährt."

„Oje", stöhnte Kayleigh und verdrehte die Augen. „Mom geht zwar jeden Sonntag in die Kirche, nennt ein Foto des Papstes ihr Eigen und stiftet dem Kirchenbasar selbst gebackene Kuchen, aber sie ist so fortschrittlich, dass sie weiß, dass Shane und du miteinander schlaft – zumal Brady der lebende Beweis eures Sexlebens ist!"

Nun war es Thorne, die die Augen verdrehte und die voluminöse Schleppe ihres Kleides anhob, um von dem Podest zu steigen und sich anschließend graziös auf einem Hocker niederzulassen. Kayleigh betrachtete jede Bewegung ihrer zukünftigen Schwägerin und sagte sich zum wiederholten Male, dass sie sich in einem Kleid niemals derart elegant bewegen könnte und sich mit einer solchen Anmut auf einen Hocker niederlassen würde. Steckte sie in einem Kleid, kam sie sich verkleidet vor und lief mit der feenhaften Eleganz eines Piraten mit einem Holzbein.

Thorne flüsterte ihr verächtlich zu: „Es geht doch nicht darum, dass niemand erfahren soll, dass Shane und ich Sex haben! Um Himmels willen ... wir sind doch erwachsen."

„Und warum darf dann niemand die freudige Nachricht erfahren?", wollte Kayleigh neugierig wissen und fuhr sich durch ihr unordentliches Haar. „Mom würde völlig ausrasten."

„Das ist es ja." Augenblicklich strahlte die hübsche Braut und senkte den Blick, während sie sich auf die Lippen biss. „Alle werden sich freuen, was sehr schön ist, aber ..."

„Aber?"

Mit einem Augenzwinkern sah Thorne auf. „Shane und ich möchten das Geheimnis noch ein wenig für uns haben."

„Aha", erwiderte Kayleigh mit einem warmen Gefühl in der Brust. „Nun gut, das kann ich allerdings verstehen. Sobald Mom es erfährt, wird es kein Halten mehr geben."

„Sobald ich was erfahre?", drang in diesem Moment die fröhliche Stimme ihrer Mutter zu ihnen, als sie mit einer Auswahl verschiedener Schleier zu ihnen trat.

Thornes alarmierter Blick ließ Kayleigh zu der lässigen Aussage verleiten: „Dass du mein Kleid für die Hochzeit aussuchen darfst, Mom."

„Gütiger Gott", lachte ihre Mom, die mit einem Strahlen in den Augen ihre zukünftige Schwiegertochter betrachtete. „Das nenne ich eine gelungene Überraschung! Ich hatte ja schon die Befürchtung, dass du zur Hochzeit deines Bruders in einem Baseballtrikot kommen würdest."

„Ha ha, sehr komisch, Mom." Kayleigh schnitt eine Grimasse und zwinkerte Thorne verschwörerisch zu, die erleichtert den Atem ausstieß. „Hauptsache, du verpasst mir keine rosafarbenen Puffärmel! Ich will nicht wie ein Sahnebaiser aussehen. Und meine Haare frisiere ich selbst", erklärte sie kategorisch, da ihre Mom doch nur darauf wartete, sich auf sie zu werfen und mit Lockenwicklern, Haarnadeln und anderen angeblich unerlässlichen Beautyprodukten zu foltern.

Während ihre Mom hinter Thorne trat, um probeweise einen Schleier an ihrer Frisur anzubringen, schnalzte sie tadelnd mit der Zunge. „Liebling, ich kann noch immer nicht verstehen, weshalb du dein wunderschönes Haar hast abschneiden lassen. Die langen Locken waren so hübsch."

Außerdem waren sie extrem nervend gewesen und hatten sie sowohl bei der Arbeit als auch beim Sport gestört, sagte sich Kayleigh und fuhr sich durch ihren flotten Kurzhaarschnitt, den sie sich zum Verdruss ihrer Mom vor wenigen Wochen hatte schneiden lassen. Für sie war es keine große Sache gewesen, die langen Haare, die sie sich seit der Kindheit angezüchtet hatte, abschneiden zu lassen, doch ihre Mom hatte Trauer getragen, während Heath lachend gemeint hatte, dass sie beide nun die gleiche Frisur hätten. Ein wenig verstand sie sogar ihre Mom, die keinen Hehl aus ihrer Sorge machte, dass Kayleigh keinen Mann abkriegen und nun mit der Frisur eines Jungen erst recht wenig Chancen haben würde. Doch Kayleigh liebte ihre neue unkomplizierte Frisur.

Aus dem Bedürfnis heraus, ihre Mom zu foppen, erklärte sie zufrieden: „Mit der neuen Frisur bekomme ich wenigstens keine Penisbilder mehr ungefragt zugeschickt, weil mich alle Männer für lesbisch halten."

Entsetzt holte ihre Mom Luft und starrte sie mit riesigen Augen an. „Kayleigh!"

Ahnungslos zuckte sie mit der Schulter. „Zwar waren einige der Fotos, die mir in den letzten Jahren über soziale Netzwerke zugeschickt wurden, ziemlich beeindruckend, aber mich hat es dennoch genervt, dass ständig irgendein Penis auf meinem Bildschirm aufpoppte, wenn ich mich einloggte. Jetzt ist es sehr viel ruhiger geworden – dank meiner lesbischen Frisur."

„Genau diese Art von Gesprächen ist es, die die Männer abschrecken, und nicht deine Frisur." Ihre Mom schüttelte frustriert den Kopf und beschäftigte sich angelegentlich mit dem Schleier ihrer zukünftigen Schwiegertochter, bevor sie Kayleigh einen schiefen Blick zuwarf und geradezu vorwurfsvoll ausführte: „Außerdem bin ich selbst bei diversen Netzwerken aktiv, aber *mir* hat noch niemand Penisbilder geschickt."

Kayleigh verschränkte ihre Hände hinter ihrem Kopf. „Wenn du willst, kann ich dir die schönsten Fotos zuschicken, Mom. Auf meinem PC befindet sich eine von mir zusammengestellte Top 10. Falls auch du Interesse hast, Thorne, lass es mich wissen."

„Danke, kein Bedarf", wehrte diese lachend ab und hob eine Hand. „Ich glaube nicht, dass ich Fotos von fremden Penissen auf meinem PC haben will."

„Es reicht ja, wenn du Fotos von Shanes Penis hast."

„Gott, Kayleigh“, jammerte ihre Mom. „Es wird deine Schuld sein, wenn wir aus dem Geschäft herausfliegen. Könnten wir jetzt bitte das Thema wechseln und über die Hochzeit reden?“

„Gut.“ Sie nickte übertrieben und blinzelte Thorne zu. „Hast du schon bestimmte Pläne für die Hochzeitsnacht?“

„Lass mich erst einmal die Hochzeit überstehen, bevor ich mir über die anschließende Hochzeitsnacht Gedanken mache“, schlug die schwarzhaarige Schönheit vor, die den Kopf zurücknahm und nach hinten schaute, um Kayleighs Mom zu fragen: „Welcher Schleier gefällt dir am besten, Ellen?“

„Du siehst mit allen ganz bezaubernd aus“, erwiderte diese gerührt und lächelte ihre zukünftige Schwiegertochter weich an. „Shane wird Augen machen, wenn er dich sieht. Vermutlich wird er vor Ehrfurcht verstummen.“

Kayleigh vermutete eher, dass ihr Bruder angesichts der prallen Oberweite seiner Braut unter einer akuten Erektion leiden würde, doch da ihre Mom kurz vor einem Tränenausbruch stand, während sie die hübsche Braut betrachtete, wies sie keine der beiden Frauen auf diesen Gedanken hin, sondern lächelte breit.

„Das ist so lieb von dir, Ellen.“

„Ich meine es ernst, Schätzchen. Mein Sohn kann sich verdammt glücklich schätzen, dich zur Frau zu bekommen.“

Bevor nun die Mutter des Bräutigams und die Braut in Tränen ausbrechen würden, unterbrach Kayleigh sie mit einem Ächzen. „Seit wann fluchst du, Mom? Ich hoffe, dass dies der Pater nicht mitbekommt, damit Shane und Thorne nicht auf dem Parkplatz vor dem Supermarkt heiraten und sich von einem selbst geweihten Priester trauen lassen müssen."

„Wenn du nicht aufhörst, Kayleigh, überlege ich es mir noch einmal mit den rosafarbenen Puffärmeln!"

Friedfertig hob Kayleigh beide Hände und erhob sich, um im Showroom hin und her zu schlendern, während sich ihre Mom an Thornes Schleier vergriff.

Sie freute sich für ihre Mom, die sich mit einem derartigen Eifer in die Hochzeitsvorbereitungen von Shane und Thorne warf und ständig dieses glückliche Strahlen auf dem Gesicht hatte. Da Kayleigh ihre Mom über alles liebte und sich seit dem Tod ihres Dads Sorgen darum machte, ob es ihrer Mom auch gut ging, verspürte sie nichts anderes als Erleichterung, wenn ihre Mom derart aufgekratzt war. Dennoch wusste sie, dass ihre Mom unweigerlich auf Kayleighs Familienstatus zu sprechen kam, weil sie dies seit Kayleighs dreißigstem Geburtstag vor wenigen Wochen unentwegt tat.

Kaum hatte sie diesen Gedanken beendet, war es auch schon wieder so weit.

„Hast du denn mittlerweile ein Date für die Hochzeit?"

Stöhnend lehnte Kayleigh ihren Kopf gegen die weiß getäfelte Schrankwand vor sich. „Nein, Mom."

„Du solltest dich lieber ein wenig beeilen, immerhin findet die Hochzeit in wenigen Wochen statt."

„Falls ich bis dahin niemanden gefunden habe, greife ich einfach auf die Urheber der Penisbilder zurück, Mom. Wer weiß, vielleicht eignet sich einer von ihnen ja zum perfekten Schwiegersohn."

„Mach dich nicht über mich lustig", wies ihre Mom sie zurecht. „Ich werde dir ein hübsches Kleid heraussuchen ..."

„Genau das befürchte ich“, ächzte sie und streckte Thorne die Zunge heraus, als diese zu kichern begann. Anschließend klärte sie ihre Mutter mit aller Bedacht auf. „Mom, ein hübsches Kleid macht aus mir noch lange kein Heiratsmaterial.“

Entschlossen legte Ellen ihren Kopf schief und verschränkte die Arme vor der Brust, während sie ihre Tochter musterte, als würde sie diese beim nächsten orientalischen Basar verschachern wollen. „Du verkaufst dich unter Wert, mein Schatz. Du bist hübsch, klug und lustig. Ein bisschen Make-up, ein hübsches Kleid und ... na ja ... weniger Diskussionen über Penisbilder würden wahre Wunder bewirken.“

„Du tust ja gerade so, als hätte ich noch nie einen Freund gehabt“, beschwerte sich Kayleigh missmutig. „Mit Männern komme ich klar, Mom. Nur sind die meisten nicht das, was du als Heiratsmaterial bezeichnen würdest.“

„Bitte keine Einzelheiten“, flehte Ellen. „Das würde mein Herz nicht aushalten.“

Kayleigh deutete eine Verbeugung an.

Thorne schien in die Bresche springen zu wollen, da sie gespielt heiter meinte: „Warte nur ab, Kayleigh. Bis jetzt war der richtige Mann einfach noch nicht dabei. Aber vielleicht ändert sich das ja bald.“

„Wieso fragst du nicht einen deiner Kollegen oder diesen netten Medizinstudenten, ob er dich zur Hochzeit begleiten will?“

„Hilfe, Mom!“ Kayleigh stieß einen Würgelaut aus. „Bevor der Fall eintritt, erscheine ich wirklich lieber mit einem der Penismänner!“

„Außerdem kann sie auch alleine kommen.“ Thorne nickte nachdrücklich. „Es ist keine Schande, ohne

Begleitung zu einer Hochzeit zu gehen. Shane hat mir gestern Abend erzählt, dass auch Alec alleine kommen wird, weil er sich von seiner Teilzeitfreundin getrennt hat."

Augenblicklich warf Kayleigh ihrer zukünftigen Schwägerin einen scharfen Blick über die Schulter zu. Doch Thorne bemerkte dies gar nicht, da Ellen ihre volle Aufmerksamkeit hatte.

„Was ist das denn? Teilzeitfreundin? Ist das so ein neumodischer Kram?"

„Nein, Ellen", erwiderte Thorne prustend. „Das ist ein typisch männlicher Kram, schließlich wechselt Alec seine Freundinnen wie andere Menschen ihre Nebenjobs. Er hat Shane gesagt, dass er alleine kommen wird, was uns in die Bredouille bringt, die Tischordnung zu ändern, obwohl ich mir sicher bin, dass er bis zur Hochzeit wieder eine neue Freundin haben wird."

Kayleigh holte tief Luft, drehte den Kopf wieder nach vorne und sah in den überdimensionalen Spiegel vor sich, während sich eine Idee in ihrem Kopf formte.

3. Kapitel

Es war nicht so, dass Kayleigh eine Stalkerin gewesen wäre, doch sie wusste, dass Alec Anderson an einem Tag wie heute bei O'Rearys zu finden sein würde, immerhin bestritten die Seattle Mariners ein Spiel gegen die Boston Red Sox.

Erst auf Haydens letztem Geburtstag hatte Kayleigh mit Alec eine lange Diskussion über die Major League geführt und dabei so viel Spaß gehabt, dass sie beinahe übersehen hätte, dass sich ein blond gelocktes Frauchen währenddessen an seinen Arm gekrallt hatte. Damals hatte er sich vor Lachen kaum eingekriegt, als sie über das hartnäckige Gerücht berichtet hatte, dass der ehemalige Pitcher John Smoltz sich selbst die Brust verbrannt haben sollte, weil er sein Hemd bügelte, als er es noch trug. Und beinahe hätte Kayleigh geschworen, dass Alec seine Begleitung darüber völlig vergessen hatte. Dennoch war der Abend so geendet, dass er mit seiner schweigsamen Begleitung abgezogen war, während Kayleigh frustriert und desillusioniert in ebendiesen Pub verschwunden war und am nächsten Morgen in den Genuss gekommen war, einen fremden Mann aus ihrem Haus zu werfen, der nackt neben ihr im Bett gelegen hatte.

Gerne hätte sie diese Episode auf zu viel Alkohol zurückgeführt, doch ehrlicherweise musste sie zugeben, dass sie kaum einen Schluck getrunken hatte. Weshalb sie sich auf einen One-Night-Stand eingelassen hatte, hatte einen anderen Grund.

Kayleigh hatte – so dumm es auch klingen mochte – eine Bestätigung gebraucht, dass sie attraktiv war und nicht einfach nur wie der joviale Kumpeltyp wirkte, mit dem man ein Bier zischen und Darts spielen konnte.

Hastig schob sie die Erinnerungen an jene Nacht beiseite, als sie die Stammkneipe ihrer Familie betrat und ein wenig Schiss vor ihrer eigenen Courage bekam. Sollte das hier schiefgehen, könnte sie Alec nicht nur niemals wieder in die Augen sehen, sondern müsste sich auch in den nächsten vierzig Jahren den Spott ihrer Brüder anhören.

Da sie jedoch noch nie ein Feigling gewesen war, straffte sie die Schultern, winkte dem Barkeeper Mike zu, der angesichts der Niederlage seiner geliebten Red Sox eine grimmige Miene aufgesetzt hatte, und steuerte auf Alec zu. Dieser saß vergnügt lachend auf einem Barhocker und hob ein riesiges Glas Ale in die Höhe, während er sich gegen die Theke lehnte und Mike voller Euphorie etwas zurief.

Wie sich Kayleigh denken konnte, hatten die beiden eine Wette über den Ausgang des heutigen Spiels abgeschlossen, die Alec als Seattle-Mariners-Fan gewonnen hatte. Obwohl Kayleighs Herz allein aus Loyalitätsgründen ebenfalls für die Red Sox schlug, hatte sie das heutige Spiel verpasst und sich erst später auf den Weg in den Pub gemacht, um nach Spielende mit Alec zu reden. Wie sie wusste, betrug die Aufmerksamkeitsspanne von Männern nämlich nicht einmal eine Nanosekunde, wenn sie gerade Sport schauten.

„Glückwunsch.“ Sie stieß den jubelnden Alec an und setzte sich neben ihn auf den gerade frei gewordenen Barhocker, während sie Mike um ein Bier bat.

Ihr Sitznachbar schwenkte augenblicklich den Kopf zu ihr herum und grinste breit, als er sie erkannte.

„Kayleigh! Schon gehört, dass wir die Red Sox geschlagen haben?“

„Deine Jubelgesänge waren vermutlich bis nach Seattle zu hören“, entgegnete sie mit einem milden Lächeln und knöpfte sich ihre Jeansjacke auf, weil es wie immer geradezu abartig warm im Pub war. Dass Alecs braune Augen nicht einen einzigen Moment tiefer wanderten und den Ausschnitt ihrer Bluse in Augenschein nahmen, irritierte sie zwar, sie sagte sich jedoch, dass es ein Zeichen von Charakterstärke war, schließlich sollte er sie ihretwegen gernhaben und nicht wegen ihrer Brüste.

„Tja“, erwiderte er übertrieben selbstgefällig. „Für deinen Bruder bedeutet das, dass er in der nächsten Woche den Fahrdienst übernehmen darf *und* meinen Papierkram übernehmen muss. Das Leben kann so schön sein!“

„Habt ihr beide wieder gewettet?“

„Jep.“ Alec lachte. „Und Shane hat schon wieder verloren.“

„Mein Bruder hat einfach kein Händchen für Sportwetten“, gab Kayleigh zu. „Du solltest das mittlerweile wissen.“

„Tue ich auch.“ Er nahm einen großen Schluck Bier und blinzelte sie über das Glas hinweg an, bevor er sehr zufrieden erklärte: „Dein Bruder ist so leicht zu verarschen – und das macht mir großen Spaß.“

Als Kayleigh schon zu einer Antwort ansetzte, fiel ihr auf, dass Alec in Gegenwart von Hayden oder Thorne niemals ein Wort wie *verarschen* in den Mund genommen hätte. Dennoch wollte sie nicht länger darüber nachdenken, sondern nickte erfreut.

„Wenn das so ist, wirst du nichts dagegen haben, mir einen Gefallen zu tun, oder?“

Fragend legte er den Kopf schief und stellte sein Bier ab. „Wie käme ich denn dazu, meiner Lieblingsärztin einen Gefallen abzuschlagen?“

Kayleigh verdrehte die Augen und gluckste. „Warte erst einmal ab, um welchen Gefallen es sich handelt, bevor du zusagst.“

„Solange ich zu keinen niederen sexuellen Diensten gezwungen werde, bin ich dabei.“

„Niedere sexuelle Dienste?“ Kayleigh nahm das Bierglas entgegen, das Mike ihr reichte, und trank einen Schluck, bevor sie nachhakte: „Das erinnert mich an einen Patienten, der vor einem halben Jahr bei uns aufgenommen wurde, weil er bei einer Domina mit Brennnesseln den Hintern versohlt bekam. Ich will nicht alle Details verraten, aber der arme Kerl war ausgerechnet gegen diese Pflanze allergisch ...“

„Ohoooo!“ Alecs sympathisches Gesicht verzog sich lachend. „Ich glaube, ich wäre vor lauter Entsetzen sprachlos gewesen, bevor ich mich vor Lachen nicht mehr eingekriegt hätte!“

„Der Frau des Patienten ging es so ähnlich, als sie zu ihrem Mann eilte, der in Leder und Latex im Behandlungsraum lag und eine Infusion bekam. Nur gelacht hat sie nicht.“

„Himmel.“ Alec fasste sich an die Stirn und stieß ein volltönendes Lachen aus. „Manchmal würde ich gerne den Job mit dir tauschen. Manchmal.“

Trotz ihrer Anspannung lehnte sich Kayleigh zurück und mimte die Lässige. „Der Job trägt zur Bildung bei, keine Frage. Bis dahin habe ich nämlich nicht gewusst, dass zu SM nicht nur Peitschen und Knebel gehören, sondern auch auf Pflanzen zurückgegriffen werden kann."

„Sieh es positiv, falls das Leben als Ärztin zu langweilig wird, kannst du immer noch umsatteln und Männern mit Brennnesseln den Arsch versohlen." Bevor er Kayleigh die Möglichkeit zur Antwort gegeben hätte, wollte er uneingeschränkt freundlich wissen: „Also? Welchen Gefallen kann ich dir tun?"

Plötzlich hielt sie das Ganze für keine gute Idee mehr und wäre am liebsten getürmt, wedelte jedoch nachlässig mit einer Hand vor ihrem Gesicht herum und erwiderte leichthin: „Es ist keine große Sache. Ich habe nur mit den Jungs meine eigene Wette am Laufen und hatte gehofft, dass du mir aus der Patsche helfen könntest. Es geht um ein Date für Shanes Hochzeit."

Typisch Mann stand er auf dem Schlauch, da er ratlos den Mund verzog. „Du meinst, ich soll dir helfen, ein Date zu finden? Ich schätze, dass Hayden ein besserer Ansprechpartner wäre. Aus dem Stegreif fällt mir so schnell niemand ein."

Kayleigh biss die Zähne zusammen, holte tief Luft und imitierte eine lässige Haltung sowie einen gelassenen Tonfall. „Thorne hat mir gestern erzählt, dass du ohne Date kommen wirst, also dachte ich an dich."

Eigentlich hatte sie Alec niemals für einen Trottel gehalten, musste ihre Meinung jedoch revidieren, als er sie verwirrt anblinzelte. „Du meinst, wir beide sollen zusammen zur Hochzeit deines Bruders gehen? Du und ich?"

„Wenn du nicht schon anderweitig verplant bist", schränkte Kayleigh rasch ein.

„Oh."

Gespielt belustigt kräuselte sie ihre Mundwinkel, auch wenn sie mit dem Bedürfnis kämpfte, ihn mindestens gegen das Schienbein zu treten. „So entsetzt wie du klingst, kann ich ja froh sein, meinen ursprünglichen Plan, dich um etwas Sperma für eine künstliche Befruchtung zu bitten, nicht in die Tat umgesetzt zu haben, Alec."

Dies schien ihn erst recht zu entsetzen, bis er einen Moment später hastig den Kopf schüttelte. „Entschuldige! So war das nicht gemeint."

„Aha." Kayleigh fuhr sich über die trockenen Lippen und kämpfte gegen das Gefühl von Verletzung an, während sie sich eine Idiotin schimpfte. „Es war ja auch nur eine Frage. Kein Problem."

Er rutschte auf seinem Hocker herum und benahm sich ziemlich merkwürdig. „Nun ja, du bist immerhin Shanes kleine Schwester, Kayleigh."

Sie warf ihm einen bedeutungsvollen Blick zu und bemühte sich darum, wenigstens etwas ihrer Würde zu behalten. „Shanes kleine Schwester ist dreißig Jahre alt, Alec. Außerdem wäre es ja kein richtiges Date. Ich will meine Brüder verarschen und dachte, dass du für so etwas zu haben wärst."

„Natürlich gehe ich mit dir zu Shanes Hochzeit." Kumpelhaft stieß er sie in die Seite und legte ihr anschließend einen Arm um die Schulter. Obwohl dies nicht mehr als eine eher brüderliche Geste war, wurde Kayleigh unnatürlich warm und sogar ein bisschen flau im Magen, da Alec einfach zu gut roch. „Das ist sogar eine verdammt gute Idee!"

„Tatsächlich?" Misstrauisch drehte sie den Kopf ein wenig nach links, um sein grinsendes Gesicht aus nächster Nähe zu betrachten.

„Aber klar!“ Seine hellbraunen Augen blitzten vor Vergnügen. „Shane wird ausrasten, wenn ich vor seinen Augen mit seiner kleinen Schwester flirte und mit ihr knutsche.“

Kayleigh wusste, dass er scherzte und es nicht ernst meinte, außerdem ging er davon aus, dass sie kein richtiges Date haben würden, sondern nur zusammen zur Hochzeit gingen, um ihre Brüder zu veräppeln, trotzdem kam sie nicht gegen ihren rasenden Puls und ihr wild schlagendes Herz an.

Obwohl sie gerne gelächelt hätte, runzelte sie die Stirn und schnaubte abfällig. „Niemand hat etwas vom Knutschen gesagt, Alec.“

„Zu spät.“ Er tätschelte ihren Kopf und wandte sich anschließend wieder seinem Bier zu. „Auf Dates knutsche ich immer. Außerdem will ich Zeuge von Shanes Wutausbruch werden, wenn er dies sieht.“

Joeys Quietschen war Musik in Kayleighs Ohren, als sie mit der Kleinen auf dem Teppich in Shanes Wohnzimmer lag und ihre Nichte in die Höhe stemmte, die daraufhin in hemmungsloses Kichern ausbrach.

„Ich will auch, Tante Kayleigh“, verlangte Brady, der neben ihr kniete und zusah, wie seine Tante auf dem Rücken lag und sowohl mit ihm als auch mit seiner kleinen Cousine herumalberte.

Lachend schüttelte sie den Kopf, setzte Joey auf ihrem Bauch ab und kitzelte sie. „Ich fürchte, dass du dafür schon zu groß bist, Brady. Aber frag mal deinen Onkel Ryan – der ist nämlich viel stärker als ich.“ Sie deutete auf ihren jüngeren Bruder, der majestätisch in Shanes Fernsehsessel thronte und die Berichterstattung über ein Basketballspiel verfolgte. Die Tatsache, dass er auf Thornes Geheiß den Ton hatte abstellen müssen, schien ihm nicht zu gefallen, doch da ihr kleiner Bruder alles andere als ein Meisterkoch war und sich bei seinem Bruder und seiner baldigen Schwägerin selbst zum Essen eingeladen hatte, musste er sich der Anweisung der Hausherrin fügen.

Kayleigh dagegen konnte zwar kochen, blieb jedoch auch zum Essen, da sie dem verliebten Paar den Sohnemann für zwei Stunden abgenommen hatte, in denen sie die hingebungsvolle Tante gespielt hatte und mit Brady und Joey zum Eisessen und zum Spielplatz gefahren war. Während sie nun Joey beschmuste und gleichzeitig ihrem Neffen ein breites Lächeln schenkte, sagte sie sich, dass sowohl Heath als auch Shane dankbar sein sollten, eine dermaßen aufopferungsvolle Schwester zu haben, die ihnen die Kinder abnahm.

„Onkel Ryan", bettelte Brady. „Spielst du mit mir?"

Hoch konzentriert deutete Ryan auf den Fernseher. „Komm her, Kumpel, und schau dir mit mir das Basketballspiel an."

„Das ist doch langweilig", murrte der Kleine und ließ sich neben Kayleigh auf den Rücken fallen, um mit dem Schwermut einen tragischen Helden kurz vor seinem Tod einen tiefen Seufzer auszustoßen. „Warum können wir nicht draußen Basketball *spielen?*", betonte er. „Dad hat in der Garagenauffahrt erst am letzten Wochenende einen Basketballkorb angebracht."

„Apropos", erklang Shanes Stimme, als er mit einem Glas Eistee in der Hand das Wohnzimmer betrat und im Türrahmen stehen blieb. „Hast du am Wochenende

Schicht, Ryan? Ich will endlich mit der Badezimmerrenovierung fertig werden und bräuchte deine Hilfe."

„Von mir aus." Noch immer schaute der junge Detective wie paralysiert in den Fernseher und rümpfte dabei die Nase. „Ich habe frei und kann dir helfen. Zwar wäre es ziemlich nett gewesen, wenn du und Kayleigh euch mit euren Hauskäufen abgesprochen hättet, damit ich nicht an jedem freien Tag der letzten sechs Monate zu Renovierungsarbeiten hinzugezogen worden wäre, aber natürlich komme ich gerne, Shane", ächzte er und spielte darauf an, dass erst Kayleigh vor einem halben Jahr in ein renovierungsbedürftiges Haus gezogen war und nun von Shane abgelöst worden war, der für seine Familie ein Haus in der unmittelbaren Nachbarschaft gekauft hatte, in dem nicht wirklich weniger zu tun war.

Kayleigh fand es sehr schön, dass die ganze Familie nah beieinander wohnte und sich bei den abwechselnden Renovierungen und Umzügen unterstützte, doch aus Prinzip musste sie ihren jüngeren Bruder foppen.

„Wenn ihr mit Shanes Bad fertig seid, kann Ryan ja wieder mir helfen. Ich muss nämlich in meinem Arbeitszimmer neue Böden verlegen und brauche bei einigen Reparaturarbeiten Hilfe."

„Du machst mich noch zum Krüppel", beschwerte sich Ryan und runzelte finster die Stirn, was vermutlich auf ein für ihn wenig zufriedenstellendes Ereignis im Basketball zurückzuführen war. „Kannst du dir nicht endlich einen Freund suchen, der solche Dinge für dich erledigt?"

Lachend drückte sie Joey einen Kuss auf die Wange. „Sehe ich so blöd aus, die Männer, mit denen ich schlafe, für schweißtreibende Renovierungen zu missbrauchen?

Dann hätte ich ja nichts mehr von ihnen. Nein, nein. Das kannst *du* erledigen, Ryan."

Thorne, die neben ihren belustigt grinsenden Verlobten trat und ihm das Glas Eistee aus der Hand nahm, um einen Schluck zu nehmen, schüttelte anschließend resigniert den Kopf. „Dir ist doch klar, dass Brady und Joey zuhören, wenn du über *du weißt schon was* sprichst, oder, Kayleigh?"

„Liebling." Shane legte Thorne einen Arm um die Schulter und vergrub den lächelnden Mund in ihrem Haar. „Solange meine Schwester auf diesem Level bleibt, sollten wir froh sein und uns nicht beschweren. Ich kenne sie nämlich ganz anders – und *das* willst du nicht erleben, glaub mir."

Zuckersüß lächelte Kayleigh vom Boden zu ihrem gutaussehenden und bis über beide Ohren verliebten Bruder auf. „Ich hab dich auch lieb, Bruderherz."

„Verdammt", schimpfte Ryan in diesem Moment. „Verdammte Scheiße!"

„Bravo", murrte Thorne, als die kleine Joey, die gerade mit Kayleighs Halskette spielte, den Kopf hob, ihren Onkel fixierte und mit ihrer piepsigen Stimme fragte: „Scheiße?"

Ein kollektives Raunen ging durch den Raum.

„Heath und Hayden werden dich einen Kopf kürzer machen", prophezeite Shane amüsiert.

Kayleigh protestierte gut gelaunt. „Um die beiden würde ich mir keine Sorgen machen, sondern eher daran denken, was Mom tun wird, wenn sie herausfindet, dass Ryan den Wortschatz ihrer süßen Enkelin erweitert."

„Hey!" Obwohl Ryan knallrot geworden war, wehrte er ab: „Jetzt tut nicht so, als wäre ich der Einzige in der Familie, der vor den Kindern Schimpfwörter benutzt!"

Anscheinend wollte sein Neffe ihm aus der Patsche helfen, da er im großzügigen Tonfall bestätigte: „Als sich Dad mit dem Hammer auf den Daumen geschlagen hat, hat er auch Scheiße gesagt."

„Danke, du Verräter!" Shane schnitt eine Grimasse. „Dabei hatte ich dir sogar einen Dollar gegeben, wenn du Mom nichts verrätst."

„Einen Dollar?" Abfällig verdrehte Kayleigh die Augen. „Gott, bist du geizig, Shane!"

„Das finde ich auch", bestätigte Thorne und tätschelte Shane den Hintern. „Von mir bekommt er fünf, wenn ich will, dass er dir etwas verheimlicht."

„Was?!"

Der fassungslose Blick ihres Bruders war unbezahlbar. Kayleigh löste Joeys Fingerchen von ihrer Kette und fragte Thorne verschmitzt: „Was willst du vor Shane denn verheimlichen?"

„Erzähle ich dir ein anderes Mal", erwiderte sie mit einem Augenzwinkern, bevor sie Ryan aufforderte: „Könntest du den Fernseher endlich ausschalten, damit wir essen können?"

„Noch fünf Minuten", bettelte ihr Beinahe-Schwager. „Ich habe Geld auf das Spiel der Celtics gesetzt ..."

„Dann bist du dümmer, als du aussiehst", gab Shane im freundlichen Ton von sich.

„Vielen Dank", ächzte sein Bruder. „Das Verständnis innerhalb dieser Familie ist einfach sagenhaft!"

„Hey!" Kayleigh nickte Shane zu. „Wer im Glashaus sitzt, sollte nicht mit Steinen werfen."

Empört verschränkte ihr älterer Bruder die Arme vor der Brust und wies sie mit einem kühlen Blick zurecht.

„Entschuldige, Schwesterherz, aber ich bin nicht so dumm, auf unser lokales Basketballteam Geld zu setzen."

„Aber du bist anscheinend so dumm, mit deinem Partner um Papierkram und Fahrdienst zu wetten ... und zu verlieren."

Verblüfft schüttelte Shane den Kopf. „Woher weißt du das denn?"

Grinsend zwinkerte sie ihm zu und machte eine Geste, als wolle sie ihren Mund verschließen. „Das bleibt geheim!"

Räuspernd tippte Thorne ihrem Verlobten auf die Schulter. „Solltest du jemals um Geld wetten, mein Lieber, dann ..."

Das Klingeln an der Haustür unterbrach Thornes Drohung, sodass ihr nichts anderes übrig blieb, als Shane einen scharfen Blick zu schenken und Ryan zum wiederholten Mal aufzufordern: „Schalte den Fernseher bitte endlich aus."

Von ihrem Platz am Boden konnte Kayleigh genau beobachten, wie Shane seinem jüngeren Bruder eine Grimasse schnitt und anschließend auf den Fernseher deutete. „Du hast sowieso verloren, also schalte das Ding lieber aus. Thorne kann ziemlich pissig werden, wenn sie ihren Willen nicht durchsetzt."

„Darf ich Mom sagen, dass du sie pissig genannt hast, Dad?"

Kayleigh brach in prustendes Gelächter aus, als ihr Bruder den Kopf in den Nacken fallen ließ und Brady mit einem zufriedenen Grinsen ihr die Zunge herausstreckte.

Lachend lag sie noch immer am Boden und hielt Joey auf ihrem Schoß, als Thorne freudestrahlend das Wohnzimmer betrat und sich mit vor Glück funkelnden

Augen bei einem Mann eingehakt hatte, bei dessen Anblick Kayleigh schlagartig zusammenzuckte.

4. Kapitel

„Möchtest du noch etwas Huhn haben, Aidan? Oder etwas vom Gratin? Ich habe in der Tiefkühlung noch Steaks. Wenn du möchtest, kann ich dir auch ...“

„Ich bin satt, Thorne.“ Aidan O’Shea schenkte seiner Schwester ein kurzes Lächeln, das ihr zeigen sollte, wie sehr er es wertschätzte, dass sie ihn derart bemutterte, bevor er weich hinzufügte: „Danke. Es war köstlich.“

Wären das glückliche Gesicht seiner Schwester und sein kleiner Neffe, der ihn seit einer geschlagenen Stunde wie die Neugier in Person ansah und ihm in einer Tour Fragen stellte, nicht gewesen, hätten ihn keine zehn Pferde an diesen Tisch gebracht. Doch nun saß er hier, zusammen mit seinem zukünftigen Schwager, einem Cop, dessen Bruder, einem weiteren Cop und dessen Schwester, einer Frau, an die sich Aidan allzu gut erinnern konnte, auch wenn keiner der übrigen Anwesenden wusste, dass sie beide sich bereits kannten. Obwohl er sicherlich kein gläubiger Katholik war, glaubte Aidan mittlerweile, dass sich Gott einen besonderen Spaß daraus machte, mit ihm seine Scherze zu treiben.

Anders war es nicht zu erklären, was ihm in den letzten Jahren passiert war.

Nachdem er die vergangenen sieben Monate auf einer einsamen Bohrinsel vor der Ostküste Kanadas verbracht hatte, hatte er sich eigentlich auf ein harmonisches Wiedersehen mit seiner Schwester gefreut. Thorne war der wichtigste Mensch in seinem Leben – die einzige Person, die immer zu ihm gehalten hatte, egal welchen Mist er angestellt hatte. Jeder, der eine solche

Schwester hatte, konnte sich glücklich schätzen, das wusste Aidan, und er war dankbar, dass Thorne selbst nach dem Ärger, den sie seinetwegen hatte durchstehen müssen, immer noch zu ihm hielt. Deshalb war er zurück nach Boston gekommen, um an ihrer bald stattfindenden Hochzeit teilzunehmen. Dass sie ausgerechnet Shane Fitzpatrick heiratete, lag ihm ziemlich im Magen, denn er selbst war auf den dunkelhaarigen Cop, der gerade dabei war, seinem Sohn einen Witz zu erzählen, nicht sonderlich gut zu sprechen.

Vor sieben Jahren war es nämlich Shane gewesen, der als verdeckter Ermittler unter einem anderen Namen Aidan hochgenommen hatte, als dieser in kriminelle Machenschaften verwickelt gewesen war. Die illegalen Geschäfte, die Aidan damals betrieben hatte und die Ausmaße besessen hatten, von denen Aidan keine Ahnung gehabt hatte, hatten dazu geführt, dass er fast sieben Jahre in einem Gefängnis gesessen hatte. Heute fragte er sich, wie er jemals so dumm und naiv gewesen sein konnte, durch den zwielichtigen Cousin seines Kumpels auf die schiefe Bahn zu geraten und nicht nur geklaute Elektrogeräte zu diversen Abnehmern zu karren, sondern mit diesen Erlösen einen illegalen Waffenhandel zu unterstützen. Er war eigentlich ein kleiner Handlanger gewesen, der niemals eine der Waffen zu Gesicht bekommen hatte, sondern bei Einbrüchen Schmiere gestanden und Transporter von Hafenanlagen zu abseits gelegenen Fabrikhallen gefahren hatte, doch er war derjenige gewesen, der vor Gericht gestellt worden war.

Jedem war klar gewesen, dass er als Sündenbock diente, weil man die Köpfe der kriminellen Vereinigung nicht fassen konnte, doch das hatte weder den

Staatsanwalt noch den Richter davon abgehalten, ihn ans Kreuz zu nageln.

Für Aidan war der Gefängnisaufenthalt eine Katastrophe gewesen. Nicht seinetwegen, sondern weil er seine jüngere Schwester im Stich lassen musste, die damals eine Beziehung mit dem Mann geführt hatte, der heute neben ihr am Tisch saß und einen anderen Namen als früher trug. Aus dem abgebrannten Liam Gallagher, der sich damals Hals über Kopf in Aidans Schwester Thorne verliebt und sich dadurch sozusagen in Aidans Clique geschlichen hatte, war Detective Shane Fitzpatrick geworden, der nicht nur Aidan, sondern auch Thorne damals an der Nase herumgeführt hatte. Während Aidan nämlich ins Gefängnis gekommen war, war Liam Gallagher verschwunden und hatte Thorne für seine plötzliche Abwesenheit nicht einmal eine Erklärung hinterlassen. Sie hatte mit einem Mal allein, verlassen und finanziell ruiniert auf der Straße gestanden, bevor sie acht Monate später Mutter eines gesunden Jungen wurde, der erst vor wenigen Monaten seinen Vater kennengelernt hatte.

Zwar gab sich Aidans baldiger Schwager seit einiger Zeit die größte Mühe, sein moralisches Versagen von früher wiedergutzumachen, und schien Thorne sehr glücklich zu machen, doch Aidan war Shane Fitzpatrick noch immer extrem misstrauisch gegenüber.

In seinen Augen musste sich der Detective noch rehabilitieren, bevor Aidan sicher war, dass seine Schwester bei ihm in guten Händen war. Außerdem fiel es ihm schwerer als Thorne, dem Mann zu verzeihen, was er ihr damals angetan hatte. Mochte Shane ihm auch gesagt haben, dass er vor sieben Jahren nicht nur wegen seines Jobs als verdeckter Ermittler mit Thorne zusammen gewesen war, sondern weil er bereits damals in sie verliebt gewesen war, hieß das nicht, dass Aidan das Bedürfnis unterdrücken konnte, ihm dafür gehörig in den Hintern zu treten. Nur Thorne zuliebe hatte Aidan Shane bisher nicht aufgelauert und ihm eine ordentliche Abreibung verpasst.

So merkwürdig es auch klingen mochte, aber Aidan nahm es Shane nicht einmal übel, dass er es gewesen war, der ihn damals vor Gericht und ins Gefängnis gebracht hatte. Seine Strafe hatte er niemand anderem zu verdanken als sich selbst, auch wenn Aidan in den vergangenen sieben Jahren lieber in Freiheit gewesen wäre. Nein, er konnte Shane eine Menge ankreiden, aber nicht den Gefängnisaufenthalt. Für Aidan war lediglich wichtig, dass sich Shane seiner Schwester und seinem Neffen gegenüber anständig verhielt. Es war eine Sache gewesen, gegen Aidan als verdeckter Ermittler zu arbeiten, aber eine ganz andere, Thorne für seine Mittel zu missbrauchen. Aidan wusste nicht, ob er dies jemals vergessen oder gar Shane mögen könnte.

Da er seine Gefühle seinem zukünftigen Schwager gegenüber kaum verbergen konnte, hatte er es vor sieben Monaten für besser gehalten, dem verliebten Paar etwas Zeit zu zweit zu ermöglichen und erst einmal zu verschwinden. Auch wenn er nach einem mehrjährigen Gefängnisaufenthalt bei der einzigen Familie, die er noch besaß, hatte bleiben wollen, war er kurz darauf nach Kanada aufgebrochen, um auf einer Bohrinsel als Schweißer zu arbeiten. Nach der sechsmonatigen Arbeit, die er im Gegensatz zu seinen Kollegen ohne Ferien verbracht hatte, war er nun um fast dreißigtausend Dollar reicher und stand seinem Traum einen großen Schritt näher.

Außerdem war die Sehnsucht nach Thorne und Brady immer größer geworden, sodass er seinen Job an den Nagel gehangen hatte und zurück nach Boston gekommen war, um seiner Schwester bei ihrer Hochzeit beizustehen.

Und um ein Auge auf Shane zu haben, wenn er ehrlich war.

Bis auf Thorne gab es niemanden seiner Familie mehr. Seine Mom war gestorben, als er noch ein Teenager gewesen war, und sein Dad war kurz nach Thornes Highschoolabschluss verstorben und hatte ihnen neben einer Hypothek für das alte Haus in Quincy weitere Schulden hinterlassen. Damals hatte Aidan nicht gewusst, wie er sich um Thorne kümmern und gleichzeitig das Haus behalten sollte, das ihr so sehr am Herzen gelegen hatte. Um seine Geldprobleme in den Griff zu bekommen, hatte er sich auf illegale Geschäfte eingelassen.

Dass dies falsch gewesen war, hatte er bereits damals gewusst.

„Wer hat Lust auf Nachtisch?“, fragte seine Schwester in dem Bemühen, die merkwürdige Stimmung am Tisch aufzulockern.

„Ich, Mom!“

„Was gibt’s denn?“, wollte Shanes Bruder Ryan wissen, der Aidan gleich zu Anfang ein Bier angeboten und anschließend mit ihm gequatscht hatte, als wüsste er nicht, dass Aidan die letzten Jahre hinter schwedischen Gardinen gesessen hatte. Obwohl auch er Cop war, hatte er nicht den Eindruck gemacht, Aidan misstrauisch zu beäugeln und ihn anschließend verhören zu wollen. „Wenn du einen Apfelkuchen gemacht hast, bleibe ich noch, Thorne.“

„Da haben wir ja ein Glück“, seufzte Thorne ironisch und hob beide Hände. „Vielleicht bleibt ja sogar etwas übrig, das du mit nach Hause nehmen kannst, Ryan – so wie immer.“

„Du kochst einfach zu gut“, erwiderte der Blondhaarige charmant und lehnte sich in seinem Stuhl zurück.

„Ich sollte dich aus unserem Haus werfen“, schnarrte Shane an seinen Bruder gewandt und verzog mürrisch das Gesicht. „Ständig kommst du zum Essen vorbei und klaust anschließend die Reste, die *ich* eigentlich am nächsten Tag mit zur Arbeit nehmen wollte.“

„Pass du lieber auf, dass du in deinen Hochzeitsanzug passt, Shane.“ Sein jüngerer Bruder grinste hämisch. „Es wäre eine Schande, wenn deine hübsche Braut einen Fleischklops zum Mann nehmen müsste.“

Schweigend hörte Aidan zu, wie die beiden Brüder sich einen verbalen Schlagabtausch lieferten, und betrachtete Brady, der mit der typischen Begeisterungsfähigkeit eines Sechsjährigen seinen Vater ansah und dabei mehr als glücklich wirkte. Kaum dachte er darüber nach, wie glücklich sein Neffe aussah, fing er auch schon Thornes Blick auf, die ihm ein weiches Lächeln schenkte und den Kopf schräg zur Seite legte, um ihm aufmunternd zuzublinzeln.

„Immer diese Unterstellungen“, empörte sich Ryan. „Darf ich etwa abends nicht vorbeikommen, weil ich etwas Zeit mit meiner Familie verbringen will?“

Ein lautes Schnauben war zu hören, als die dunkelhaarige Frau, die Aidan schräg gegenübersaß und gerade das kleine Mädchen neben sich fütterte, ächzend erklärte: „Du meinst, du wolltest etwas Zeit mit Shanes

Fernseher verbringen und gleichzeitig in den Genuss von Thornes Essen kommen, richtig?“

„Und wieso bist *du* hier, Kayleigh?“

„Ich bin hier als aufopferungsvolle Tante, die Thorne und Shane ihren Sohn zurückbringen wollte und höflicherweise zum Essen eingeladen wurde. Du dagegen hast momentan keinen Fernseher und kannst nicht einmal eine Mikrowelle bedienen.“

Wie es schien, wusste Ryan Fitzpatrick, wann er auf verlorenem Posten kämpfte, da er die Hände genervt in die Luft warf, bevor er Aidan frustriert ansah. „Sei froh, dass du keine ältere Schwester hast, Mann. Wenn du wüsstest, wie sehr Kyle und ich unter Kayleigh schon leiden mussten! Vermutlich will sie den Apfelkuchen für sich haben und macht deshalb eine solche Welle.“

Keinesfalls peinlich berührt lachte die eben erwähnte Frau auf und wischte dem kleinen Mädchen neben sich den Mund ab. „Da Thorne mich ziemlich gut leiden kann, weiß ich mit großer Sicherheit, dass sie *mir* die Reste einpacken wird und nicht dir.“

Shane schnalzte mit der Zunge. „Hey! Habt ihr vergessen, wen sie heiraten wird?“

„Bevor ihr euch an die Gurgel geht, werde ich den Kuchen so aufteilen, dass es keine Reste geben wird“, urteilte Thorne nachsichtig und schaute in die Runde.

Aidan räusperte sich, bevor er murmelte: „Mich musst du für den Kuchen nicht einplanen, Thorne. Ich kann wirklich nicht mehr.“

„Bekomme ich dann Onkel Aidans Portion?“, hakte Brady fröhlich nach und erntete ein Kopfschütteln seiner Mom.

Diese fragte besorgt nach: „Bist du sicher, Aidan?“

„Ziemlich sicher", erwiderte er gutmütig und fragte sich, wann der beste Zeitpunkt wäre, um abzuhauen. Er war seit über zwanzig Stunden auf den Beinen, hatte einen wackeligen Hubschrauberflug von der Bohrinsel nach Neufundland, einen Flug von dort nach Halifax und eine elfstündige Busfahrt nach Boston hinter sich und musste sich nun darum kümmern, wo er für die nächste Zeit unterkommen würde, bis er eine Wohnung gefunden hatte. Ihm blieb daher nichts anderes übrig, als bald die Segel zu streichen und sich auf die Suche nach einem Hotel zu machen, auch wenn er noch gerne etwas Zeit mit seiner Schwester verbracht hätte.

Außerdem ließ ihn die Anwesenheit von Kayleigh Fitzpatrick nicht gerade kalt, wenn man bedachte, wie ihr Zusammentreffen vor einigen Monaten geendet hatte. Während die Frau mit den unglaublich grünen Augen und den Grübchen in den Wangen, die ihr langes dunkles Haar mittlerweile zu einer Kurzhaarfrisur hatte schneiden lassen, durch nichts aus der Ruhe zu bringen war und so tat, als hätte sie ihn heute zum ersten Mal in ihrem Leben gesehen, musste sich Aidan beherrschen, sie nicht ständig anzustarren.

Eigentlich war er davon ausgegangen, sie niemals wiederzusehen, doch dann musste er feststellen, dass die Frau, die er gleich nach seiner Haftentlassung kennengelernt hatte, die Schwägerin seiner Schwester war – die Schwester des Mannes, der gerade aufstand, um das Geschirr in die Küche zu bringen und Thorne beim Servieren des Kuchens zu helfen, während der kleine Brady ihnen hinterherrannte.

Bislang hatte Aidan niemals an Karma geglaubt, aber nun ...

Gerade, als er den Stuhl zurückschieben wollte, um sich zu verabschieden, durchkreuzte Ryan seine Pläne, indem er sich an ihn wandte und interessiert fragte: „Wie lange warst du jetzt in Kanada, Aidan?“

„Sechs Monate.“

Der blondhaarige Polizist stöhnte auf. „Sechs Monate auf einer Bohrinsel! Und das in Kanada. Ich glaube, ich wäre Amok gelaufen!“

Aidan ignorierte den interessierten Blick der dunkelhaarigen Frau und zuckte mit der Schulter. „Es ist gar nicht so übel und wird gut bezahlt.“

„Hast du dir da oben nichts abgefroren?“

Da er den jungen Mann sympathisch fand, nahm er ihm die Frage nicht übel und erwiderte gelassen: „Nicht dass ich wüsste.“

„Schon die Probe aufs Exempel gemacht?“

„Himmel, Ryan“, beschwerte sich seine Schwester. „Zurückhaltend wie immer.“

Ryan blinzelte aufgebracht. „Du sprichst von Zurückhaltung? Wie war das noch einmal mit dem Glashaus? Du bist doch diejenige, die uns ständig perverse Geschichten deiner Patienten erzählt.“ An Aidan gewandt erklärte er: „Kayleigh besitzt das Talent, in allen Einzelheiten über rektale Untersuchungen, Durchfallerkrankungen oder Sexverletzungen zu berichten, während wir am Tisch sitzen.“

„Sexverletzungen?“, echote sie und sprach genau das aus, was Aidan auf der Zunge gelegen hatte. „Über welche Sexverletzungen soll ich bitte gesprochen haben, Ryan?“

„Hast du oder hast du nicht über dieses alte Ehepaar erzählt, das bei euch eingeliefert wurde, weil der Opa kurz vor einem Herzklabaster stand, während die Oma sich die Hüfte ausgerenkt hatte?“

Aidan biss sich zwar auf die Zunge, konnte ein Glucksen jedoch nicht unterdrücken.

„Mit meinen Geschichten trage ich zur Belustigung der Familie bei“, wies Kayleigh ihren Bruder zurecht, nachdem sie Aidan einen irritierten Blick zugeworfen hatte.

Wenn er sich nicht völlig irrte, war ihr das Gespräch peinlich, da ihre Wangen rot anliefen. Angesichts ihrer gemeinsamen Vergangenheit verstand er dies nur allzu gut.

„Du trägst mit deinen perversen Neigungen vor allem zum Ekel der Familie bei, Kayleigh.“

Da er nicht länger die Klappe halten konnte, hakte Aidan neugierig nach: „Perverse Neigungen?“

Aufgebracht schaute sie nun ihn an und kniff bedrohlich die Augen zusammen, während sie knallrot wurde, was ihr Bruder allzu komisch fand, da er grölte: „Seit wann wirst du denn rot, Schwesterherz? Du zuckst doch sonst nicht einmal zusammen, wenn du einen nackten Obdachlosen untersuchen musst!“

Aidan konnte sehen, wie sie bereits zu einer Antwort ansetzen wollte, als die Kleinfamilie wieder den Raum betrat und Thornes berühmten Apfelkuchen auf den Tisch stellte. Bevor sich Thorne hinsetzen konnte, fing er ihren Blick auf. „Thorne, ich würde mich gleich auf den Weg machen.“

„Jetzt schon?“ Die Enttäuschung war ihr anzusehen.

Er nickte und lächelte schief. „Ich bin ja nicht aus der Welt, aber da ich mir noch ein Hotel suchen muss, sollte ich mich bald auf die Socken machen.“

„Ein Hotel?" Seine Schwester schüttelte kategorisch den Kopf. „Kommt gar nicht infrage! Du bleibst natürlich hier."

Gerne hätte er ihr gesagt, dass es keine gute Idee war, dass er mit ihrem Verlobten unter einem Dach schlafen sollte, schob jedoch die Renovierungsarbeiten im Haus vor, von denen sie ihm während des Essens berichtet hatte. „Ihr renoviert gerade, Thorne, und plant eine Hochzeit. Jetzt noch einen Gast aufs Auge gedrückt zu bekommen ..."

„Aber du bist mein Bruder", unterbrach sie ihn. „Du solltest nicht in einem Hotel übernachten müssen."

„Halb so schlimm." Er zuckte mit der Schulter und wäre insgeheim froh gewesen, dies nicht vor den Augen der anderen zu besprechen. „Morgen mache ich mich sowieso auf die Suche nach einer Wohnung."

Thorne seufzte enttäuscht. „Aidan."

Ausgerechnet sein baldiger Schwager schlug vor: „Wenn es dir nichts ausmacht, können wir Bradys Zimmer ausräumen. Er könnte bei uns schlafen, damit du dich in seinem Zimmer einrichten kannst."

Was Shane mit dieser Zuvorkommenheit bezwecken wollte, wusste Aidan nicht, aber er schüttelte den Kopf. „Danke, aber ich werde in einem Hotel unterkommen."

„Dann viel Glück", ließ sich Ryan vernehmen, während er sich ein Stück Kuchen auf den Teller schaufelte. „Momentan finden eine Messe, ein Kongress und irgendeine Fanconvention in Boston statt. Die Hotels dürften seit Monaten ausgebucht oder mittlerweile schweineteuer sein."

Triumphierend lachte Thorne auf. „Ha! Also wirst du doch bei uns bleiben müssen."

Aidan schüttelte fest den Kopf, bevor er beinahe grimmig ausführte: „Ich vertreibe Brady nicht aus seinem Zimmer. Irgendetwas finde ich schon."

„Und das wird extrem teuer sein", wandte Thorne ein.

In dem Bemühen, seine Schwester von ihrem Vorschlag abzukriegen, hob er seufzend eine Hand. „Ihr habt nicht genug Platz, Thorne. Kein Problem."

„Aber Kayleigh hat genug Platz *und* ein freies Gästezimmer", unterbrach Ryan sie beide fröhlich und deutete mit seiner Gabel auf seine Schwester, die dem kleinen Mädchen ein Stück Kuchen in den Mund schob und nun verwirrt aufsah.

„Was?"

„Du hast doch genug Platz in deinem Haus, Kayleigh. Aidan könnte in den kommenden Tagen bei dir pennen, oder?"

Unsicher öffnete sie ihren Mund und schaute zu Aidan, der sofort ablehnte: „Das geht erst recht nicht. Wir kennen uns ja nicht einmal ..."

„Ach", tat Ryan gutmütig ab. „Kayleigh gehört nicht zu diesen mimosenhaften Frauen, sondern ist ziemlich cool. Meine Kumpels durften auch schon bei ihr wohnen, als sie in Boston auf der Durchreise waren – und die kannte sie auch nicht. Außerdem gehörst du doch zur Familie."

Das mochte zwar stimmen, dennoch hielt er es für eine schlechte Idee, zum Mitbewohner von Kayleigh Fitzpatrick zu werden. „Ich will mich nicht aufdrängen", fügte er daher mit strenger Stimme hinzu und hoffte, dass das Thema erledigt sei.

„Sei nicht albern." Ryan nickte seiner Schwester zu. „Kayleigh verbringt sowieso die meiste Zeit im

Krankenhaus, also wirst du ständig sturmfrei haben. Außerdem wohnt sie nur zwei Straßen weiter ..."

Thorne räusperte sich. „Ryan, ich denke nicht, dass wir über Kayleighs Kopf hinweg entscheiden können, ob Aidan ihr Gästezimmer haben kann."

„Na ja", schränkte Shane ein. „Es wäre eine vernünftige Lösung, zumal Kayleigh wirklich nie etwas gegen Gäste hat. Als meine Exfreundin eine neue ..." Er brach ab und warf Thorne einen alarmierten Blick zu, den diese lediglich mit dem Anheben einer Augenbraue beantwortete.

Da der Abend immer unangenehmer zu werden schien, verschränkte Aidan die Arme vor der Brust und schaute über den Tisch hinweg zu Kayleigh, die nicht gerade ein Gesicht machte, als hätte sie soeben im Lotto gewonnen.

„Wie gesagt, ich werde ein Hotel nehmen."

Die Frau, die gerade noch die Stirn gerunzelt hatte, fuhr sich nun durch ihr kurzes Haar und zuckte anschließend mit der Schulter. „Also meinetwegen kannst du gerne mein Gästezimmer haben. Es steht sowieso leer. Von daher ..." Sie ließ den Satz unvollendet und schaute ihm zögernd ins Gesicht.

Aidan war sich im Klaren darüber, dass sie ihm dieses Angebot nur machte, weil sie sich dazu gezwungen fühlte, und wollte rigoros ablehnen, als Thorne erleichtert seufzte.

„Danke, Kayleigh. Wenn Aidan bei dir bliebe, wäre er immer in der Nähe und könnte mir bei ein paar Dingen helfen. Außerdem spart er sich die teuren Hotelkosten."

Wie sollte er seiner Schwester erklären, dass es eine Schnapsidee war, zu Kayleigh zu ziehen, ohne ihr oder ihrem zukünftigen Mann zu verraten, woher er die dunkelhaarige Frau mit den Grübchen und dem frechen Lachen bereits kannte?

Als er am heutigen Abend an Thornes Haustür geklopft hatte und von seiner Schwester überschwänglich umarmt worden war, hatte er niemals damit gerechnet, ausgerechnet Kayleigh auf dem Wohnzimmerteppich seiner Schwester zu finden, wie sie mit einem Kleinkind gespielt hatte, bevor sie ihm als Shanes um ein Jahr jüngere Schwester vorgestellt wurde. Beim letzten Mal, als er sie gesehen hatte, hatte sie ihm in einen Morgenmantel gehüllt die Nase vor der Tür zugeschlagen und ihm nicht einmal einen Kaffee angeboten. Daher bezweifelte er, dass ihre Gastfreundschaft besonders groß war.

Wenig begeistert schüttelte er daher den Kopf. „Hör mal, Thorne, ich kann mich bei deiner Schwägerin nicht einfach einquartieren. Meine Wohnsituation ist meine Angelegenheit."

Langsam wurde ihm Ryan immer unsympathischer, da dieser jovial entgegnete: „Hab dich nicht so, Mann. Bei Kayleigh gibt es sogar Kabelfernsehen, außerdem könntest du ihr beim Verlegen des neuen Fußbodens in ihrem Arbeitszimmer helfen."

„Heute bist du die Höflichkeit in Person", urteilte seine Schwester schnaubend, bevor sie sich an Aidan wandte und ausdruckslos meinte: „Es macht mir wirklich nichts aus, wenn du dich im Gästezimmer einquartierst."

Aber ihm machte es etwas aus. Dennoch würde er dies nicht länger vor allen Anwesenden diskutieren.

Kaum war der Apfelkuchen aufgegessen, verabschiedete sich Ryan gut gelaunt, als hätte er Aidans Pläne nicht völlig durcheinandergebracht, und wurde dabei von Shane begleitet, der seine gesättigte und müde

Nichte zu seinem ältesten Bruder brachte, der anscheinend in der gleichen Straße wohnte. Thorne brachte Brady zu Bett, während Kayleigh in der Küche verschwand, um dort das dreckige Geschirr in die Spülmaschine zu packen. Für Aidan klang dies nach der perfekten Gelegenheit, mit ihr zu reden.

Daher folgte er ihr in die Küche seiner Schwester, betrachtete für wenige Sekunden die Frau in Jeans und Karohemd, die ihn vor einigen Monaten damit überrascht hatte, ein Höschen zu tragen, auf dem ein Comicheld abgedruckt gewesen war, und warf anschließend einen unsicheren Blick in Richtung Treppe, um sicher zu sein, dass Thorne noch oben bei Brady war.

„Hör mal", brummte er, als er neben sie trat und eine Schüssel in die Spüle tauchte, um die hartnäckigen Gratinränder aufzuweichen. „Ich werde mir ein Hotelzimmer nehmen ..."

„Damit deine Schwester und meine Brüder darüber rätseln, warum du nicht bei mir übernachtest?" Sie warf ihm unter dichten Wimpern einen stechenden Blick zu. „Ryan erscheint zwar nicht wie der hellste Zeitgenosse, aber er wüsste sofort, was Sache ist. Und ehrlich gesagt würde ich uns gerne das Theater ersparen, das ganz sicher los wäre, wenn herauskäme, dass wir beide miteinander geschlafen haben."

Aidan seufzte frustriert und nahm ihr das Handtuch aus den Händen. Gleichzeitig bemühte er sich darum, ihr nicht allzu offensichtlich ins Gesicht oder auf das Stück Haut zu schauen, das über dem Rand ihres verrutschten Shirts aufblitzte. Selbst wenn Ryan behauptet hatte, dass seine Schwester keine mimosenhafte Frau, sondern eher ein Kumpeltyp war, wusste Aidan aus eigener Erfahrung, dass Kayleigh Fitzpatrick insbesondere im nackten

Zustand nicht darüber hinwegtäuschen konnte, dass sie eine Frau war. Trotz ihrer burschikosen Kleidung und dem Kurzhaarschnitt wäre kein Mann auf die Idee gekommen, etwas anderes in ihr als eine Frau zu sehen. Aidan war zwar sieben Jahre lang im Gefängnis gewesen und hatte zu dieser Zeit nicht sehr häufig Frauen zu Gesicht bekommen, dennoch wusste er ein hübsches Gesicht mit grünen Kulleraugen, einer Stupsnase, einem großzügigen Mund und tiefen Grübchen in den Wangen sehr wohl zu schätzen.

„Wenn du Angst davor hast, dass deine Brüder mich verprügeln könnten, weil ich mit ihrer Schwester Sex hatte, muss ich deine Sorge zurückweisen", entgegnete Aidan, nachdem er seine Gedanken um eine nackte Kayleigh Fitzpatrick geordnet und gegen seine raue Kehle angekämpft hatte. „So leicht lasse ich mich nicht verprügeln."

Sie schnaubte und verzog den Mund, während sie ihm einen gespülten Teller zum Abtrocknen reichte. „Wenn ich der Meinung wäre, dass du eine Tracht Prügel verdient hättest, würde *ich* sie dir verpassen und nicht zu meinen Brüdern rennen. Nein", fügte sie hinzu. „Ich glaube kaum, dass es Ärger gäbe, schließlich sind wir erwachsen, aber wie ich meine Mom kenne, käme sie noch auf die Idee, uns miteinander verkuppeln zu wollen."

Obwohl eine Beziehung die letzte Sache auf Erden war, über die sich Aidan momentan Gedanken gemacht hätte, verspürte er einen Stich der Zurückweisung und fragte daher dumpf: „Bereitet dir die Vorstellung, einen Knacki zum Freund zu haben, etwa Panikanfälle?"

Mit einem überheblichen Blick sah sie ihn von der Seite an. „Schwachsinn, Aidan. Aber du und ich wissen, dass es ein One-Night-Stand war. Nicht mehr und nicht weniger. Noch nie habe ich meine Mom sich in mein Liebesleben einmischen lassen."

Er schwieg und stellte den trockenen Teller beiseite, bevor er beinahe widerwillig zugab: „Wenn ich gewusst hätte, dass du Shanes Schwester bist, hätte ich dir niemals ein Bier ausgegeben und dich aufgerissen."

„Ich will dir ja nicht die Illusion rauben, aber ich habe dich aufgerissen, Aidan", widersprach sie leichthin.

Aidan warf das Handtuch über eine Stuhllehne. „Außerdem hast du mich die Drinks bezahlen lassen und mir am nächsten Morgen nicht einmal einen Kaffee angeboten."

„Dafür wirst du anscheinend jetzt in den Genuss meiner Gastfreundlichkeit kommen."

5. Kapitel

Im Stillen verfluchte Kayleigh ihren Bruder und hätte Ryan gerne eine Darmspiegelung ohne Narkose verpasst, als sie dabei war, Bettwäsche herauszusuchen, während ihr *Gast* gerade sein Zimmer bezog, das sich gleich gegenüber von ihrem befand.

Auch wenn sie Aidan noch vor einer halben Stunde versichert hatte, dass es für sie überhaupt kein Problem sei, ihn für die kommenden Tage bei sich wohnen zu lassen, machte sich ein merkwürdiges Gefühl in ihr breit.

Dieses Gefühl hatte nichts damit zu tun, dass ihr Hausgast ein verurteilter Straftäter war, sondern dass sie mit einem Mann geschlafen hatte, von dem sie gedacht hatte, ihn nach jener Nacht nicht wiederzusehen, um jetzt festzustellen, dass er der Bruder ihrer zukünftigen Schwägerin war und anscheinend in den kommenden Tagen bei ihr wohnen würde. Kayleigh wusste, dass sie kein großes Drama daraus machen und erwachsen darüber hinwegsehen sollte, dass Thornes Bruder sie nackt gesehen hatte, dennoch wäre es ihr lieber gewesen, wenn sie nicht gewusst hätte, dass Aidan O'Shea es fertigbrachte, eine Frau im Bett um den Verstand zu bringen und nach dem Sex in einen zehnminütigen komatösen Schlaf verfiel, bevor er ein weiteres Mal über die Frau herfiel.

Während sie vor der Wäschetruhe in ihrem Schlafzimmer kniete und nach einem passenden Bettlaken suchte, spürte sie, wie brennende Hitze in ihre Wangen stieg. Da sie kein prüder Mensch war und noch nie der Ansicht gewesen war, dass man Sex zu ernst nehmen sollte, wusste sie selbst nicht, warum Aidans

Anwesenheit in ihrem Haus sie dermaßen aus der Fassung brachte.

Frustriert nahm sie das passende Bettlaken aus der Schublade, schloss diese und ließ sich anschließend zurück auf ihre Fersen sinken. Während sie ihre Finger im weichen Stoff des Bettzeugs vergrub, dachte sie verzagt darüber nach, in welchem Zustand sie gewesen war, als sie Aidan bei O'Rearys über den Weg gelaufen war. Damals war sie frustriert darüber gewesen, zwar Alecs Aufmerksamkeit auf Haydens Geburtstagsparty ergattert zu haben, aber dann mit ansehen musste, wie er mit seiner puppenartigen Begleitung nach Hause gegangen war. Im Pub war sie auf Aidan gestoßen, der äußerlich das genaue Gegenteil von Alec gewesen war.

Während der Partner ihres Bruders blond war, stets charmant lächelte und seinen athletischen Körper in ordentliche Anzüge steckte, wirkte Aidan O'Shea wie der Anführer einer Motorradgang, dessen Hobby es war, Baumstämme durch die Gegend zu schleppen, bevor er sie mit bloßen Händen klein hackte. Würde eine Filmproduktion Statisten für einen Blockbuster über kanadische Holzfäller suchen, wären sie bei Aidan an der richtigen Adresse. Er war groß, breit in der Schulter und kräftig in jeder Körperbewegung. Außerdem besaß er ein kantiges Gesicht und tat sich dadurch hervor, die meiste Zeit zu schweigen und grimmig dreinzuschauen.

Bislang hatte Kayleigh jenes hollywoodmäßige Klischee darüber, dass ehemalige Gefängnisinsassen bei Frauen ganz besonders gut ankamen und bei ihnen akute Atemnot auslösten, als lächerlich abgetan. Doch mittlerweile musste sie sich fragen, ob an diesem Klischee nicht doch etwas Wahres dran war.

Der Mann, der vor wenigen Minuten einen prall gefüllten Seesack in ihr Haus getragen hatte und nach eigenen Aussagen in den letzten sechs Monaten als Schweißer auf einer Bohrinsel gearbeitet hatte, machte nicht den Eindruck, der zugänglichste und witzigste Zeitgenosse der Welt zu sein, doch genau diese Ausstrahlung war es gewesen, die Kayleigh damals angezogen hatte. Männer mit einem gewissen Badboy-Image, die keine Spielchen spielten und auf Teufel komm raus flirteten, waren eine nette Abwechslung, weil man sich bei ihnen nicht verstellen musste.

Kayleigh jedenfalls hatte Aidans urige, ruhige und unaufgeblasene Art gefallen. An jenem Abend war gar nicht mehr nötig gewesen, um ihn mit in ihre damalige Wohnung zu nehmen.

Nach einer wirklich grandiosen Nacht hatte sie ihn am nächsten Morgen ohne viel Federlesen vor die Tür gesetzt und ein paar Tage später zwar nicht endgültig vergessen, jedoch so weit verdrängt, dass sie ruhigen Gewissens hatte schlafen können.

Ob dies in der kommenden Nacht möglich sein würde, wusste sie hingegen nicht.

Dass Aidan fast sieben Jahre im Gefängnis verbracht hatte, störte sie jedenfalls nicht. Erstens wusste sie, was hinter seiner Verhaftung und Inhaftierung steckte, und zweitens war sie von ihren Eltern dahingehend erzogen worden, dass Menschen sich rehabilitieren konnten. Wieso sollte sie einem erwachsenen Mann Straftaten vorwerfen, die er als beinahe Halbwüchsiger begangen und für die er längst gebüßt hatte? Nein, dass Aidan O'Shea im Gefängnis gesessen hatte und nun bei ihr übernachten würde, bereitete ihr keine einzige schlaflose Nacht.

Da sie nicht ewig auf dem Teppichboden ihres Schlafzimmers hocken konnte, erhob sich Kayleigh langsam und schlich auf nackten Sohlen über den Flur, um an die offene Tür des Gästezimmers zu klopfen und einen kurzen Moment das kräftige Kreuz zu betrachten, das unter einem Jeanshemd steckte, während der Besitzer des breiten Rückens einen Stapel ordentlich gefalteter T-Shirts in die leere Kommode legte.

Sobald Aidan das Klopfen hörte, drehte er sich um und schaute Kayleigh fragend an.

Mit einem knappen Lächeln hob sie das Bettzeug hoch und warf es ihm anschließend zu. „Ich dachte mir, dass du das brauchen könntest."

„Danke", entgegnete er knapp, nachdem er es gefangen hatte, und legte Laken sowie den Kissen- und Deckenbezug auf das Bett.

„Falls du ein weiteres Kissen oder eine andere Decke brauchst, sag einfach Bescheid."

„Alles ist perfekt. Danke." Seine Mundwinkel fielen hinab, während er die Arme mit den ausgeprägten Muskeln, die unter seinem Jeanshemd allzu deutlich hervortraten, vor seiner Brust verschränkte. „Morgen sehe ich mich nach einer Wohnung um."

„Komm erst einmal in Boston an", ließ sie sich vernehmen. „Mir macht es nichts aus, dass du hier bist, Aidan."

Neugierig blitzten seine blauen Augen auf. „Willst du mir jetzt auch erklären, dass ich zur Familie gehöre?"

Unsicher fuhr sie sich über die Lippen. „Das tust du ja auch – irgendwie. Immerhin haben wir einen gemeinsamen Neffen."

Angesichts seiner Augen, die er im gespielten Entsetzen zusammenkniff, musste Kayleigh ein schnaubendes Lachen unterdrücken. „Was ist?“

„Wie das klingt“, grollte er und schüttelte sich anschließend.

„Und wie?“

„Wie Inzest“, gab er unumwunden zu.

„Sehr komisch“, murmelte sie und klopfte ein abschließendes Mal gegen den Türrahmen. „Falls du Hunger oder Durst hast, bediene dich einfach unten am Kühlschrank. Ansonsten lasse ich dich wieder allein und gehe jetzt schlafen.“

Sie hatte sich bereits umgedreht, als sie seine zögerliche Stimme hörte.

„Kayleigh?“

„Mhh?“ Fragend drehte sie sich wieder zu ihm um und strich sich eine Strähne aus der Stirn, während sie seine undurchschaubare Miene musterte.

Beinahe widerwillig, wie es schien, erklärte er: „Es ist wirklich nett, dass du mir das Gästezimmer zur Verfügung stellst.“

„Keine Sache.“ Lässig zuckte sie mit der Schulter. „Mi casa es su casa.“

Kayleigh drehte sich um und hatte bereits den Flur betreten, als Aidan ein weiteres Mal ihren Namen rief.

„Ja?“, hakte sie nach und steckte den Kopf zurück in das Zimmer.

Ohne den geringsten Anflug eines Lächelns nickte er ihr zu. „Die neue Frisur steht dir.“

Nach einem Moment der Überraschung griff sie sich reflexartig ins Haar und lächelte automatisch. „Danke.“

Aidan hörte ein fragendes Räuspern und schob seinen Oberkörper aus dem engen Freiraum unter der Spüle heraus, um Kayleigh direkt über sich stehen zu sehen. Sie wirkte überrascht, ihn in ihrer Küche auf dem Boden zu finden, wie er am Spülkasten herumschraubte, und hatte beide Hände in ihre Taille gestemmt.

„Guten Morgen“, entgegnete er höflich und deutete mit der Hand auf den Werkzeugkasten zwischen ihren Füßen. „Kannst du mir eine Zange geben?“

„Eine Zange?“

„Ja“, erwiderte er geduldig und blinzelte zurück in das Innere des Unterschrankes, in den er sich vor wenigen Minuten gezwängt hatte, um der Ursache des blubbernden Geräusches auf den Grund zu gehen, das ihm aufgefallen war, als er Kaffee aufgesetzt hatte. „Eine Zange sieht wie eine Schere aus ...“

„Ich weiß, was eine Zange ist“, blaffte sie ihn halb genervt, halb belustigt an und drückte ihm wenige Sekunden später das Werkzeug in die Hand. „Was tust du da?“

Aidan rutschte zurück in den Unterschrank, runzelte die Stirn und setzte die Zange am Verschluss des Schlauches an, während er ihr erklärte: „Als ich Kaffee kochen wollte, fiel mir auf, dass etwas mit deinem Ausguss nicht stimmte, also habe ich nach einem Werkzeugkasten gesucht und angefangen, die Verschlüsse zu kontrollieren. Jetzt wechsle ich einen der Schläuche aus, bevor das Ganze durchrostet. Ich hoffe, das war okay.“

„Okay?“, wollte sie mit mildem Spott wissen. „Natürlich ist das okay! Das ganze Haus scheint aus defekten Schläuchen zu bestehen, also werde ich mich sicherlich nicht beschweren, wenn du eine Wasserleitung davor bewahrst, aufzuplatzen."

Während er seinen Kopf hob, um den Verschluss zu inspizieren, und den neuen Schlauch installierte, bat er sie: „Könntest du mit der Taschenlampe kurz leuchten?"

„Klar." Gleich darauf erschien ihr Kopf neben seiner Schulter, während sie die betreffende Stelle beleuchtete und gequält meinte: „Ich sollte hier öfter putzen. Hoffentlich hast du keine Hausstauballergie."

Dies rang ihm ein kurzes Lächeln ab. Aidan schüttelte den Kopf und griff ein weiteres Mal nach der Zange, um den Verschluss des Schlauches nachzuziehen. Mit einigen wenigen Handgriffen hatte er den neuen Schlauch installiert und wies sie an: „Stell mal kurz das Wasser an."

Daraufhin erhob sie sich und betätigte den Wasserhahn. Da der neue Schlauch nicht leckte und auch das blubbernde Geräusch verschwunden war, stieß Aidan zufrieden den Atem aus und schob seinen Oberkörper aus dem Unterschrank heraus, bevor er sich aufsetzte und seine Hände mit einem Lappen abwischte.

„Jetzt sollte alles einwandfrei funktionieren."

„Danke", erwiderte sie einfach und reichte ihm die Hand, die Aidan für einen kurzen Augenblick anstarrte, bevor er sich von ihr aufhelfen ließ, die Schranktür schloss und den Lappen in die Spüle warf.

Er wollte nicht neugierig erscheinen, schließlich hätte zu viel Interesse komisch geklungen, jedoch kam er nicht umhin, sie zu fragen: „Was ist aus deiner alten Wohnung geworden?"

Mit einem schwachen Lächeln und einem amüsierten Augenverdrehen trat sie an den gegenüberliegenden

Schrank heran und nahm zwei Kaffeetassen heraus. „Du fragst dich sicher, warum ich aus meiner Wohnung, in der alles einwandfrei funktionierte, in ein Haus gezogen bin, das zum letzten Mal renoviert wurde, als wir uns noch im Krieg mit Vietnam befanden, oder?"

Aidan bückte sich, um den Werkzeugkasten zu verschließen, und zuckte gleichzeitig nachlässig mit der Schulter. „Es ist ein schönes Haus, auch wenn es sicherlich noch einige Schönheitskorrekturen braucht."

„Sehr diplomatisch", lobte sie ihn und goss ihm und sich einen Kaffee ein. „Heath nannte es ein Hexenhaus, und Ryan folgerte daraus, dass es daher perfekt zu mir passen würde."

„Dein Bruder ist ein richtiger Spaßvogel." Er hob den schweren Werkzeugkasten hoch und schaute ihr in die Augen. „Abgesehen davon, dass es wirklich ein schönes Haus ist, war deine Wohnung aber auch nicht zu verachten."

„Mein Vermieter wollte die Wohnungen verkaufen, aber ich dachte mir, dass ich mir lieber ein Haus als Eigentum zulege als eine Wohnung. Da ich in der Nähe meiner Familie leben wollte, wurde es halt dieses Haus. Außerdem habe ich mich in den Garten verliebt." Sie deutete aus dem Fenster in Richtung Garten. „Wenn es erst einmal renoviert ist, wird es ein Schmuckstück sein und bis dahin ... na ja ..." Sie zuckte mit der Schulter.

Während Aidan den Werkzeugkasten in die nebenliegende Abstellkammer trug, erwiderte er sachlich: „So viel ist gar nicht zu tun. Ich habe mich umgesehen und muss zugeben, dass das Haus ein tolles Fundament hat. Solche Gebäude sind für die Ewigkeit gebaut worden. Dich hätte es schlimmer treffen können."

Er schloss die Tür zur Abstellkammer und begegnete ihrem überraschten Blick.

„Du klingst, als hättest du Ahnung davon“, ließ sie sich vernehmen und reichte ihm eine Tasse Kaffee, die er wortlos entgegennahm.

Aidan nahm einen Schluck, leckte sich anschließend einen Tropfen Kaffee von der Unterlippe und gestand gespielt leichthin: „Mein Dad war gelernter Dachdecker und hatte später ein Geschäft für Handwerksbedarf. Da ist so einiges hängen geblieben.“

„Aha“, antwortete sie einsilbig und trank ebenfalls einen Schluck, während sie sich gegen den Küchentisch lehnte und Blickkontakt zu ihm vermied. „Wolltest du sein Geschäft nicht übernehmen?“

Er stieß den Atem aus und vergrub eine Hand in der Tasche seiner Jeans. So unbefangen wie möglich erwiderte er kopfschüttelnd: „Das war nicht möglich, schließlich verlor mein Dad dank der Wirtschaftskrise sein Geschäft, da er seine Kredite nicht mehr abbezahlen konnte. Und ich ...“ Aidan ließ sich zu einem schwachen Lächeln hinreißen. „Und ich schlug nach seinem Tod einen weniger legalen Weg ein.“

„Schöne Scheiße“, seufzte sie ohne Vorwurf.

„Du sagst es.“ Aidan stellte die Tasse beiseite und lehnte sich gegen die Spüle. „Handwerklich komme ich jedoch ganz nach meinem Dad. Wenn du also irgendetwas für mich zu tun hast, helfe ich dir gerne. Sozusagen als Ausgleich dafür, dass ich hier schlafen darf.“

Kayleigh nahm einen letzten Schluck Kaffee und schenkte ihm über den Rand der Tasse einen kritischen Blick. „Du bist hier Gast und musst nichts renovieren oder reparieren, Aidan.“

Achtlos rümpfte er die Nase. „Ich habe sowieso nichts zu tun.“

Als hätte sie ihn gar nicht gehört, wollte sie stattdessen von ihm wissen: „Hast du denn gut geschlafen? Wie es scheint, warst du schon früh wach.“

„Ich bin kein Langschläfer“, entgegnete er beiläufig. „Geschlafen habe ich jedoch sehr gut. Auf jeden Fall sehr viel besser als im Reisebus.“

Auch Kayleigh lächelte schwach und schaute anschließend mit einem Seufzer auf ihre Armbanduhr. Da sie bereits fertig angezogen war und Schuhe trug, ging Aidan davon aus, dass sie kurz davor stand, das Haus zu verlassen. Er hatte keine Ahnung, ob sie von ihm erwartete, dass er sich ebenfalls auf die Socken machte und erst dann wiederkam, wenn sie auch wieder zu Hause war. Tatsache war nun einmal, dass er ein ehemaliger Gefängnisinsasse war und damit auf die meisten Menschen wenig vertrauensvoll wirkte.

„Oh Mann, schon so spät. Ich muss mich beeilen, damit ich nicht zu spät zur Arbeit komme.“ Kayleigh stellte die Tasse in die Spüle und stand ihm nun so nah, dass er riechen konnte, dass sie unter der Dusche Shampoo mit Kokosduft benutzt haben musste.

Aidan schluckte kurz und gab ein undefinierbares Geräusch von sich.

„Ach, das hätte ich fast vergessen“, rief sie plötzlich aus und riss ihn aus seinen Gedanken heraus, sodass er den Kopf senkte und in ihr frisches Gesicht sah, das ihn erwartungsvoll betrachtete, während sie ihm die flache Hand hinhielt.

„Was ist das?“, wollte er angesichts des Schlüssels wissen, den sie ihm reichte.

„Ein Schlüssel“, erklärte Kayleigh überdeutlich und mit einem Anflug von Spott in der Stimme. Dass sie wie eine Lehrerin für unerzogene Kinder klang, schien ihr Spaß zu machen. „Damit kann man Türen verschließen oder aufschließen, Aidan.“

„Ich weiß, was ein Schlüssel ist“, gab er lässig zurück. „Immerhin saß ich im Gefängnis und wurde abends immer in meine Zelle eingeschlossen.“

„Ha, ha, du Spaßvogel“, ächzte sie und drückte ihm den Schlüssel in die Hand.

Aidan beäugte diesen kritisch und runzelte die Stirn. „Willst du mir wirklich deinen Haustürschlüssel geben?“

Kayleigh schien sich darüber keine großen Gedanken zu machen, da sie den Kühlschrank öffnete und eine kleine Flasche Saft herausnahm, bevor sie sich vom Küchentisch einen Apfel nahm und in diesen hineinbiss. Ihm erschien sie erfreulich genügsam und unkompliziert zu sein, wie sie in eine Jeansjacke schlüpfte und ihren Apfel aß, während sie rundheraus erwiderte: „Warum nicht? Du willst doch bestimmt nicht durch ein Fenster klettern müssen, um wieder ins Haus zu kommen, oder?“

Er kam auf das Offensichtliche zu sprechen, indem er die Stimme zu einer grimmigen Tonlage senkte. „Ich saß immerhin im Gefängnis, Kayleigh.“

„Na und? Das tat Martha Stuart auch, aber ich ließe sie mit Freuden in meine Küche, damit sie hier etwas kochen würde.“

„Das ist nicht dasselbe.“

Aidan konnte beobachten, wie sie eine Tasche schulterte, dabei den Apfel zwischen den Zähnen festhielt und einen Pieper an ihrem Hosengürtel befestigte, bevor sie die grüne Frucht in die Hand nahm und kauend wissen wollte: „Wirst du mir die Bude ausräumen?“

Mürrisch schüttelte er den Kopf. „Natürlich nicht."

Sie hob die freie Hand. „Dann viel Spaß. Im Kühlschrank ist noch Lasagne, aber ich habe keine Ahnung, wie alt die ist. Das Hühnchen Teriyaki ist von gestern Mittag und daher noch genießbar."

Bevor er einen weiteren Ton von sich hätte geben können, stürzte sie förmlich aus dem Haus und ließ ihn zurück.

Aidan stieß ein tiefes Seufzen aus und dachte darüber nach, wie er in diese Situation geraten war. Kayleigh wirkte wie die unkomplizierteste Frau der Welt, die ihn nicht nur nach einem phänomenalen One-Night-Stand aus ihrer Wohnung geworfen hatte, sondern ihm jetzt ihr Haus überließ und das Ganze mit einer Schlüsselübergabe krönte – dabei kannte sie ihn nicht einmal. Wäre er an ihrer Stelle gewesen, hätte er es sich dreimal überlegt, einen verurteilten Straftäter in sein Haus zu lassen. Familie hin oder her.

Langsam verschränkte er die Arme vor der Brust und starrte auf die Stelle, an der sie gerade noch gestanden und ihren Apfel gegessen hatte. Kayleigh Fitzpatrick entstammte nicht nur einer liebevollen Familie und benahm sich extrem hilfsbereit, sondern arbeitete als Ärztin. Er dagegen hatte sein Leben gegen die Wand gefahren und würde irgendwann einmal mit harter Arbeit und Glück wieder auf die Spur kommen, doch von seinem eigentlichen Traum war er ein riesiges Stück entfernt und hatte zudem fast sieben Jahre in einem Gefängnis verbracht.

Tja, Gott schien sich tatsächlich tierisch über ihn zu amüsieren, indem er ihm eine Frau vor die Nase setzte, die viel zu gut für ihn war.

6. Kapitel

„Du hättest dir nicht meinetwegen freinehmen müssen, Thorne."

„Natürlich nicht", entgegnete seine Schwester mit belustigter Ironie und stieß ihn in die Seite, während er ihr beim Zerpflücken des Salats half und neben ihr in der großzügigen Küche ihres neuen Hauses stand. „Da kommt mein Bruder nach sechs Monaten endlich wieder nach Hause und hat mir so viel zu erzählen, dass ich lieber ins Büro gehe, um Akten zu sortieren. Also wirklich, Aidan!"

Unbeholfen schaute er zu seiner Schwester hinab, die ihm fröhlich zublinzelte und ungemein zufrieden wirkte. „Nun ja ... für die Hochzeit und so wirst du dir ja bestimmt einige freie Tage nehmen müssen."

„Na und?" Seine Schwester seufzte zufrieden und lehnte ihren Kopf für einen kurzen Moment gegen seinen Oberarm. „Ich freue mich ja so, dass du hier bist, Aidan. Ohne dich hätte ich nicht heiraten wollen."

Mit dem scherzhaftesten Ton, zu dem er fähig war, fragte er misstrauisch nach: „Ist es so schlimm mit dem Cop, dass du meine Unterstützung brauchst?"

„Du sollst ihn doch nicht so nennen", rügte sie ihn und stieß ihn ein weiteres Mal in die Seite. „Außerdem brauche ich zwar nicht deine Unterstützung, aber die Hochzeit ist mir sehr wichtig, und da möchte ich nun einmal meine Familie um mich haben."

Er konnte sich nicht helfen, da er ein bitteres Gefühl dabei empfand, sich zu Thornes Familie zählen zu lassen, während sie anscheinend eine richtige Familie gefunden hatte – eine intakte Familie. Am gestrigen Abend war ihm die absolute Harmonie aufgefallen, die zwischen Thorne, Shane und seinen Geschwistern geherrscht hatte. Von flapsigen Bemerkungen untereinander einmal abgesehen, war nicht zu übersehen gewesen, wie gut sie sich alle verstanden. Wie Aidan von seiner Schwester wusste, hatte Shane eine wunderbare Mutter und vier Geschwister, mit denen er sich verstand. Sie alle schienen nah beieinander zu wohnen und ständig Zeit miteinander zu verbringen.

Thorne und Aidan dagegen hatten so etwas nicht.

Nach dem Tod ihrer Eltern hatten sie lediglich einander gehabt, doch sieben Jahre, in denen sie sich nur wenige Male im Jahr zu seinen Besuchszeiten gesehen hatten, waren eine lange Zeit. Dass er in dieser Zeit nicht für seine kleine Schwester da gewesen war, belastete ihn enorm.

„Dass du unser Trauzeuge sein willst, macht mich sehr froh, Aidan."

„Mhh", entgegnete er dumpf und riss ein Salatblatt in kleine Stücke, um diese in eine Schüssel zu werfen und sich gleichzeitig ein Herz zu nehmen. „Darüber wollte ich sowieso mit dir reden. Hältst du es wirklich für eine gute Idee, dass ich euer Trauzeuge sein soll?"

Angesichts ihrer bestürzten Miene bereute er seine Frage in der Sekunde, in der er sie gestellt hatte.

„Thorne ..."

„Natürlich ist dies eine gute Idee", polterte sie los. „Außerdem dachte ich, dass du das Kriegsbeil mit Shane begraben hättest. Seinetwegen nicht als mein Trauzeuge ..."

„Es geht doch nicht um Shane", unterbrach er sie ruhig und legte eine Hand auf ihre Schulter, während er den Kopf senkte und ein freudloses Lächeln aufsetzte.

„Worum denn dann?“

„Dein Zukünftiger ist ein Cop“, erklärte er mit lahmer Zunge. „Und wie mir scheint, heiratest du in eine Familie voller Cops ein. Deinen kriminellen Bruder neben euch stehen zu sehen, könnten einige Gäste merkwürdig finden.“

Augenblicklich fielen ihre Schultern hinab, bevor sie beinahe abfällig hervorwürgte: „Aidan, könntest du bitte endlich aufhören, dich einen Kriminellen zu nennen?“

Er schnalzte mit der Zunge. „Aber ich bin ein Krimineller.“

Anscheinend war seine Schwester fest entschlossen, dieses Wort aus seinem Vokabular zu streichen. „Du bist kein Krimineller, Aidan O’Shea, sondern hast vor ein paar Jahren Mist gebaut und dafür eine viel zu hohe Quittung bekommen. Jetzt bist du rehabilitiert und hast damit nichts mehr zu tun.“

Da das Thema an ihm nagte, bemühte er sich um einen leichtfertigen Ton. „In den Augen der meisten Menschen bin ich noch immer ein Straftäter, was ich sogar verstehen kann, wenn man bedenkt, dass ich fast sieben Jahre gesessen habe.“

Empört blitzten ihre blauen Augen auf, die seinen so ähnlich waren. „Wir beide wissen, dass deine Strafe viel zu hoch ausgefallen ist! Du warst nicht einmal vorbestraft, also hätten sie dich auch auf Bewährung herauslassen können. Die ganze Gerichtsverhandlung war eine Farce, Aidan. Zieh dir diesen Schuh nicht an.“

Die Tatsache blieb jedoch bestehen, dass er viele Jahre seines Erwachsenenlebens im Gefängnis verbracht und so einiges verpasst hatte, das unwiderruflich vorbei war. Mit zweiunddreißig Jahren von vorne anzufangen, war nicht besonders leicht. Seinen Collegeabschluss hatte er aus Geldnöten abbrechen müssen und konnte nur eine Ausbildung zum Schweißer vorweisen, die er im Gefängnis erworben hatte. Glücklicherweise hatte sich die Firma, die Arbeiter an die kanadische Bohrgesellschaft vermittelte, nicht darum geschert, dass er seine Ausbildung in einem staatlichen Gefängnis absolviert hatte. Dadurch war Aidan heute wenigstens dazu in der Lage, ein wenig Startkapital in der Tasche beziehungsweise auf seinem Konto zu haben.

Dennoch war es ein beschissenes Gefühl, auf sieben vergeudete Jahre zurückzublicken und kein Heim, keinen Job und keine Familie zu haben.

Von Thorne und Brady einmal abgesehen.

„Schwamm drüber", antwortete er gutmütig und hoffte, Thorne von seinen Problemen abzulenken.

„Wenn du nicht mein Trauzeuge sein wirst, werde ich Shane nicht heiraten", drohte sie ihm und bewies, dass Thorne ein ebensolcher Dickschädel war wie er und ihre Mom damals.

„Schieb nicht mich vor, wenn du einen Grund brauchst, den Cop nicht zu heiraten."

„Aidan", wies sie ihn ein weiteres Mal zurecht und legte das gefährlich aussehende Messer beiseite, das sie zum Schneiden des Gemüses benutzte. „Der Cop hat auch einen Namen."

„Ich weiß." Er konnte nicht anders und musste breit grinsen. „Da jedoch Brady jeden Moment zur Tür hineinkommen kann, halte ich es für besser, den nicht zu benutzen."

„Brady ist völlig vernarrt in Shane. Und Shane in Brady", ließ sich Thorne leise vernehmen, bevor sie ihn mit einem geradezu flehentlichen Blick ansah. „Wirklich, Aidan. Die beiden sind ein Herz und eine Seele. Könntest du bitte versuchen, meinen zukünftigen Mann zu mögen?“

Er schluckte schwer und rümpfte die Nase, bevor er seiner Schwester mit großer Ernsthaftigkeit in die Augen sah. „Macht er *dich* glücklich, Peanut?“

Ihr Blick wurde weich. „Du hast mich seit meinem vierzehnten Lebensjahr nicht mehr Peanut genannt, Aidan.“

„Thorne“, erwiderte er mit angespannter Stimme und wiederholte seine Frage. „Macht er dich glücklich? Wenn er es nicht tut, dann schwöre ich ...“

„Himmel, Aidan“, flüsterte sie und bekam augenblicklich feuchte Augen. „Ich bin unendlich glücklich mit Shane. Er ... er ist großartig. Ich liebe ihn sehr.“

Das erleichterte ihn, doch das natürliche Misstrauen dem Mann gegenüber, der seine Schwester vor sieben Jahren hereingelegt und anschließend verlassen hatte, ließ sich nicht so einfach abstellen. „Wenn irgendetwas sein sollte, musst du es mir sagen.“

Beruhigend lächelte sie ihn an, spähte zur Seite und flüsterte anschließend aufgeregt: „Alles ist wundervoll, Aidan. Wirklich. Und um dir das zu beweisen, verrate ich dir jetzt ein Geheimnis, das wir bisher noch niemandem gesagt haben.“ Ihre Augen sprühten vor Glück. „Shane und ich bekommen ein Baby.“

„Oh.“ Überrascht blinzelte er und starrte ihr automatisch auf den Bauch, was seiner Schwester ein fröhliches Lachen entlockte.

„Man kann nichts sehen, Aidan. Dafür ist es doch noch viel zu früh.“ Sie hakte sich bei ihm ein und legte ihm eine Hand auf die Brust. „Du musst dir keine Sorgen um mich machen. Mir geht es gut. Mir geht es sogar fabelhaft und ich bin wirklich sehr, sehr glücklich."

Aidan atmete aus und verzog den Mund zu einem schiefen Lächeln. „Das macht mich froh, Peanut. Ansonsten hätte ich den Cop nämlich verprügeln müssen."

Thorne verdrehte die Augen und tippte mit ihrem Zeigefinger gegen sein Kinn. „Benimm dich, Aidan. Bald werde ich heiraten, und ich fände es sehr schön, wenn du Shane auf unserer Hochzeit auch *Shane* nennen könntest und nicht *den Cop*."

„Ich werde sehen, was sich machen lässt." Aidan senkte die Stimme und streichelte seiner Schwester zärtlich über die Wange. „Glückwunsch zum Nachwuchs, Thorne. Ich freue mich für euch."

„Danke", erwiderte sie und klang so, als würde sie jeden Moment in Tränen ausbrechen. „Das von dir zu hören ..."

Er wartete einen Augenblick, um scherzhaft zu blöken. „Ich mag von deinem Zukünftigen ja halten, was ich will, aber Brady ist ihm ziemlich gut gelungen. Das muss man ihm lassen."

Glücklicherweise hatte er die rührselige Stimmung wieder gelockert, weil seine Schwester ein unwilliges Schnauben ausstieß. „Vielleicht hatte ich auch meinen Anteil daran, dass Brady so gut gelungen ist."

„Unbedingt", stimmte er ihr zu. „Apropos ... weiß er schon, dass er bald eine kleine Schwester oder einen kleinen Bruder bekommt?"

Sie schüttelte den Kopf und strich sich anschließend eine schwarze Haarsträhne aus der Stirn. „Außer dir weiß es noch niemand. Nun ja, mit Ausnahme von Kayleigh." Thorne verzog den Mund zu einer Grimasse. „Sie hat es herausgefunden, weil Shane so furchtbar überfürsorglich geworden ist. Aber da Kayleigh nun einmal Kayleigh ist, weiß ich, dass sie den Mund halten wird.“

Aidan wollte sich seine Neugier nicht anmerken lassen und verhielt sich daher eher unbeteiligt. „Das klingt, als würdet ihr euch gut verstehen.“

„Du meinst Kayleigh und mich?“ Thorne nickte und machte sich von ihm los, um den Herd anzustellen. „Ehrlich gesagt glaube ich nicht, dass es jemanden gibt, der sich nicht mit ihr versteht. Zwar hat sie eine große Klappe und einen teilweise sehr deftigen Humor, aber ich kenne kaum jemanden, der so hilfsbereit und freundlich ist wie sie.“ Über die Schulter hinweg blinzelte sie ihm zu. „Immerhin hat sie dir ja auch angeboten, zu ihr zu ziehen.“

Mit einem Stöhnen schüttelte er den Kopf. „Sie hat es mir nicht angeboten, sondern wurde von ihrem Bruder regelrecht dazu gedrängt, mich aufzunehmen. Mal im Ernst, Thorne, ich hätte auch ins Hotel gehen können.“

„Aber wieso das denn?“ Sie nahm einen Holzlöffel und begann die Tomatensoße umzurühren, die sie vor einer Stunde aufgesetzt hatte, als er auf ihrer Matte gestanden hatte, um etwas Zeit mit seiner Schwester zu verbringen. „Ich finde es toll, dass du nur zwei Straßen weiter wohnst ...“

„Von wohnen kann keine Rede sein“, korrigierte Aidan sie. „Ich bin schon auf der Suche nach einer Wohnung und werde bei Kayleigh nur für ein paar Nächte bleiben, schließlich will ich ihr nicht auf die Nerven fallen.“

„Das würdest du nicht. Kayleigh ist recht unkompliziert. Ich könnte mir denken, dass du dich bei ihr ziemlich wohlfühlen wirst. Sie steht nämlich auf

Sportfernsehen, isst gerne Fleisch, hat immer Bier im Haus und nörgelt nicht herum, wenn jemand Dreck mit ins Haus nimmt. Shane sagt immer, dass Kayleigh der wandelnde Traum eines jeden Mannes ist."

Stirnrunzelnd hakte Aidan nach: „Und wie kommt es dann, dass sie keinen Freund hat? Das heißt ... hat sie denn einen Freund?"

Thorne gluckste amüsiert. „Wenn sie einen hätte, wäre er sicherlich nicht begeistert, dich in ihrem Haus vorzufinden." Sie schüttelte den Kopf. „Nein, sie hat keinen Freund, obwohl ich nicht weiß, woran das liegt."

Aidan antwortete nicht und bemerkte wenige Sekunden später, wie Thorne ihn durchdringend bis neugierig ansah. „Wäre sie nichts für dich?"

„Für mich?" Er spielte den Überraschten und fasste sich an die Stirn, um ihr einen Vogel zu zeigen. „Aber sicher doch, Thorne. Abgesehen davon, dass ich momentan wirklich keinen Kopf dafür habe, mir um eine Beziehung Gedanken zu machen, bin ich der wandelnde Traum einer jeden Frau. Wer steht nicht auf einen Mann, der sieben Jahre kein Date hatte und etwas eingerostet ist, wenn es darum geht, einer Frau Komplimente zu machen?"

Pragmatisch wie seine Schwester war, rümpfte sie nachlässig die Nase, bevor sie mit einer großen Portion Galgenhumor von sich gab: „Hey, sieh es positiv! Solltest du eine nette Frau finden, kannst du ihr ins Gesicht sagen, dass sie die erste Frau seit sieben Jahren sei, die dir etwas bedeutet, ohne dabei ein schlechtes Gewissen zu haben, weil du sie anlügst."

„Danke für den Tipp", ächzte er und musste es sich gefallen lassen, dass sie spielerisch mit dem Handtuch nach ihm schlug. „Ich werde es mir merken."

Fröhlich trippelte sie von einem Bein auf das andere. „Wenn Kayleigh nichts für dich ist, kannst du sie wenigstens fragen, ob sie eine nette Arbeitskollegin hat."

Aidan schwieg und war sich bewusst, dass seine Schwester auf eine Antwort wartete, doch den Gefallen konnte er ihr nicht tun. Daher nickte er dem Kochtopf zu und raunte: „Pass auf, dass die Soße nicht anbrennt."

Obwohl Aidan seit vier Tagen in ihrem Haus wohnte, hatte Kayleigh ihn so gut wie nie zu Gesicht bekommen. Einerseits musste sie grauenvolle Zwanzig-Stunden-Schichten hinter sich bringen und hatte momentan unmögliche Arbeitszeiten, andererseits schien er sich besonders rarzumachen, sobald sie nach Hause kam.

Da sie mit vier Brüdern aufgewachsen war, die überall ihre Sachen verteilt hatten und schrecklich unordentlich waren, hatte Kayleigh eigentlich mit dem Schlimmsten gerechnet, als Aidan O'Shea in ihr Gästezimmer gezogen war. Jedoch musste sie zugeben, dass man seine Anwesenheit kaum bemerkte – wenn man davon absah, dass das wackelige Regal im Keller, die fehlende Sprosse am Treppengeländer und der undichte Duschkopf repariert waren. Bisher stellte sich Aidan als mustergültiger Mitbewohner heraus, wenn sie bedachte, wie grauenvoll das Miteinander mit ihrer Mitbewohnerin auf dem College und später mit einer Kollegin und einem Kollegen während der praktischen Ausbildung gewesen war.

Aidan hingegen hinterließ niemals dreckiges Geschirr, füllte den Kühlschrank auf, wenn etwas fehlte, ließ nicht einmal eine Socke im Bad liegen und schien – völlig untypisch für Männer – sogar den Weg zur Waschmaschine gefunden zu haben. Voller Verwunderung und sogar mit einer Prise Entsetzen hatte Kayleigh nämlich erst gestern einen voll beladenen Wäscheständer im Keller entdeckt, auf dem seine frisch gewaschene Kleidung gehangen hatte, während sie ihre eigenen Sachen, die sich zu ihrer Schande seit drei Tagen unangetastet auf ebendiesem Wäscheständer befunden hatten, ordentlich gefaltet in einem Wäschekorb vor ihrer Tür entdeckt hatte.

Nicht einmal den Klodeckel ließ dieser Mann oben!

Mittlerweile machte sich Kayleigh ernsthafte Sorgen, dass sie ein Alien in Menschengestalt bei sich zu Hause aufgenommen hatte. Vielleicht war der Besucher eines anderen Planeten auf die Erde gekommen und hatte sich Aidans Körper sozusagen als Anzug ausgeliehen, um nun unbehelligt auf Erkundungstour zu gehen. Hatte nicht Will Smith in einem Film mit einer überdimensionalen Schabe zu tun gehabt, die genau nach dieser Methode vorgegangen war? Anstatt darüber nachzudenken, dass der Mann in ihrem Gästezimmer nachts über sie herfallen, ihre Wohnung ausräumen oder ihre wertvolle Baseballkartensammlung entdecken könnte, machte sie sich mittlerweile Sorgen darüber, von einem Außerirdischen auf ein Raumschiff entführt und dort für wissenschaftliche Untersuchungen missbraucht zu werden.

Anders war es einfach nicht zu erklären, dass sie momentan mit einem derart ordentlichen, angenehmen und vorbildlichen Mitbewohner unter einem Dach lebte.

Mittlerweile war die Kunde, dass Thornes Bruder bei ihr wohnte, auch zu ihrer Mutter gedrungen, die ihre

Neugier kaum bezwingen konnte, als Kayleigh ihr nach ihrer Schicht einen Besuch abstattete und auf ein Sandwich hoffte.

Während Kayleigh in der Küche ihrer Mom auf einem Stuhl saß, die Nachrichten im Fernsehen verfolgte und in ein saftiges Schinkensandwich biss, polierte Ellen Fitzpatrick ihre Küche und hakte nach: „Thorne hat mir erzählt, dass ihr Bruder ein außerordentlich guter Handwerker ist. Vielleicht hilft er dir ja dabei, eine neue Tapete im Schlafzimmer anzubringen."

Kayleigh erkannte eine fadenscheinige Aussage, wenn sie sie hörte, und grummelte daher lediglich vor sich hin, während sie sorglos auf ihrem Sandwich herumkaute und aufmerksam zuhörte, als über den Gesetzesentwurf zu einer neuen Gesundheitsreform berichtet wurde.

Wie die Unschuld vom Land schlug ihre Mom vor: „Ich meine, du könntest bei der Renovierung des Hauses Hilfe brauchen, und da Aidan ein netter Mann zu sein scheint, würde er dies sicherlich für dich tun."

„Mhh."

„Wirklich, Kayleigh. Thorne hat gesagt ..."

„Mom", unterbrach sie ihre Mutter und schluckte das Stück Sandwich, auf dem sie gerade gekaut hatte, hinunter. „So interessant es auch ist, zu erfahren, was Thorne über ihren Bruder gesagt hat, würde ich gerne in Ruhe mein Sandwich essen, ohne durch deine Verkupplungsversuche belästigt zu werden."

„Verkupplungsversuche?" Ihre Mom spielte die Empörte. „Wer spricht denn hier von Verkupplungsversuchen? Ich dachte lediglich, dass es ganz nett wäre, wenn du die Anwesenheit von Thornes

Bruder für den unseligen Zustand deines Hauses nutzen könntest."

Gerade noch schaffte sie es, ein sarkastisches Schnauben zu unterdrücken. „Mom, er ist ein Gast. Da kann ich ihn nicht bitten, meine Wände zu tapezieren."

Dazu sagte ihre Mutter erst einmal nichts. Doch keine Minute später ertönte wieder ihre gespielt lässige Stimme. „Es ist sehr anständig von dir, den Bruder deiner Schwägerin bei dir wohnen zu lassen, damit er nicht in ein Hotel gehen musste. Es ist eine Schande, welche Preise manche Hoteliers mittlerweile verlangen."

Mit milder Neugier sah Kayleigh auf und fragte freundlich: „Du weißt aber schon, dass Aidan im Gefängnis war, oder?"

„Kayleigh", tadelte ihre Mutter sie mit einem ungewohnt scharfen Kopfschütteln. „Dass ausgerechnet du so etwas zur Sprache bringst, hätte ich nicht gedacht."

„Ausgerechnet ich?", echote sie verwirrt und ließ das Sandwich sinken, um ihre Mutter anzuschauen, die vor lauter Empörung heftig die Arbeitsplatte schrubbte. „Was willst du denn damit sagen?"

„Ich will damit sagen, dass gerade du dich niemals dazu hinablässt, andere Menschen nach ihren Fehlern zu beurteilen. Mir ist es ein Rätsel, weshalb du mich auf eine längst verbüßte Gefängnisstrafe aufmerksam machen willst, die laut Thorne sowieso viel zu hoch ausgefallen war. So wie ich das verstanden habe, ist aus ihrem Bruder ein anständiger Mann geworden."

Kayleigh kannte die Lobgesänge ihrer Mutter zur Genüge, wenn es dieser darum ging, ihr einen Mann besonders schmackhaft zu machen. Meistens drehte es sich darum, dass der betreffende Kandidat einen guten Job hatte, aus einer netten Familie kam, kinderlieb war und regelmäßig in die Kirche ging. Dass sich ihre Mom nun dazu verstieg, Aidan in den Himmel zu loben, obwohl sie ihn erstens nicht einmal kannte und zweitens wusste, dass er eine jahrelange Haftstrafe verbüßt hatte, ließ Kayleigh zu dem Schluss kommen, dass ihre Mutter verzweifelt sein musste und unbedingt wollte, dass ihre Tochter nicht länger ledig blieb.

„Mom, nur weil Aidan momentan in meinem Gästezimmer wohnt, heißt das nicht, dass er dein neuer Schwiegersohn wird. Genauso wenig wie der nette Fleischer dein neuer Schwiegersohn wird, weil er dir die Koteletts so schön geschnitten hat. Und auch der Neffe deiner Bibelkreisfreundin wird nicht dein neuer Schwiegersohn werden, nur weil er neu in der Stadt ist und sich gerne mit einer Frau in seinem Alter verabreden würde."

„Wieso sperrst du dich immer gegen meine Versuche, dir einen netten Mann zu suchen?"

Auf die verzweifelt klingende Frage ihrer Mutter antwortete Kayleigh mit einem Stöhnen. „Und wieso glaubst du, mir einen netten Mann suchen zu müssen?"

„Du bist dreißig Jahre alt, mein Schatz, und solltest langsam darüber nachdenken, einen Mann zu finden und mit ihm Nachwuchs zu planen."

Da Kayleigh dieses Lied schon kannte, erwiderte sie lediglich ironisch: „Oje, Mom. Das klingt nach viel Arbeit. Eigentlich wollte ich mich lieber darum kümmern, den perfekten Grill für den Garten zu finden und das nächste Barbecue zu planen. Glaub mir, davon habe ich mehr als von deinem Vorschlag."

„Du musst das nicht ins Lächerliche ziehen." Ihre Mom ließ den Lappen fallen, schaute sie so besorgt an, als hätte Kayleigh ihr gerade mitgeteilt, dass sie ihren Job an den Nagel hängen und stattdessen als Pantomime in einem Blindenheim arbeiten würde. „Ich mache mir doch nur Sorgen um dich."

„Musst du nicht", versicherte Kayleigh ihr und packte das Sandwich ein, weil sie in den nächsten Minuten verschwinden wollte, bevor ihre Mom auf die Idee kam, ihr ein Flirtprofil bei einer Online-Datingseite einzurichten. „Mir geht es gut, und ich glaube nicht, dass ich glücklicher wäre, wenn ich einen Mann daheim hätte, der sich von mir bedienen lassen wollte."

„Dein Dad war nie so", stellte ihre Mom fest. „Nicht alle Männer liegen daheim faul auf der Couch, lassen sich bekochen und bringen nicht einmal den Müll raus, Kayleigh."

Angesichts ihres ordentlichen Mitbewohners musste Kayleigh ihrer Mutter zwar recht geben, sagte es ihr jedoch nicht offen ins Gesicht, um bei Ellen Fitzpatrick keine Hoffnungen zu wecken, und suchte lieber schnell das Weite. Wenn ihre Mutter dermaßen versessen darauf war, ihre einzige Tochter zu verkuppeln, brachte man sich lieber schnell aus der Schusslinie.

Nachdem sie auf dem Heimweg das restliche Sandwich verputzt hatte und mit einem ausufernden Gähnen das Haus betrat, stellte sie fest, dass sich ihr Mitbewohner nicht einmal dann wie ein Schwein benahm, wenn er allein zu Hause war. Anstatt sich wie sie auf dem Sofa zu rekeln und die Füße auf den Couchtisch zu betten, saß er lediglich entspannt auf der Couch und sah sich etwas im Fernsehen an, als sie die Haustür hinter sich schloss und ihn mit einem Nicken begrüßte.

Augenblicklich stellte er den Ton stumm und setzte sich aufrecht hin.

Mit Verwunderung fiel Kayleighs Blick auf das Glas, das auf einem Untersetzer platziert war. Sie hatte nicht einmal gewusst, dass sie so etwas wie Untersetzer besaß!

„Hi", begrüßte sie ihn formlos und schlüpfte aus ihrer Jacke, nachdem sie ihren Schlüsselbund auf die Kommode im Flur hatte fallen lassen. „Wie geht's?"

„Gut", erwiderte er schlicht und schien sich erheben zu wollen. „Ich wollte nur kurz die Nachrichten schauen …"

Kayleigh unterbrach ihn, indem sie die Hand hob und das Wohnzimmer betrat. „Lass dich nicht stören, Aidan. Der Fernseher gehört dir."

Anstatt darauf zu antworten, fixierte er sie lediglich mit seinen blauen Augen und starrte ihr nachdenklich ins Gesicht. Kayleigh konnte sich nicht helfen, aber sie hätte allzu gerne gewusst, was er gerade dachte.

Als er den rechten Arm ein Stück hob und nach hinten deutete, fiel ihr die Kreuztätowierung auf der Innenseite seines Oberarms auf, die sich unter dem Ärmel seines grauen T-Shirts versteckte. Prompt erinnerte sie sich daran, diese mit dem Finger nachgefahren zu sein, als sie mit Aidan zusammen im Bett gelegen hatte.

„Ich habe Chili gekocht und dir eine Portion in den Kühlschrank gestellt."

„Wow", erwiderte sie in dem Bemühen, nicht allzu offensichtlich auf die Tätowierung oder seine kräftigen Oberarme zu starren, und lehnte sich gegen den freien Ohrensessel. „Du gibst einen großartigen Mitbewohner ab."

„Echt?", wollte er mit einem Funken Belustigung im Blick wissen.

„Aber wie", bestätigte Kayleigh und legte ihre Arme über das Kopfteil des Sessels. „Keine schmutzigen

Klamotten im Bad, ein voller Kühlschrank und jetzt auch noch selbst gekochtes Essen, sobald ich nach Hause komme. Ich hatte einmal Shane für drei Wochen zu Gast, als seine Wohnung wegen eines Wasserrohrbruchs unbewohnbar war, und glaube mir, wenn er sich nicht geändert hat, stehen deiner Schwester schwere Zeiten bevor.“

Eigentlich hatte sie vermutet, dass er bei der Erwähnung ihres Bruders eine grimmige Miene aufsetzen würde, da man kein Genie sein musste, um die angespannte Atmosphäre zwischen Shane und ihm zu bemerken, doch Aidan lachte überraschenderweise auf.

„Was ist daran so komisch?“

„Nichts“, entgegnete er und warf den Kopf zurück. „Es ist nur der ultimative Beweis dafür, dass meine Schwester bis über beide Ohren verliebt sein muss, da sie mir gegenüber kein anderes Thema als die Unfehlbarkeit deines Bruders kennt.“

„Shane und unfehlbar?“ Kayleigh schnaubte abfällig. „Thorne muss blind vor Liebe sein.“

Er zuckte mit der Schulter und betrachtete sie gutmütig. „Wie war die Arbeit?“

Nun zuckte sie mit der Schulter. „Wie immer. Kotzende Kinder, jammernde Männer und betrunkene Obdachlose. Außerdem hatten wir heute endlich mal wieder einen Hulk dabei.“

„Ein Hulk?“ Neugierig blitzten seine Augen auf. „Was ist denn bitte ein Hulk?“

Kayleigh rutschte auf die Lehne des Sessels, ließ die Füße in der Luft baumeln und lehnte sich bequem zurück. „Ein Hulk ist ein Typ mit großer Klappe, der beim Anblick einer Spritze ein riesiges Trara macht, grün anläuft und anschließend an sein Bett gefesselt werden muss, weil er auf die Pfleger losgehen will“, erklärte sie salopp. „Das kommt alle paar Wochen vor. Ganz in der Nähe des Krankenhauses gibt es ein Fitnessstudio. Dort überschätzen sich einige der Typen regelmäßig und werden dann bei uns eingeliefert, weil sie sich etwas gezerrt haben oder ihnen Gewichte auf die Füße oder andere Körperstellen gefallen sind. Diese Muskelberge sind sowohl mimosenhaft als auch voller Steroide. Eine tolle Kombination“, urteilte sie genervt.

„Klingt gefährlich.“

„Nicht wirklich.“ Belustigt schüttelte sie den Kopf. „Zwar glauben sie, dass sie gefährlich wirken, aber wenn du einmal einen von ihnen wie ein Baby flennen gesehen hast, weil man ihm eine Spritze in den Hintern geben musste, verlieren sie ihren Schrecken.“

„Warum werde ich das Gefühl nicht los, dass es dir gefällt, flennende Muskelberge mit Spritzen zu traktieren?“

Zufrieden verschränkte Kayleigh die Arme unter ihren Brüsten und sah ihn geradezu provozierend an. „Wer sagt denn, dass mir das nicht gefällt? Es ist auf jeden Fall eine nette Abwechslung zu kotzenden Kindern oder betrunkenen Obdachlosen.“

Ihr Gast kräuselte nachdenklich die Mundwinkel, um dann einen tiefen Seufzer auszustoßen. „Erinnere mich daran, mich niemals von dir behandeln zu lassen, Kayleigh. Du klingst gemeingefährlich.“

In keiner Weise beleidigt nickte sie. „Man tut, was man kann.“

Um das Gespräch nicht einschlafen zu lassen und weil es zur Abwechslung nichts Peinliches hatte, mit Aidan zusammenzusitzen, sah sie ihn fragend an. „Was hast du heute Schönes getan?“

Er schaltete den Fernseher aus. „Lach nicht, aber ich war shoppen."

Das konnte Kayleigh natürlich nicht unkommentiert lassen. „Shoppen? Ich könnte jetzt so viele Witze reißen, dass sogar Adam Sandler neben mir wie eine Spaßbremse aussähe, aber aus Rücksicht auf dein zartes Seelenleben, lasse ich es lieber sein."

„Vielen Dank", ächzte er. „Ich weiß das sehr zu schätzen."

Giggelnd legte sie den Kopf zur Seite. „Was hast du dir denn gekauft, du altes Fashion-Victim?"

Aidan kniff seine blauen Augen zusammen und fuhr sich anschließend über seine bärtige Wange, um scherzhaft zu erklären: „Wenn meine Schwester es wirklich durchzieht und deinen Bruder heiratet, brauche ich einen Anzug. Also bin ich losgezogen und habe mir einen besorgt."

Kayleigh war sich nicht sicher, ob er tatsächlich einen Scherz gemacht hatte, und fragte daher misstrauisch nach: „Wenn sie es durchzieht? Gehst du davon aus, dass Thorne einen Rückzieher machen könnte?"

„Wohl kaum." Er schüttelte den Kopf, um überraschend ehrlich hinzuzufügen: „Keine zehn Pferde könnten sie davon abbringen, ihn zu heiraten, und solange dein Bruder meine Schwester glücklich macht, stehe ich ihnen bestimmt nicht im Weg."

Das fand Kayleigh extrem sympathisch und zwinkerte ihm zu. „Und jetzt? Modenschau, der Herr? Immerhin scheinst du dir besonders viel Mühe gegeben zu haben, das richtige Outfit zu finden."

„Ich würde es dir allzu gerne vorführen“, erwiderte er mit gespielter Zerknirschung und äußerst bedauerlich. „Doch leider muss ich jetzt ins Bett gehen.“

„Och ...“ Kayleigh schnitt eine Schnute. „Wie schade!“

„Ja, sehr schade“, stimmte Aidan ihr zu und erhob sich, um sein Glas dienstbeflissen in die Küche zu bringen. „Aber ich muss morgen früh raus.“

Dank der guten Laune, in der sie sich plötzlich befand, rutschte ihr Blick wie von selbst ein Stück tiefer, um seinen Hintern in Augenschein zu nehmen, als er ihr den Rücken zuwandte und die wenigen Meter in die angrenzende Küche lief. Während sie sein breites Kreuz und die gewölbten Muskeln unter seinem Shirt sowie seinen Hintern betrachtete, der unter dem abgewetzten Jeansstoff zu erkennen war, rief sie ihm neugierig hinterher: „Was hast du morgen denn vor?“

Er trat an die Spüle, setzte das Glas an, um den letzten Rest zu trinken, und spülte es anschließend, um es gleich darauf zurück in den Schrank zu stellen. Erst dann drehte er sich zu ihr um und erwiderte: „Morgen früh habe ich ein Gespräch mit einem Makler und anschließend hole ich Brady von der Schule ab, um mit ihm etwas zu unternehmen.“

„Ein Makler?“ Verwirrt runzelte sie die Stirn. „Was ist aus den Annoncen geworden, die du in der Zeitung entdeckt hattest?“

Anhand seiner lapidaren Handbewegung ging Kayleigh davon aus, dass er in den letzten Tagen keine guten Erfahrungen gemacht hatte. Seine Worte bestätigten dies. „Knastis sind als Mieter anscheinend nicht gerne gesehen. Aber keine Sorge, ich werde schon etwas finden und dein Gästezimmer wieder räumen“, beruhigte er sie mit einem scherzhaften Seufzen.

„Bleib so lange, wie du willst“, entgegnete Kayleigh und meinte es ernst. „Wenn du willst, höre ich mich mal um.“

„Danke.“ Er schüttelte den Kopf. „Aber ich schaffe das schon. Soll ich dir das Chili warm machen?“

Sie folgte seinem Blick in Richtung Kühlschrank und schüttelte ebenfalls den Kopf. „Nein, das Chili verwahre ich mir fürs Frühstück.“

„Fürs Frühstück?“ Er klang entsetzt und brachte sie dadurch zum Lachen.

„Aber klar! Was denkst du, wie ich es sonst schaffe, einen Hulk zu bändigen?“

7. Kapitel

Mit Brady an der Hand steuerte Aidan gerade einen Hotdog-Stand an, als sein Neffe wie ein Wahnsinniger über die Straße brüllte: „Tante Kayleigh!!! Hallo! Hier sind wir!“

Orientierungslos suchte Aidan die andere Straßenseite nach einer kurzhaarigen Frau mit Grübchen in den Wangen ab, als sie in sein Blickfeld fiel, wie sie winkend über die Straße auf sie beide zulief und sich nicht daran störte, dass ein Fahrradkurier protestierend schrie, sie solle sich von der Straße *verpissen*, sondern entspannt den Bürgersteig enterte und vor ihnen stehen blieb.

„Hallo, ihr zwei!“ Fragend schaute sie Aidan durch die Gläser ihrer Sonnenbrille an und grinste gleichzeitig breit. Dem warmen Wetter angepasst trug die Frau, die tatsächlich am heutigen Morgen sein Chili gegessen haben musste, kurze Jeansshorts, ein ärmelloses T-Shirt sowie ausgetretene Turnschuhe, während sie ein verwaschenes Hemd um die Hüften geknotet und eine Ledertasche geschultert hatte. Wie die Lässigkeit in Person schob sie sich ihre Sonnenbrille ins Haar. „Was hat euch in die Stadt getrieben?“

„Hotdogs und Baseball“, rief Brady begeistert und ließ Aidans Hand los, um beide Arme kurz um die Hüften seiner Tante zu schlingen und sich an sie zu drücken. „Onkel Aidan will mir einen Curveball beibringen.“

„Ha“, rief sie laut aus und fuhr ihrem Neffen liebevoll durchs Haar, während sie mit dem Kleinen spielerisch rangelte. „Ich hoffe, du hast deinem Onkel verraten, wer dir das Schlagen beigebracht hat, denn ich glaube kaum, dass er eine Chance gegen dich haben wird."

Verschwörerisch blinzelte sie Aidan zu, bevor sie Brady losließ und eine Hand in der Tasche ihrer viel zu kurzen Shorts versenkte. Nicht dass Aidan etwas gegen das knappe Kleidungsstück gehabt hätte, schließlich gefielen ihm schlanke Frauenbeine außerordentlich gut, zumal er sich blendend daran erinnern konnte, wie sich gerade dieses Exemplar um seine Hüften geschlungen angefühlt hatte, doch genau das war das Problem. Bei Kayleigh Fitzpatrick zu wohnen, war eine Sache, aber eine ganz andere war es, ihre nackten Beine zu bemerken, ihr großzügiges Lächeln anzustarren oder ihre winzigen Höschen in der Wäsche zu finden und dabei zu wissen, dass er die Finger von ihr lassen musste.

Leider war die Frau vor ihm nicht seine Kragenweite. Für einen One-Night-Stand war er gut genug gewesen, aber Aidan wusste, dass Kayleigh etwas Besseres als einen Knasti bekommen konnte und auch verdiente.

„Tante Kayleigh hat mir das Schlagen beigebracht", erklärte Brady ihm überflüssigerweise und präsentierte eine Zahnlücke. „Dad ist nämlich eine Niete im Baseball, auch wenn ich ihm das nicht sagen soll", ergänzte der Kleine, als habe er einen Text auswendig gelernt.

„Ganz genau", stimmte Kayleigh ihm zu. „Dein Dad mag es nämlich nicht, wenn er darauf hingewiesen wird, wie schlecht er Baseball spielt. Dir würde er nichts tun, aber bei deiner armen, alten Tante sähe es ganz anders aus."

Brady kicherte fröhlich auf und zauberte Aidan ein Lächeln auf die Lippen. Mit seinem sechsjährigen Neffen Zeit zu verbringen, war momentan seine liebste

Beschäftigung – abgesehen von der Betrachtung nackter Beine, die zu der Frau gehörten, die so nah bei ihm stand, dass er ihre dichten Wimpern hätte zählen können.

Und die anscheinend Anstalten machte, wieder zu verschwinden, da sie auf ihre Armbanduhr schaute.

„So, ihr beiden. Ich lasse euch dann in Ruhe Hotdogs essen und Baseball spielen und haue wieder ab.“

Enttäuscht schüttelte Brady den Kopf und griff nach der Hand seiner Tante. „Nein, Tante Kayleigh! Komm doch mit uns!“

„Nein, Brady“, widersprach sie gutmütig. „Macht ihr mal einen Männertag.“

Bevor Aidan wusste, was er tat, mischte er sich ein. „Erst lässt du meinen Neffen davon schwärmen, wie gut du Baseball spielen kannst, und dann willst du gleich wieder abhauen? So geht das nicht. Jetzt möchte ich auch sehen, was du kannst.“

Wie es schien, hatte er sie verblüfft, da sie irritiert blinzelte, auf ihrer Unterlippe herumnagte und seufzte. Mit größerer Ernsthaftigkeit, als er von ihr erwartet hätte, meinte sie leise: „Ich will dir den Tag mit Brady nicht nehmen, Aidan.“

„Das tust du auch nicht“, versicherte er ihr und legte seinem Neffen eine Hand auf den Kopf. „Seit Ewigkeiten habe ich kein Baseball mehr gespielt und brauche daher bestimmt eine kleine Auffrischung.“

Noch immer nicht wirklich überzeugt rümpfte Bradys Tante die Nase und sah von einem zum anderen. Als gäbe sie sich geschlagen, hob Kayleigh beide Hände. „Okay, überredet. Ich komme mit.“

Vorsichtig schob Aidan Brady zum Hotdog-Stand und fragte Kayleigh interessiert: „Was hat dich letztendlich dazu bewogen, mit uns zu kommen? Die Aussicht auf einen Hotdog oder auf Baseball?“

Er konnte beobachten, wie sie ihre Hände über Bradys Ohren legte und völlig ungeniert in seine Richtung sah, während sie in Hörweite des Hotdog-Verkäufers erklärte: „Abgesehen von der Sorge, dass du meinen Neffen in Sachen Curveball verderben könntest, war es die Aussicht, dir auf den Hintern zu starren, während du den Pitcher spielst.“

Aidan brauchte eine halbe Sekunde, um sich wieder zu fangen und mit vorgespielter Lässigkeit zu murmeln: „Ach?“

Ihr fröhliches Glucksen sagte ihm, dass er nicht sicher sein konnte, ob sie ihn nicht einfach nur auf den Arm genommen hatte.

Den Imbissverkäufer, der schnaufend von einem zum anderen sah und gleichzeitig ein heißes Würstchen mit einer Zange in die Höhe hielt, weihte Kayleigh ein: „Nichts gegen Ihre Würstchen, aber er hat wirklich einen netten Hintern. Apropos, ich hätte meinen Hotdog gerne ohne Kraut.“

Damit schien der Mann nicht wirklich einverstanden zu sein, da er die Stirn finster runzelte. Vielleicht hatte seine grimmige Miene aber auch nur einfach etwas mit dem Gesprächsthema direkt vor seinem Imbisswagen zu tun. Aidan jedenfalls fühlte sich nicht besonders wohl, dass Kayleigh in ungezwungener Fröhlichkeit über seinen Hintern sprach, während Brady vor ihnen herumzappelte, um den Händen auf seinen Ohren zu entkommen, und während der Würstchenverkäufer ihn zweifelnd ansah. Dass er zudem ein Stück Fleisch, das einem ganz besonderen Teil der männlichen Anatomie frappierend ähnlich sah, mit einer Zange quetschte, trug nicht zu Aidans Wohlbefinden bei.

„Kayleigh", murmelte Aidan daher. „Um Gottes willen. Sprichst du etwa mit dem Hotdog-Verkäufer über unseren Sex?"

„Quatsch", wehrte sie ab und zog endlich ihre Hände von Bradys Ohren. „Das täte ich nur, wenn wir dafür die Hotdogs umsonst bekämen."

„Wir bekommen die Hotdogs umsonst?", fragte Brady mit kindlichem Eifer nach.

„Nein", entgegnete seine Tante und wollte ohne Umschweife wissen: „Was willst du auf deinem Hotdog haben?"

Als Aidan an der Reihe war, etwas zu bestellen, war ihm beinahe die Lust auf einen Hotdog vergangen. Dennoch zückte er sein Portemonnaie, bestellte einen Hotdog mit Kraut und Zwiebeln für sich und begegnete dem durchdringenden Blick des anderen Mannes, bevor er sich zu Kayleigh drehte, die genau wie Brady bereits herzhaft in ein heißes Würstchen biss und sich dabei fast bekleckerte. In der Gegenwart des Verkäufers und seines sechsjährigen Neffen, der ihn mit seinen unschuldigen Augen begeistert ansah, kam sich Aidan beinahe wie ein Triebtäter vor, weil Kayleighs Anblick, wie sie genussvoll ihren Hotdog verspeiste und sich den Senf von den Fingern leckte, ihn regelrecht nervös machte. Nach sieben Jahren Gefängnis, einer heißen Nacht mit ebendieser Frau und einem halben Jahr auf einer abgelegenen Bohrinsel war der Anblick, wie sie stöhnend die Augen schloss und abwechselnd ihre Finger ableckte, zu viel für sein Seelenheil.

Wie ein Scheunendrescher verputzte er seinen Imbiss, der ihm anschließend wie ein Stein im Magen lag, um die beiden gleich darauf zur Baseballanlage zu scheuchen und auch dort sein Portemonnaie zu zücken, bevor es seine Begleitung tun konnte, die bereits protestierend die Stirn runzelte.

Während Brady zur Vergabe der Baseballschläger, Bälle und Helme lief, packte Aidan seine Geldbörse wieder weg und begegnete Kayleighs frustriertem Blick.

„Was ist?"

„Du hast schon die Hotdogs bezahlt", nörgelte sie und schüttelte ihr kurzes Haar. „Jetzt wäre ich an der Reihe gewesen, etwas zu bezahlen, Aidan."

Leichthin antwortete er: „Es mag sein, dass ich gezwungenermaßen etwas aus der Übung bin, was Dates betrifft, aber wenn mich nicht alles täuscht, bezahlen normalerweise die Männer."

„Ha! Ist das hier etwa ein Date?"

Da Brady weit genug entfernt war, konnte er das Risiko eingehen, empört zu schnauben. „Ich war nicht derjenige, der über süße Hintern und Sexgeschichten zu reden begonnen hat. Das warst du, Kayleigh."

„Schuldig im Sinne der Anklage." Sie hob reumütig eine Hand und tat so, als wolle sie ihm ein Beinchen stellen. „Zur Paarungszeit werde ich immer etwas übermütig."

„Zur Paarungszeit?", prustete Aidan und wich ihr aus.

„Klar!" Kayleigh nickte nachdrücklich. „Draußen wird es warm, die Tage werden länger und ständig trudeln Hochzeitseinladungen ein. Wenn du wüsstest, wie viele Kinder zu dieser Jahreszeit allein aus Frust gezeugt werden, müsstest du nicht fragen."

„Interessant.“ Aidan verschränkte die Arme vor der Brust. „Weißt du etwa auch, aus welchem Grund du gezeugt wurdest?“

Ihre Grübchen vertieften sich. „Meine Eltern hatten kein Kabelfernsehen. Und bei dir?“

Ahnungslos blinzelte er ihr zu. „Ich habe keinen Schimmer. Hast du etwa deine Eltern gefragt, weshalb du gezeugt wurdest?“

„Das musste ich nicht einmal“, stieß sie vergnügt hervor. „Bei uns werden solche Dinge am Esstisch besprochen.“

„Echt?“

Sie schnitt eine Grimasse und wirkte dadurch noch zugänglicher als sonst. „Frag nicht nach meiner ersten Periode.“

Selbstverständlich musste er jetzt fragen. „Was war denn mit deiner ersten Periode?“

„Du solltest doch nicht fragen.“ Kayleigh kniff die Augen zusammen und stieß ihn in die Seite. „Typisch Mann. Nie tun sie das, was sie sollen, sondern machen immer nur das, was sie nicht tun sollen.“

„Aha.“ Langsam gestaltete sich der Nachmittag sehr vergnüglich. „Läuft das Date nicht so wie gewünscht?“

„Dein letztes Date muss wirklich lange her sein, oder?“

„Überhaupt nicht“, entgegnete er abwehrend. „Mit Bulldog habe ich stundenlange Gespräche geführt. Er hat sich im Gegensatz zu dir nie beschwert.“

„Mit Bulldog?“

„Mein Zellenkollege“, erwiderte Aidan unbedarft. „Was denkst denn du, wen man im Gefängnis kennenlernen kann?“

„Himmel ...“ Sie brach in haltloses Gelächter aus. „Aidan und Bulldog. Das neue Traumpaar!“

So leicht ließ sich Aidan jedoch nicht ablenken. „Was war denn jetzt mit deiner ersten Periode?“

„Gott, Aidan.“ Entsetzt schüttelte sie den Kopf und maß ihn mit einem abfälligen Blick. „So etwas fragt man eine Lady nicht.“

„Lady, so, so. Da war ja Bulldog mehr Lady als du“, verkündete er und wich ihrem Schlag aus.

Dass Kayleigh tatsächlich einen grandiosen Schlag besaß, bewies sie wenige Minuten später, als sie auf dem Übungsplatz standen, um Brady einen Curveball beizubringen und den Kleinen schlagen zu sehen. Für einen Sechsjährigen war Brady gar nicht schlecht und bestach vor allem durch seinen energischen Enthusiasmus. Selbst wenn er den Ball nicht sofort traf, war dies für ihn kein Grund zum Aufgeben, sondern schien ihn noch mehr anzufeuern. Sobald er den leichten Ball, den Aidan ihm zuwarf, dann mit dem Baseballschläger für Kinder traf, leuchteten seine Augen vor Begeisterung auf.

Die gleiche Begeisterung legte er an den Tag, als seine Tante ans Schlagmal trat und Aidan die Bälle um die Ohren schlug. Im Gegensatz zu ihm, der leider etwas aus der Übung war, verpasste sie kaum einen Ball und traf sogar die, die Aidan anschnitt. Tatsache war, dass er niemals zuvor eine Frau so gut Baseballspielen gesehen hatte und dass Kayleigh um Längen besser war als er.

Undiplomatisch wie Brady nun einmal war, bestätigte er dies, als sie ihr Equipment wieder abgaben und sich auf den Nachhauseweg machten.

„Onkel Aidan, warum spielt Tante Kayleigh so viel besser Baseball als du? Sie ist doch ein Mädchen.“

„Das musst du deine Tante fragen“, erwiderte er und fing Kayleighs Blick über Bradys Kopf hinweg auf.

„Tante Kayleigh? Warum spielst du so viel besser Baseball als Onkel Aidan?“

„Ich habe keine Ahnung“, antwortete sie. „Vielleicht sollte er einfach mehr üben und weniger Dates mit Bulldoggen haben.“

„Sehr komisch“, flüsterte er ihr zu.

„Danke“, entgegnete sie grinsend.

„Mom! Dad! Wir sind wieder da!“

Bradys durchdringende Stimme ließ Kayleigh zusammenzucken, als sie den Garten ihres Bruders betraten und dem Jungen folgten, der energiegeladen vor ihnen herrannte. Wie sie aus eigener Erfahrung wusste, würde Brady nun noch einmal völlig aufdrehen, seinen Eltern von seinem Nachmittag berichten, ohne dabei Luft zu holen, und spätestens in zwei Stunden ins Bett fallen, um augenblicklich einzuschlafen. Da sie ihren Neffen in den vergangenen Monaten oft zu sich genommen hatte, kannte sie sich mit seinen Eigenarten bereits aus.

Sein Onkel, der ihr gerade fürsorglich die Gartentür aufhielt, mochte Brady zwar noch nicht so lange kennen, jedoch gab er sich die größte Mühe, eine schöne Zeit mit seinem Neffen zu verbringen und ihn kennenzulernen.

Kayleigh hatte den ganzen Nachmittag über beobachtet, wie Aidan dem Sechsjährigen seine Aufmerksamkeit geschenkt und darauf geachtet hatte, Brady einen schönen Tag zu bereiten. Dass sich Aidan so sehr um den Jungen bemühte und ihm mit einer

Engelsgeduld gezeigt hatte, wie er den Schläger halten musste, um den Ball zu treffen, sagte ihr ziemlich viel über den Mann, der gerade ihr Gästezimmer belegte.

Und der ihr heute permanent auf die nackten Beine gestarrt hatte.

Zwar hatte sie es nicht darauf angelegt, dass Aidan ihr durch seine Blicke auf ihre Beine zu verstehen gegeben hatte, dass er sie heiß fand, nichtsdestotrotz hatte ihr diese Aufmerksamkeit gutgetan. Frauen hörten nun einmal gerne Komplimente, und da stellte Kayleigh keine Ausnahme dar. Das permanente Starren war zwar kein Kompliment im herkömmlichen Sinn, dafür war es jedoch sehr ehrlich, schließlich schien ihm nie aufgefallen zu sein, dass sie ihn beim Starren erwischt hatte.

Kaum betraten sie beide den Garten, entdeckte Kayleigh nicht nur Shane, sondern auch Alec, der neben ihrem Bruder am Grill stand und Brady die Hand reichte, damit dieser einschlagen konnte.

Warum Kayleigh diese Situation unangenehm fand, wusste sie selbst nicht.

Möglichst unbefangen lief sie neben Aidan her, der ebenfalls sehr viel weniger entspannt wirkte als noch vor ein paar Momenten, und grüßte in die Runde.

„Hallo zusammen."

„Hey, Kayleigh. Was tust du denn hier?" Ihr Bruder drückte seinen Sohn kurz an sich und nickte Aidan zu.

„Ich habe Brady und Aidan in der Stadt getroffen und bin den beiden sozusagen gefolgt."

„Tante Kayleigh kann besser Baseball spielen als Onkel Aidan", rief Brady voller Entzücken.

Kayleigh biss die Zähne zusammen und hätte Brady gerne den Mund zugehalten, da sie es für eine schlechte

Idee hielt, ihrem Hochzeitsdate auf die Nase zu binden, wie untypisch weiblich sie war.

Aidan dagegen schien keine Probleme damit zu haben, dass sein Neffe vor aller Welt ausbreitete, dass er beim Baseball von einer Frau geschlagen worden war. „Danke, Brady. Nett von dir, das noch einmal herauszustreichen."

Um das Thema von ihren Baseballkünsten abzuwenden, räusperte sie sich und deutete auf den brandneuen Kugelgrill. „Grillst du etwa, Shane?"

Stolz rieb sich ihr Bruder die Hände. „Es ist sozusagen Thornes Hochzeitsgeschenk an mich."

„Meine Schwester hat dir einen Grill geschenkt?", fragte Aidan ihn zweifelnd und richtete zum ersten Mal das Wort an Shane, wie Kayleigh bemerkte. Bislang waren die beiden eher damit aufgefallen, sich in stummer Faszination anzustarren – wie zwei Löwenmännchen in der Savanne, die sich misstrauisch beäugten und darüber nachdachten, sich zu zerfleischen oder lieber faul in der Sonne liegen zu bleiben und das Löwenweibchen zur Jagd zu schicken.

Shane schnitt eine Grimasse und gab zu: „Nein, aber sie hat mir erlaubt, einen Grill zu kaufen. Für mich ist das so etwas wie ein Hochzeitsgeschenk."

Kayleigh verdrehte die Augen und sprach vermutlich das aus, was alle dachten. „Shane, nichts für ungut, aber du bist ein solcher Pantoffelheld."

Ihrem Bruder schien dies anscheinend nichts auszumachen, was eigenartig war, wenn man bedachte, dass er sich früher wie ein hitzköpfiges Großmaul benommen hatte. Außerdem setzte er noch einen drauf. „Die ersten Rippchen bekommst du, wenn du Mom ausredest, dass sie mir für die Hochzeit eine Krawatte aussuchen will, Kayleigh."

„Du hast vielleicht Probleme", murrte sie und bemerkte Alecs lächelnden Blick, mit dem er sie kurz bedachte, bevor er uneingeschränkt freundlich zu Shane meinte: „Legt dir deine Mom etwa noch die Klamotten raus, Fitzpatrick? Ich dachte, das wäre mittlerweile die Aufgabe deiner Zukünftigen."

Während sich die beiden Partner gegenseitig foppten, kämpfte Kayleigh das Gefühl der Enttäuschung nieder, das sich in ihr breitmachen wollte, als sie Alecs völliges Desinteresse an ihren halb nackten Beinen bemerkte. Die Euphorie, die sie den ganzen Nachmittag über verspürt hatte, begann schlagartig zu verschwinden. Gleichzeitig gewann das Bedürfnis, den Garten ihres Bruders zu verlassen und wieder nach Hause zu trotten, die Oberhand.

Leider schien Thorne dem entgegenzuwirken, als sie die Verandastufen hinunterlief und fröhlich verkündete: „Hallo! Wie schön, dass ihr da seid, dann könnt ihr mit uns grillen."

Kayleigh hatte bereits den Mund geöffnet, um dem zu widersprechen, als Aidan neben ihr brummte: „Lass mal, Thorne. Ich muss wieder gehen ..."

„Aidan." Enttäuscht trat seine Schwester an die Seite des breitschultrigen Mannes, der plötzlich zurückhaltend wirkte und eine verschlossene Miene aufsetzte. Vergessen war ihr scherzender Hausgast, der sie noch vor zwei Stunden zum Lachen gebracht hatte, indem er von seinen Dates mit seinem Zellengenossen Bulldog geredet hatte.

„Ich sollte auch gehen", fügte Kayleigh hinzu und trat von einem Bein auf das andere.

„Unsinn“, widersprach Thorne stirnrunzelnd. „Das kommt gar nicht infrage, immerhin habe ich bereits alles vorbereitet. Außerdem brauche ich gleich deinen Rat, Kayleigh.“

„Meinen Rat?“

Ihre zukünftige Schwägerin nickte verschwörerisch und küsste ihren Bruder auf die Wange. „Hilfst du mir dabei, ein paar Dinge aus der Küche zu holen, Aidan?“

Ganz der mustergültige Bruder verschwand er gleich darauf mit Thorne in der Küche und kehrte wenige Augenblicke später voll beladen mit Schüsseln und Tellern zurück, wie Kayleigh beobachtete und gleichzeitig ihrem Bruder und dessen Partner lauschte. Dass Aidans finstere Miene im krassen Gegenteil zu seiner guten Laune von vor wenigen Minuten stand, fiel sogar Kayleigh auf, obwohl sie die Ohren spitzte, um mitzukriegen, worüber sich die beiden Polizisten unterhielten.

Sie wollte nicht zu den armseligen Frauen gehören, die um einen Mann herumscharwenzelten und an seinen Lippen hingen, jedoch kribbelte es in ihren Fingerspitzen, zu erfahren, was er ihrem Bruder mitteilte und worüber die beiden sich derart intensiv unterhielten. In nicht einmal zwei Wochen würde er sie als Date zur Hochzeit begleiten, hatte sich seit ihrer Abmachung in jenem Pub jedoch nicht bei ihr gemeldet. Eine besorgte Stimme in ihrem Kopf riet Kayleigh, dass sie ihn vermutlich an ihr Date erinnern sollte, bevor er es vergaß, doch schalt sie sich eine Minute später einen Dummkopf. Alec würde ihr Date nicht vergessen haben. Vermutlich spielte er gerade nur den Desinteressierten, um Shane nicht auf die richtige Fährte zu locken.

Vielleicht schaute er auch absichtlich nicht auf ihre Beine oder ihr knappes Shirt, um Shane damit nicht zu provozieren, überlegte Kayleigh, als sie wieder einmal Alecs Blick einfing, jedoch erneut ein unverbindliches Lächeln erhielt, ohne dass seine Augen tiefer gerutscht wären.

Auch als sie alle an einem Tisch saßen und Shanes neuen Grill bewunderten, saß Kayleigh vor ihrem vollen Teller, verspürte kaum Appetit und fragte sich, was sie an sich hatte, dass Alec sie als Frau ignorierte. Viel eher behandelte er sie wie eine kleine Schwester, der man gutmütig den Kopf tätschelte und von der man gleichzeitig erwartete, Ruhe zu geben und ins Bett zu gehen. Kayleigh kam sich wie eine völlige Idiotin vor.

Der Mann, von dem sie sich einbildete, seit fast drei Jahren heimlich in ihn verknallt zu sein, schaufelte sich gerade eine Portion von Thornes Speckkartoffeln auf den Teller und schwadronierte über Shanes kommenden Junggesellenabschied. Da sich Brady vor den Fernseher verabschiedet hatte, drehten sich Alecs Ausführungen vor allem um eine Stripbar, in die sie an jenem Abend gehen würden.

Als Thorne missbilligend den Mund verzog und mit funkelnden Augen grollte: „Wenn es sein muss, geht in diese Stripbar, aber ich will nichts davon wissen und erst recht nichts davon hören, Alec“, sprach sie Kayleigh aus der Seele.

Alec tätschelte seiner Gastgeberin gutmütig die Hand. „Keine Sorge, Thorne. Shane wird schon nichts anstellen.“

„Das weiß ich, aber ...“

„Selbst wenn Shane wollte, wird dein Bruder sicherlich nicht zulassen, dass er mit einer der

Stripperinnen abhaut“, unterbrach Alec sie und legte ein dermaßen feinfühliges Verhalten wie ein humpelndes Rhinozeros an den Tag.

Grimmig schaute Thorne zu ihrem Bräutigam. „Wage es nicht, mein Freund.“

Unschuldig hob Shane seine Hände und ließ das Rippchen fallen, an dem er gerade genagt hatte. „Die Stripbar war nicht meine Idee, mein Schatz. Außerdem hat Alec recht. Unter den Augen deines Bruders werde ich schon nichts anstellen.“ Sein Grinsen war durch und durch verdorben.

„Sehr beruhigend“, murrte Thorne sarkastisch.

Räuspernd legte Shane seinen Kopf schief und schaute über den Tisch hinweg zu Aidan, der bisher eher durch sein Schweigen aufgefallen war, um ihn unschlüssig zu fragen: „Du kommst doch mit, oder?“

„Sicher“, erwiderte dieser und schien sich Mühe zu geben, unbeschwert zu klingen, doch Kayleigh, die neben ihm saß, spürte, dass er sich nicht besonders wohlzufühlen schien und in angespannter Körperhaltung am Tisch saß. Die verkrampfte Beziehung zwischen ihm und Shane wurde deutlich, als er scherzhaft und ironisch zugleich hinzufügte: „Irgendjemand muss ja ein Auge auf dich haben, Schwager.“

Kayleigh lehnte sich zurück und beobachtete, wie ihr Bruder und Aidan sich ein Blickduell lieferten, und fand das männliche Balzgehabe am Tisch unerträglich. Ihre Schwägerin schien dies ganz ähnlich zu sehen.

„Wieso werde ich das Gefühl nicht los, lieber anwesend zu sein, wenn ihr zu Shanes Junggesellenabschied loszieht?“

„Das wäre ja noch schöner.“ Alec schüttelte streng den Kopf. „Kommt gar nicht infrage. Frauen haben auf

Junggesellenabschieden nichts zu suchen, es sei denn, sie servieren Getränke oder rekeln sich nackt an einer Stange."

„Vielen Dank, Alec." Thorne standen sprichwörtlich die Haare zu Berge.

Kayleigh sah es ganz ähnlich und verschränkte angesichts des unverhohlenen Sexismus die Arme vor der Brust, bevor sie ihrer Schwägerin lässig anvertraute. „Lass den Männern doch ihre peinlichen Illusionen, Thorne."

„Peinliche Illusionen?", hakte Alec interessiert nach und schenkte ihr zum ersten Mal an diesem Abend seine Aufmerksamkeit.

Dies konnte Kayleigh jedoch nicht besänftigen, und sie erwiderte in ihrer typisch polternden und wenig zurückhaltenden Art: „Während ihr geifernd irgendwelchen Stripperinnen Dollarnoten in den Tanga schiebt und euch dabei wie die Größten vorkommt, machen sich diese Frauen vermutlich Gedanken darüber, was sie am nächsten Tag kochen sollen. Und wenn sie sich nackt an der Stange rekeln und euch heiße Blicke zuwerfen, machen sie sich insgeheim lustig darüber, dass es Idioten gibt, die Geld dafür ausgeben, obwohl sie einen Lapdance auch umsonst haben könnten, wenn sie sich nur ein wenig besser anstellen würden."

Man musste Alec zugutehalten, dass er sich nicht angegriffen fühlte, sondern breit grinste. „Aha. Sind wir Männer für euch Frauen so leicht zu durchschauen?"

Kayleigh rümpfte die Nase und schnaubte wie ein Dampfkessel. „Männer können einfach nicht subtil sein. Das ist genetisch unmöglich. Außerdem leiden sie alle unter Selbstüberschätzung."

Auch ihr Bruder hakte nun nach: „Selbstüberschätzung? Wie kommst du denn darauf, Kayleigh?"

„Feldforschung", entgegnete sie mit gespieltem Ernst. „Ich arbeite schließlich in einer Notaufnahme und weiß daher, dass Männer zu Größenwahn neigen."

„Größenwahn?" Thorne schien sich köstlich zu amüsieren und gluckste. „Das kommt mir bekannt vor."

Mit einem zuckersüßen Nicken fügte Kayleigh hinzu. „Kommt leider bei Männern in jeder Altersklasse vor. Oder wie soll ich es beurteilen, dass Männer um die Achtzig mit Zahnprothesen, Krückstöcken und dem schleichenden Gang einer Schildkröte mir in den Hintern kneifen und davon sprechen, dass ich ein tolles Fahrgestell habe und sie sich gerne von mir untersuchen lassen würden, obwohl ich doch genau weiß, dass ihre letzte Erektion zur Präsidentschaft Jimmy Carters stattgefunden hat. Ich sage doch: Größenwahn und Selbstüberschätzung."

Während sich Thorne vor Lachen kringelte, schauten die drei Männer ein wenig perplex in die Runde.

„Ich bin so froh, dass du meine Schwester bist", erklärte Shane inbrünstig und griff nach seiner Bierflasche. „So gerate ich niemals in die Gefahr, mit dir auszugehen, Kayleigh."

„Dito."

Glücklicherweise rettete Thorne die Situation, indem sie aufstand und Kayleigh noch immer kichernd aufforderte: „Komm mal mit nach oben, Schwägerin. Du musst mir bei der Auswahl meiner Unterwäsche helfen."

„Hey! Das ist doch mein Job", beschwerte sich Shane sofort. „Ich will deine Unterwäsche aussuchen!"

„Unter keinen Umständen“, lachte seine Zukünftige. „Du kriegst weder diese Unterwäsche noch mein Kleid vor der Hochzeit zu Gesicht. Das würde nur Unglück bringen. Kayleigh wird mir helfen.“

Das ließ sie sich nicht zweimal sagen. Da Kayleigh froh war, den Blicken der drei Männer zu entkommen, sprang sie eilig auf die Füße. „Zum Glück! Das ganze Testosteron hier schlägt mir aufs Gemüt.“

„Von wegen“, ächzte ihr Bruder. „Dein Östrogenpegel dagegen wird uns drei Männern noch furchtbare Albträume bescheren!“

Kayleigh setzte eine bedauernswerte Miene auf. „Oje, Bruderherz. Habe ich mit meiner Geschichte über Erektionsstörungen einen wunden Punkt getroffen? Das wollte ich nicht.“

„Hilf meiner Frau bei ihrer Unterwäsche“, wies Shane sie grimmig an und setzte eine furchterregende Miene auf.

Kayleigh lachte fröhlich und betrat nach einem letzten Blick in Aidans belustigtes Gesicht das Haus.

8. Kapitel

„Kayleigh?“ Aidan klopfte an Kayleighs Zimmertür und hoffte, dass er sie nicht aus dem Schlaf riss.

Um ein Uhr nachts hatte er gehört, dass sie von der Arbeit nach Hause gekommen war, und hatte nun gewartet, bis es elf Uhr am Vormittag war, um nach ihr zu sehen. Normalerweise war sie kein Langschläfer und stand trotz ihrer langen Arbeitszeiten relativ früh auf, weshalb er elf Uhr für eine gute Zeit gehalten hatte, an ihre Tür zu klopfen. Da er jedoch keine Ahnung hatte, ob sie ein Morgenmuffel war, rechnete er mit dem Schlimmsten, als ein Poltern hinter der Tür erklang, als sei jemand aus dem Bett gefallen, und sie ihm mit einem verschlafenen Gähnen gleich darauf die Tür öffnete.

„Morgen“, murmelte sie mit müden Augen und rieb sich über das Gesicht.

Aidan traf es wie ein Schlag, sie mit zerzausten Haaren und nur mit einem Höschen und einem winzigen Unterhemd bekleidet vor sich stehen zu sehen. Entweder war sie noch so verschlafen, dass sie nicht daran dachte, in welcher Aufmachung sie vor ihm stand, oder aber es war ihr egal.

„Guten Morgen“, erwiderte er mit trockenem Hals und fügte wie der letzte Idiot hinzu: „Ich wollte dich nicht wecken.“

„Mhh.“ Sie lehnte sich gegen die Tür. „Wie spät haben wir denn?“

„Elf“, erwiderte er beklommen.

Wieder stieß sie ein Murmeln aus, kehrte ihm den Rücken zu und gewährte Aidan damit einen vorzüglichen Blick auf ihren Po, der halb entblößt war, da das Höschen im Schlaf nach oben gerutscht sein musste. „Komm rein“, gähnte sie und unterbrach seine Gedanken, die sich um ihren Po und ihr Höschen drehten, bevor sie sich zurück auf ihr Bett legte und alle möglichen Verführungsszenarien zunichtemachten, die ihm blitzschnell gekommen waren, indem sie die Decke wieder über sich zog. Anscheinend war es keine Einladung gewesen, sich zu ihr ins Bett zu gesellen, als sie ihn aufgefordert hatte, das Zimmer zu betreten.

„Hör zu“, raunte er betreten und schaute sich kurz in ihrem Zimmer um, das für Kayleighs Maßstäbe ungewöhnlich weiblich war. „Schlaf du weiter und ...“

„Schon okay“, kam es heiser aus den Tiefen ihres Bettes. „Ich wollte sowieso aufstehen. Wir haben gestern einen schweren Unfall reinbekommen“, erklärte sie gähnend. „Deshalb musste ich Überstunden schieben und kam erst später nach Hause.“

„Scheiße“, entgegnete Aidan seufzend. „Und ausgerechnet ich muss dich dann wecken.“

„Mein Wecker hätte eh in ein paar Minuten geklingelt“, äußerte sie sich leicht belustigt, schlug die Decke ein Stück zurück und blinzelte ihm schläfrig zu. „Was gibt’s denn?“

Außer dass er seine Augen kaum davon abhalten konnte, sie ausführlich zu betrachten, wie sie halb nackt in ihrem Bett lag? Nicht viel.

Beinahe hätte er seine Gedanken ausgesprochen, brummte stattdessen nicht gerade einladend: „Eigentlich wollte ich zum Baumarkt fahren, um Fußleisten für den neuen Boden in deinem Arbeitszimmer zu besorgen, und dachte, dass du vielleicht mitkommen möchtest, um dir eine neue Tapete auszusuchen, aber wenn du zu müde dafür bist, fahre ich allein.“

Sie schwieg einen Moment, bevor sie ihre grünen Augen überrascht auf ihn richtete. „Du willst meinen neuen Fußboden verlegen? Und die Wände tapezieren?“

Aidan verschränkte die Arme vor der Brust, um seine plötzliche Unsicherheit zu kaschieren, und entgegnete fahrig: „Hatte ich doch gesagt.“

Abwartend musterte sie ihn und schlüpfte nach einer gefühlten Ewigkeit aus dem Bett. „Gib mir fünfzehn Minuten.“

Eine Stunde später stand Aidan neben Kayleigh vor einem Tapetenregal im Baumarkt und betrachtete sie verstohlen, während sie eindringlich die unterschiedlichen Muster in Augenschein nahm. Eigentlich hätte er ihr helfen oder sich zumindest aus geheucheltem Interesse heraus die diversen Muster ansehen sollen, doch das Gesicht der Frau zu beobachten, die völlig entspannt neben ihm stand und nach einem Hauch Mandelduft roch, sagte ihm mehr zu.

„Was sagst du? Das Blümchenmuster oder diese eierschalenfarbige Tapete?“

Aidan riss sich von der Betrachtung ihrer Nase weg und fixierte die beiden Muster, auf die Kayleigh deutete, um zweifelnd zu fragen: „Blümchenmuster?“

„Ich mag Blümchen.“ Vorwitzig hob sie das Kinn und sah ihn von der Seite an. „Für das Gästezimmer wäre das sicherlich auch eine hübsche Tapete. Findest du nicht?“

„Sicher“, schnaubte Aidan als Antwort. „Dann kannst du dir jedoch sicher sein, dass sich nicht mehr allzu viele männliche Hausgäste zu dir verirren.“

„Ha“, rief sie triumphierend. „Das wäre gar keine schlechte Idee, wenn ich daran denke, wie sehr Shane und Ryan meine Wohnung verwüstet haben, als ich sie zu Gast hatte."

Aidan wandte sich ihr zu und fragte neugierig nach: „Darf ich das als Aufforderung, endlich bei dir auszuziehen, verstehen?"

Entgeistert hob sie eine Augenbraue, starrte ihn an und gab ihm anschließend einen Klaps gegen den Oberarm. „Wenn du so eine Mimose bist, sollte ich unbedingt die eierschalenfarbige Tapete nehmen!"

„Mimose?", wollte Aidan gespielt mürrisch wissen. „Ich?"

Kayleigh nickte bestätigend, griff nach einer Rolle der eierschalenfarbigen Tapete und hob diese ächzend aus dem Regal. „Du solltest mittlerweile wissen, dass ich dich gerne bei mir habe, Aidan."

Er packte mit an, um die schwere Rolle in den Wagen zu hieven, schaute auf ihren dunkelhaarigen Scheitel und murmelte: „Ist das so?"

„Klar", entgegnete sie unverstellt und arglos. „Du bist der perfekte Mitbewohner, der nicht nur ein tolles Chili kocht, sondern auch noch tapezieren kann. Was wünscht man sich mehr?"

Am liebsten hätte sich Aidan selbst in den Arsch getreten, als ihre Worte bittere Enttäuschung in ihm hervorriefen. Was hatte er auch erwartet? Er war kein Idiot, sondern wusste, dass Kayleigh Fitzpatrick niemals mit jemandem wie ihm zusammen sein würde. Dafür war er einfach nicht gut genug. Außerdem war ihm sehr wohl aufgefallen, mit welchen Blicken sie den blondhaarigen Cop gemustert hatte, der der Partner seines zukünftigen Schwagers war.

Nein, Kayleigh mochte zwar mit ihm flirten, über seinen süßen Hintern sprechen und ihm in Unterwäsche die Tür öffnen, aber die Tatsache blieb bestehen, dass ein Kerl wie er nichts bei einer Frau wie ihr zu suchen hatte.

Seine Stimme nahm wie von selbst einen gereizten Tonfall an. „Meinetwegen kannst du ruhig die Blümchentapete nehmen."

„Gott, nein", wehrte sie ab. „So eine Scheußlichkeit will ich doch nicht im Haus haben!"

„Ich dachte, du magst Blümchen", erinnerte er sie grob und erntete einen genervten Blick.

„Na und? Ich mag auch Penisse, muss Zeichnungen davon jedoch nicht auf meinen Wänden haben."

Bei dieser Vorstellung kniff Aidan automatisch die Augen zusammen und konnte ein ächzendes Lachen nicht unterdrücken. „Himmel, Kayleigh! Das Bild wird mich bis zu meinem Lebensende verfolgen."

Als sie nach einer weiteren Tapetenrolle greifen wollte, schob er sie sanft beiseite und hob das schwere Stück allein aus dem Regal.

Er hatte beide Rollen gerade erst in den Einkaufswagen gelegt und rechnete nach, ob er eine dritte benötigte, als ihre neugierige Stimme ertönte: „Ich hätte eine Frage, wenn ich so dreist sein darf ..."

„Seit wann fragst du vorher, ob du eine dreiste Frage stellen darfst?", unterbrach er sie scherzend und griff nach einer Tube Tapetenkleister.

„Ha, ha!" Sie trat neben ihn und umschloss die Lenkstange des Wagens mit beiden Händen. „Eigentlich bin ich davon ausgegangen, dass Gefängniswände voll von Penisbildern sind. Und von Vaginabildern. Deinem Entsetzen nach zu urteilen, scheint das nicht der Fall zu sein."

Aidans Schultern sackten resigniert nach unten, als der ältere Herr, der hinter ihnen stand, um eine

Wandfarbe auszusuchen, erschrocken den Kopf hob und Kayleigh ein fast schon boshaftes Kichern hören ließ.

Aidan schickte ein Stoßgebet zum Allmächtigen, die Frau neben sich nicht zu erwürgen, und schob sie eilig samt Einkaufswagen in den nächsten Gang. „Vielen Dank“, knirschte er durch die Zähne. „Der alte Herr wollte eine Wandfarbe kaufen und nicht einem Gespräch über Penisbilder, Vaginas und Gefängniswände lauschen.“

„Dann wird er wenigstens etwas zu erzählen haben, wenn er sich mit seiner Seniorengruppe trifft.“ Unbeeindruckt zuckte sie mit der Schulter und lehnte sich näher an ihn, um den Kragen seiner Jacke zu richten.

Schlagartig war sein Hals staubtrocken, als ihre geschickten Finger an seinem Kragen herumfummelten und sie zufrieden nickte. „So ist es schon besser.“

„Was ist schon besser?“ Sein Kinn war ihm bis auf die Brust gefallen, was dazu führte, dass ihre Finger seinen Wangenknochen streiften.

„Dein Kragen“, antwortete sie und klang ebenfalls etwas heiser, als habe der plötzliche Hautkontakt sie erschrocken.

Langsam zog sie ihre Finger beiseite und sah zögerlich zu ihm auf.

Aidan schaute ihr in die Augen, merkte, dass sich sein Magen zusammenzog und sein Atem schwerer wurde, als er sehen konnte, dass sich Kayleigh unsicher über die Unterlippe fuhr und den Blick auf seinen Mund richtete.

Gott, das war schlimmer als Folter, Isolationshaft und Gefängnisessen zusammen.

Während er spürte, dass seine Lippen trocken wurden und seine Fingerspitzen, in dem Bedürfnis,

Kayleigh anzufassen, zu kribbeln begannen, senkte er seine Augen auf Halbmast und holte tief Luft, weil er dies für die perfekte Gelegenheit hielt, sie zu küssen. Auch sie schien dies ähnlich zu sehen, da ihre Augen einen kurzen Moment aufflackerten, bevor ihre Lider sich senkten und sie sich näher lehnte.

„Drei sechs, bitte Kasse vier!"

Die schrille Stimme aus dem Lautsprecher über ihnen ließ sie auseinanderfahren. Beinahe gleichzeitig machten beide einen unsicheren Schritt zurück und vermieden den Blickkontakt.

Langsam glaubte Aidan tatsächlich, dass eine höhere Macht ihn zu bestrafen versuchte, und konnte nichts anderes tun, als die Situation mit Galgenhumor zu betrachten. Daher holte er tief Luft, schüttelte den Kopf über sich selbst und räusperte sich.

„Auf zu den Fußleisten?"

Anstatt zu antworten, nickte Kayleigh lediglich und folgte ihm schweigend, während er mit rasendem Puls und gerade erwachter Lust in seinen Eingeweiden den Wagen durch die schier endlosen Gänge des Baumarktes schob. Um sich davon abzulenken, gerade noch kurz davor gestanden zu haben, Kayleigh zu küssen und ihren verlockenden Geschmack zu kosten, atmete er tief durch und konzentrierte sich darauf, den Weg zu den Fußleisten zu finden.

„Aidan", erklang ihre zögerliche Stimme neben ihm und schaffte es, dass er beinahe über die eigenen Füße gestolpert wäre.

In dem Bemühen, eine Unterhaltung von vornherein zunichtezumachen, brummte er lediglich: „Mhh?"

„Einmal im Ernst. Wie war es im Gefängnis?"

Zwar hatte er um eine Ablenkung von ihrem Beinahe-Kuss gebeten, aber das Thema, das sie gerade anschnitt, war nicht unbedingt dazu geeignet, ihn in fröhlichere Stimmung zu versetzen. Er antwortete nicht sofort, sondern steuerte die Fußleisten an, ließ den Wagen stehen und schaute sich die unterschiedlichen Modelle an, während ihm bewusst war, dass ihre fragenden Augen noch immer auf ihm ruhten und nach einer Antwort verlangten.

Seufzend kratzte er sich am Kinn und drehte sich zu Kayleigh um, die den Kopf schräg legte und ihn eindringlich musterte.

Er hob ergeben beide Hände. „Was möchtest du denn wissen?"

„Ich weiß nicht." Unschlüssig nagte sie auf ihrer Unterlippe herum und schien es mit einem Scherz zu probieren. „Penis- oder Vaginabilder?"

„Weder noch."

„Oh."

Mit einem milden Lächeln, das seine Augen nicht erreichte, erklärte er: „Die meisten Klischees über Gefängnisse stimmen nicht. Jedenfalls nicht in dem Gefängnis, in dem ich saß."

„Welche Klischees?"

„Du weißt schon." Er machte eine fahrige Handbewegung und drehte sich halb zu dem Regal vor sich, um nach einer Fußleiste zu greifen. „Gefängnisgangs, Messerstechereien mit Plastiklöffeln, korrupte Wärter, das Bücken nach der Seife und florierender Drogenhandel."

Zwar konnte er Kayleigh nicht sehen, hörte jedoch ihre weiche Stimme. „Wie war es denn bei dir?"

Aidan schüttelte den Kopf und gestand bitter: „Vermutlich habe ich noch Glück gehabt, weil ich in einem Trakt untergebracht war, in dem die meisten anderen Insassen wegen Wirtschaftsverbrechen saßen. Bei uns war es relativ ruhig. Außerdem waren die meisten Wärter wirklich korrekt."

„Trotzdem", murmelte sie und trat neben ihn, um ebenfalls angelegentlich die Fußleisten in Augenschein zu nehmen. „Schön kann das Gefängnis nicht gewesen sein."

„Es war beschissen", gab er unumwunden zu. „Es war so beschissen, dass ich weiß, dass ich niemals wieder sitzen werde."

„Das freut mich zu hören", flüsterte sie und legte ihm für ungefähr zwei Sekunden eine Hand auf den Rücken. „Ich würde es nämlich nur ungern sehen, wenn der Onkel meines Neffen wieder ins Gefängnis müsste."

„Keine Sorge. Ich werde nicht mehr auf die schiefe Bahn geraten."

Sie seufzte leise. „Das habe ich auch nicht angenommen."

Nach einem tiefen Atemzug senkte er den Kopf und fragte amüsiert: „Liegt es dir etwa im Magen, dass du mit einem *Knacki* geschlafen hast?"

„Sei nicht albern", erwiderte sie prompt und runzelte grimmig die Stirn. „Und nenn dich nicht so, Aidan. Ich mag das nicht."

„Du klingst wie Thorne", entgegnete er überrascht. „Was habt ihr Frauen nur gegen das Wort *Knacki*?"

„Deine Schwester und ich haben nur etwas dagegen, dass du dich schlechter machst, als du bist." Kayleigh hob das Kinn und setzte einen erhabenen Gesichtsausdruck auf.

Mit einem warmen Gefühl in der Brust kräuselte er seine Mundwinkel. „Verteidigst du mich gerade vor mir selbst, Kayleigh Fitzpatrick?“

Pragmatisch zuckte sie mit der Schulter. „Sieh es, wie du willst, Aidan. Für mich ist die Sache ziemlich einfach: Du hast Mist gebaut, du durftest die ganze Scheiße allein ausbaden, du hast deine Strafe verbüßt und du kannst jetzt neu anfangen. Warum also auf der alten Geschichte herumreiten?“ Sie schnitt eine Grimasse und gab widerstrebend zu: „Abgesehen davon ist mein Bruder ja nicht ganz so unschuldig an der Misere.“

Aidan widersprach, indem er heftig den Kopf schüttelte. „Nein, Kayleigh. Dein Bruder mag moralisch fragwürdig gehandelt haben, was meine Schwester betraf, aber ich bin in den Knast gekommen, weil *ich* Scheiße gebaut habe – nicht Shane.“

Sie sah ihn nachdenklich an und murmelte anschließend: „Mein Bruder ist ein Idiot.“

Das ließ ihn lachen. „Schon möglich, aber solange er Thorne glücklich macht, kann mir das egal sein.“

„Mrs. Harper, Sie haben keinen Prostatakrebs, verstehen Sie?“

„Aber woher kommt denn dann diese Appetitlosigkeit? Als mein Cousin Prostatakrebs hatte, bekam er auch nichts hinunter, Dr. Fitzpatrick!“

Kayleigh blinzelte verwirrt und betrachtete die winzige Frau vor sich, die mit den Händen rang, geradezu flehentlich zu ihr aufsah und einen Hut auf den weißen

Locken trug, auf dem kleine Stoffbären angebracht waren.

Räuspernd schüttelte sie den Kopf. „Mrs. Harper, Sie können keinen Prostatakrebs haben. Ganz ausgeschlossen."

„Sind Sie sicher?

„Ganz sicher", erwiderte Kayleigh mit allem gebotenen Respekt. „Frauen können keinen Prostatakrebs bekommen, da sie gar keine Prostata besitzen."

„Oh." Die ältere Dame wirkte erfreut, stieß einen erleichterten Seufzer aus und fragte keine Sekunde später besorgt: „Und was ist mit meinem Gehirntumor?"

„Sie haben auch keinen Gehirntumor", erwiderte Kayleigh mit aller Geduld, zu der sie fähig war.

„Aber ich habe ab und zu Kopfschmerzen."

Das kannte Kayleigh aus eigener Erfahrung, immerhin stellte sich gerade jetzt bei ihr ein unangenehmes Pochen hinter der Stirn ein. „Das ist völlig normal, Mrs. Harper. Jeder Mensch hat ab und zu Kopfschmerzen."

„Im Fernsehen habe ich gesehen, wie ein Mann Kopfschmerzen hatte, ins Krankenhaus ging und dann eine Gehirnoperation bekam, weil er einen Tumor im Kopf hatte. Der Arzt, der ihn operieren sollte, steckte im Stau fest, also hat sein Assistent die Operation geleitet. Weil der aber Liebeskummer hatte, fiel ihm das Skalpell aus der Hand und der Patient war anschließend gehirntot." Mrs. Harper zeigte entsetzt mit ihrem Finger auf sich selbst. „Ich will nicht, dass das mit mir passiert, Dr. Fitzpatrick! Mich soll kein Assistent operieren. Und er darf auch keinen Liebeskummer haben! Könnten Sie mir Dr. Shepherd aus Grey's Anatomy besorgen? Der ist ein fabelhafter Gehirnchirurg."

Erschöpft fuhr sich Kayleigh über das Gesicht. Mrs. Harper erschien mittlerweile wöchentlich, weil sie sich ständig einbildete, krank zu sein. Leider schaute die Gute viel zu viele Krankenhausserien und stellte selbst immer ihre eigenen Diagnosen, wenn sie eine neue Folge im Fernsehen geschaut hatte. Von Malaria, Phantomschmerzen am Blinddarm, der Pest bis hin zu Kinderlähmung war alles schon dabei gewesen. Momentan schienen in den gängigen Krankenhausserien Tumorerkrankungen hoch im Kurs zu stehen, da Mrs. Harper seit drei Wochen andauernd bei ihnen in der Notaufnahme auf der Matte stand und jedes Mal eine andere Krebsart für ihre eingebildeten Symptome verantwortlich machte.

Anfangs war die schrullige alte Dame noch komisch gewesen, doch da sie längst aus ihrer Krankenversicherung geflogen war und nun hohe Rechnungen bekam, die die Notaufnahme bei jedem Mal ausstellen musste, wurden ihre eingebildeten Krankheiten langsam existenzbedrohend.

„Mrs. Harper, wir hatten doch schon davon gesprochen, dass es weder einen Dr. Shepherd noch einen Dr. House gibt, richtig? Das sind Fernsehserien. Außerdem geht es Ihnen gut. Sie sind nicht krank."

Es war, als hätte die alte Dame sie gar nicht gehört. „Dr. Fitzpatrick, können Sie mich nicht in diese Röhre stecken?"

„Röhre?" Kayleigh ließ die Krankenakte sinken und seufzte resigniert. „Welche Röhre?"

Begeistert nickte Mrs. Harper. „Diese Röhre, in die man Menschen steckt, um zu schauen, ob sie Tumore haben."

„Ein MRT?“ Kayleigh verdrehte die Augen, zog sich einen Hocker heran und setzte sich der alten Frau gegenüber. Äußerst bedächtig und ruhig erklärte sie: „Mrs. Harper, haben Ihr Sohn und ich nicht erst letztens mit Ihnen darüber gesprochen, dass Sie nicht mehr ständig herkommen dürfen? Sie haben bereits jetzt horrende Krankenhausrechnungen zu bezahlen. Eine MRT würde Sie mehrere tausend Dollar kosten und ist völlig unnötig. Ich kenne keine andere Dame Ihres Alters, die so gesund ist.“

Ihre Patientin starrte sie verwirrt an, rümpfte nachdenklich die Nase und meinte verschwörerisch: „Sie müssen es meinem Sohn ja nicht sagen, Dr. Fitzpatrick.“

„Mhh“, entgegnete Kayleigh nichtssagend und erhob sich mit einem freundlichen Lächeln. „Ich werde mich mal umhören, wann wir einen Termin für die MRT bekommen, Mrs. Harper.“

„Vielen Dank, Dr. Fitzpatrick!“ Ihre Patientin strahlte dankbar.

„Willst du ihr wirklich ein MRT besorgen?“, wollte die Oberschwester von ihr wissen, als sie beide das Untersuchungszimmer verließen, in dem die alte Dame warten sollte.

„Natürlich nicht“, wehrte Kayleigh ab und unterschrieb das Krankenblatt, das sie ihr anschließend übergab. „Rufst du bitte ihren Sohn an und verständigst Dr. Hun von der Psychiatrie? Ich würde ihn gerne konsultieren.“

„Wird gemacht“, erwiderte die Oberschwester und verschwand flugs.

Kayleigh ließ den Kopf in den Nacken fallen und umklammerte mit ihren Händen beide Enden des Stethoskops. Müde schlich sie zurück zur Aufnahme und schaute gähnend auf das Brett. Da heute die Klimaanlage ausgefallen war und die Temperaturen stündlich anzusteigen schienen, wollte sie nichts lieber tun, als aus ihrem Kittel zu kommen, musste es jedoch noch weitere drei Stunden aushalten, bis sie endlich nach Hause gehen konnte.

„Dr. Fitzpatrick?“

Fragend drehte sie den Kopf zum Notaufnahmekoordinator Troy, der gerade am Telefon hing und in Richtung Wartebereich deutete.

„Da hat jemand nach Ihnen gefragt.“

Kayleigh folgte seinem Blick und entdeckte Aidan, der mit seinem eindrucksvollen Körper auf einem der kleinen Plastikstühle saß und sich erhob, sobald sie ihn sah.

Sein Anblick war eine nette Abwechslung zu ihrem bisherigen Tag, was dazu führte, dass sie breit lächelte, Troy dankte und den Wartebereich betrat, um Aidan zu begrüßen, der eine bedrückte Miene machte.

„Hey! Wie komme ich zu der Ehre, dass du mich bei der Arbeit besuchst?“, wollte sie wissen und zog ihn in den Flur neben eine unbesetzte Liege, damit nicht das ganze Wartezimmer ihrer Unterhaltung lauschen konnte.

„Ach.“ Er hob eine Schulter und zuckte gleichzeitig zusammen.

Misstrauisch runzelte Kayleigh die Stirn und schaltete sogleich in den Arztmodus. „Bist du verletzt?“

„Ich bin ein Idiot“, bekannte er mit einem schiefen Lächeln und kratzte sich verlegen an der Stirn. „Mir ist beim Renovieren etwas Dummes passiert. Vielleicht könntest du es dir ansehen?“

„Aber klar“, entgegnete sie besorgt und fuhr sich über die Lippen.

„Es ist nichts Schlimmes", beteuerte er. „Ich ärgere mich über mich selbst. Das war total unnötig."

„Warte, ich schaue schnell, wo etwas frei ist", murmelte Kayleigh und spähte zu den naheliegenden Untersuchungszimmern, um zu bemerken, dass sie alle belegt waren.

Anscheinend hatte Aidan ihre Miene richtig gedeutet, da er sich beeilte, ihr hastig zu versichern: „Ich kann auch warten und später ..."

„Unsinn", unterbrach sie ihn, nahm seine Hand und zog ihn ohne Umschweife in den Untersuchungsraum, aus dem sie gerade noch gekommen war. Mrs. Harper würde sicherlich nichts dagegen haben, Gesellschaft zu bekommen.

Tatsächlich reckte die alte Dame mit dem albernen Hütchen auf dem Kopf neugierig das Kinn in die Höhe, als Kayleigh mit Aidan im Schlepptau den Raum betrat, und fragte begeistert: „Dr. Fitzpatrick, ist das der Arzt, der mich in die Röhre stecken wird?"

„Ähm ..." Skeptisch warf Kayleigh einen Blick auf Aidan, der mit seinen Bartstoppeln, dem rot karierten Hemd, dem weißen T-Shirt darunter und Arbeitshosen nicht gerade wie ein Radiologe wirkte. „Nein, Mrs. Harper. Das ist mein Freund ..."

„Oh", kicherte die alte Dame verschämt. „Wollen Sie mit Ihrem Freund ein wenig schmusen, Dr. Fitzpatrick? Ich schweige wie ein Grab."

Natürlich hätte sie ihr erklären müssen, dass sie sicherlich nicht in diesem Untersuchungszimmer mit Aidan schmusen wollte, doch angesichts der letzten halben Stunde, in der sie ebendieser Dame zu erklären versucht hatte, dass sie weder Prostatakrebs noch einen

Gehirntumor hatte, erschien ihr dies wie vergebene Liebesmüh.

Daher zog sie Aidan schweigend auf die letzte Untersuchungsliege im Raum und zog den Vorhang zu.

Wie ein Verschwörer des Kennedy-Attentats flüsterte dieser Komiker mit gebotenem Ernst, als sie ihn auf die Liege stieß: „Legen wir jetzt mit dem Schmusen los?“

„Das hättest du wohl gerne“, entgegnete Kayleigh und stemmte die Hände in ihre Hüften. „Was gibt’s?“

Aidan verzog das Gesicht und drehte den Kopf so zur Seite, als wolle er hinter sich sehen. „Als ich deine Leiter aus dem Keller holen wollte, bin ich rückwärts gestolpert und gegen das morsche Treppengeländer gestoßen. Im Spiegel konnte ich sehen, dass ich ein paar Splitter zwischen den Schulterblättern habe, aber ich komme nicht ran, um sie zu ziehen.“

Kayleigh nickte und kommandierte anschließend: „Ausziehen.“

„Dr. Fitzpatrick“, erklang Mrs. Harpers kichernde Stimme durch den Vorhang. „Sie sind ja eine ganz Schlimme.“

Das schien ihren aktuellen Patienten ebenfalls zu amüsieren, da er mit einem hinterhältigen Grinsen wissen wollte: „Auch die Hose?“

„Gott, Aidan“, seufzte sie genervt und griff nach seinem Hemd, das sie ihm von den Schultern zog, um ihm anschließend das weiße T-Shirt über den Kopf zu ziehen.

Da er dabei protestierende Schmerzenslaute von sich gab, schalt sie ihn: „Du bist doch kein Baby!“

„Ein bisschen zärtlicher“, bat er, als sie ihm das T-Shirt über den Kopf zog und dieses einfach neben ihn auf die Liege warf. „Ich leide schlimme Schmerzen.“

Ihr rang dies lediglich ein Schnauben ab. „Stell dich nicht an. Ich hatte Frauen hier, die Babys mit einem Kopfumfang von neununddreißig Zentimetern geboren haben.“

Sein erschrockenes Japsen ignorierend stellte sie sich hinter ihn und drückte seinen Nacken hinunter, um sich seine Wunde anzuschauen. „Beug dich vor“, wies sie ihn an. „Tiefer.“

„Dr. Fitzpatrick“, drang sein heiseres Murmeln zu ihr. „Dass Sie bei der Arbeit solche versauten Sachen sagen!“

„Treib’s nicht zu weit“, warnte sie ihn.

„Ich sag’s ja“, triumphierte er.

Da er sie nicht sehen konnte, wie sie hinter ihm stand, erlaubte sich Kayleigh ein breites Lächeln und ließ ihre Augen über seinen schönen Rücken wandern, der hauptsächlich aus gewölbten Muskeln bestand, wenn man die schmerzhaft aussehenden Splitter außer Acht ließ, die sich genau zwischen seinen Schulterblättern befanden und tief im Fleisch steckten.

Mit sanfter Hand strich Kayleigh unabsichtlich über Aidans Schulter und senkte den Kopf, um sich seine Wunde näher anzuschauen.

„Und?“, fragte er mit seltsam belegter Stimme.

„Ein paar der Splitter scheinen ziemlich tief zu gehen. Das muss schweinewehtun“, urteilte sie.

„Es ist okay“, brummte er.

Kayleigh holte tief Luft und trat einen Schritt zurück, während sie seinen dunkelhaarigen Schopf und die vereinzelten Strähnen betrachtete, die sich in seinem kräftigen Nacken lockten. Wie er dort mit nacktem Oberkörper vor ihr saß und die Vorstellung, dass er sich beim Arbeiten in ihrem Haus verletzt hatte, machte sie perverserweise an. Sie konnte nichts dafür, aber irgendwie hatte ein Mann, der mit seinen Händen arbeitete und lose Regale, Duschköpfe und defekte Abflüsse reparierte, etwas für sich. Selbst wenn Kayleigh wie ein Neandertaler klang, konnte sie nichts gegen ihre Meinung tun.

Anscheinend war sie nicht die einzige Person im Raum, die unanständige Gedanken hatte, die sich um einen nackten Aidan drehten.

„Dr. Fitzpatrick? Schmusen Sie bereits mit Ihrem Freund? Soll ich mir die Ohren zuhalten?"

„Ja, Mrs. Harper", rief sie über Aidans Gelächter hinweg. „Das wäre besser."

Ihrem Patienten klopfte sie auf die Schulter und beugte sich zur Seite, um nach einem Paar Handschuhe zu greifen. „Soll ich die Wunde betäuben, bevor ich die Splitter entferne, Aidan?"

Seine Antwort bestand aus einem abfälligen Schnauben, also machte sie sich schweigend an die Arbeit, desinfizierte seine Wunde und zog mit einer Pinzette die hölzernen Splitter aus seinem ansonsten makellosen Rücken. Kayleigh musste Aidan zugutehalten, dass er kaum zusammenzuckte, sondern überraschend bewegungslos vor ihr auf der Liege saß und keinen Mucks von sich gab.

Die wohltuende Stille wurde lediglich von Mrs. Harpers Summen unterbrochen.

Und von Aidan, der mit einem Mal das Wort ergriff. „Danke, Kayleigh."

„Nichts zu danken“, erwiderte sie leichthin. „Ich habe ein richtig schlechtes Gewissen, dass du dir die Splitter bei der Renovierung meines Hauses zugezogen hast. Ein Gast sollte etwas anderes erwarten.“

„Das ist doch nur eine Schramme“, tat er mit einem kaum merkbaren Schulterzucken ab.

„Schon möglich“, murmelte sie und leckte sich die Lippe, während sie sich davon abhielt, den Kopf zu senken und an ihm zu riechen – nicht, weil er etwa schlecht gerochen hätte, sondern weil sie seinen Duft so gerne hatte.

„Mit dem Fußboden bin ich fast fertig“, informierte er sie zufrieden. „Danach ist die Tapete dran.“

„Wie wäre es mal mit einem freien Tag?“, wollte sie belustigt wissen und zog den letzten Splitter heraus. „Du könntest es gebrauchen, dich einmal auszuspannen und nichts zu tun.“

Als er antwortete, klang seine Stimme mühevoll. „Darf ich ehrlich sein?“

„Immer“, versicherte sie geradeheraus und trug ein abschwellendes Gel auf die gesäuberte Wunde auf, bevor sie diese mit einem großen Pflaster abdeckte.

„In den letzten Jahren gab es viele Tage, an denen ich nichts getan habe und allein in meiner Zelle saß. Daher klingt Arbeit wie Musik in meinen Ohren.“

Bewegungslos blieb sie hinter ihm stehen und ließ ihre Hand tröstlich auf seinem Rücken liegen. Bedächtig flüsterte sie: „Das kann ich verstehen.“

Als er seinen Kopf zur Seite drehte und ihr ein schmelzendes Lächeln schenkte, zog sie ihre Hand wieder zurück, um mit professioneller und ein wenig zu hoher Stimme zu konstatieren: „Lass das Pflaster am besten bis morgen früh drauf und vermeide

Wasserkontakt. Eigentlich dürfte sich die Wunde nicht infizieren, aber ich werfe morgen lieber noch einen Blick drauf."

Aidan nickte, erhob sich von der Liege und drehte sich um, während er nach seinem T-Shirt griff und Kayleigh einen phänomenalen Blick auf seinen ebenfalls phänomenalen Oberkörper gestattete. „Muss ich dafür wieder ins Krankenhaus kommen?", erklang seine gedämpfte Stimme unter dem Baumwollstoff, als er sich das Shirt über den Kopf schob.

Abgelenkt vom Anblick seiner wohl definierten Brustmuskeln blinzelte sie und schaute glücklicherweise gerade dann hoch, als er sich das Shirt über den Kopf gezogen und wieder freie Sicht hatte.

„Mhh? Was?"

Er lachte und schlüpfte in sein Hemd. „Schaust du dir die Wunde bei dir zu Hause an oder soll ich dafür herkommen?"

„Ich denke, dass wir das zu Hause machen können."

Aidan verzog kurz den Mund, als er seinen Arm durch den Ärmel seines karierten Hemdes schob, und setzte anschließend eine scherzhafte Miene auf. „Muss ich sonst noch irgendetwas beachten, Frau Doktor? Bettruhe, leichte Kost, Schlaf?"

Neugierig spitzte Kayleigh die Lippen und schlüpfte aus den Handschuhen heraus. „Heißt das, dass du tun würdest, was ich dir sage?"

Seine blauen Augen zwinkerten ihr zu. „Medizinisch gesehen: Ja."

„Aha." Zufrieden nickte sie und hatte plötzlich eine Idee. „Dann verschreibe ich dir für den morgigen Abend ein gutes Baseballspiel mit Bier und Hotdogs."

Überraschung blitzte in seinen Augen auf. „Was?"

Unsicher und ein kleines bisschen nervös zuckte sie mit der Schulter und begegnete seinem offenen Blick. „Morgen spielen die Red Sox gegen die Rangers und ich habe zwei Tickets. Hast du Lust mitzukommen?"

9. Kapitel

Die Tatsache, dass die Red Sox gegen die Texas Rangers gewonnen hatten, ließ bei O'Reary's niemanden kalt.

Das konnten Kayleigh und Aidan feststellen, als sie nach dem Besuch des Fenway Parks den Pub betraten und eine ausgelassene Meute feierwütiger Baseballfans begrüßten, die laut grölend die Hymne der Red Sox namens *Tessie* sangen.

Ein Blick in den Pub offenbarte Kayleigh, dass kein Mitglied ihrer Familie hier war, was ihr ganz gut in den Kram passte. Auf neugierige Fragen bezüglich Aidan hatte sie nämlich keine Lust, sondern wollte einen fröhlichen Abend ausklingen lassen und dabei Zeit mit ihrem Hausgast verbringen, mit dem sie heute so viel Spaß wie seit langer Zeit nicht mehr gehabt hatte. Ihre Befürchtung, dass es eventuell komisch sein könnte, mit ihm auf ein Baseballspiel zu gehen, hatte sich nicht bewahrheitet. Stattdessen hatte sie das beste Date seit Ewigkeiten gehabt.

Wenn es ein richtiges Date gewesen wäre.

„Lass uns einen ruhigen Platz in einer Ecke suchen", raunte Aidan ihr zu und legte ihr fürsorglich eine Hand auf den Rücken, um sie in den hinteren Bereich des Pubs zu führen, wo es um einiges ruhiger, gemütlicher und leerer war.

Kayleigh hatte nichts dagegen, nicht inmitten der lautstarken Baseballfans zu sitzen, die sie alle mehr oder weniger kannten, seit sie ihren Windeln entwachsen war.

Kaum hatten sich Aidan und sie nebeneinander auf eine rustikale Holzbank gesetzt, schwankte auch schon der erste Bekannte ihres verstorbenen Dads an ihr vorbei, hob sein Glas und prostete ihr zu. „Ein tolles Spiel, Kayleigh. Sláinte!“

„Sláinte“, riefen Aidan und Kayleigh wie aus einem Mund und mussten anschließend lachen.

„Muss ich mir Sorgen machen, dass du ein Alkoholproblem hast, da dich hier jeder zu kennen scheint?“, fragte Aidan fröhlich nach, als sie einer Kellnerin ihre Getränkewünsche mitgeteilt hatten, und spielte mit einem Bierdeckel in seinen Fingern herum.

Obwohl sie ihm mit einem kessen Spruch hätte antworten können, dass sie beide sich schließlich in genau diesem Pub zum ersten Mal getroffen hatten und anschließend zu ihr gefahren waren, um Sex zu haben, wollte Kayleigh die Stimmung nicht durch nichtssagende Phrasen oder dumme Witze auflockern. Stattdessen stieß sie ihm aufmerksamkeitsheischend in die Seite und deutete über sich an die Wand, an der dutzende Fotorahmen hingen, die mal wieder entstaubt werden sollten.

„Siehst du das Foto dort? Das mit dem hölzernen Rahmen?“

„Das mit den Feuerwehrmännern?“

„Genau“, bestätigte sie und hörte selbst den stolzen Ton aus ihrer Stimme heraus. „Der Mann in der Mitte mit dem dunklen Schnäuzer ist mein Dad. Er arbeitete hier im Revier zweiunddreißig Jahre lang als Feuerwehrmann. In den letzten fünfzehn Jahren davon war er der Chief.“

Dass Aidan sich eingehend das Foto ansah, ließ ein warmes Gefühl in ihr aufsteigen.

Er wandte ihr wieder seine Aufmerksamkeit zu, griff in die kleine Schüssel mit Erdnüssen und warf sich ein paar in den Mund. Gleichzeitig funkelte sein Blick neugierig. „Hat es einen besonderen Grund, weshalb das Foto hier hängt?“

Auch Kayleigh vertilgte ein paar der salzigen Erdnüsse und erklärte gleichzeitig: „In dieser Gegend von Charlestown kennt jeder jeden. Die Jungs von der Feuerwache sind lokale Helden und bekommen von irgendjemandem immer einen Drink spendiert, wenn sie zu O'Reary's kommen, schließlich hat jeder jemanden in der Familie oder im Freundeskreis, dessen Haus die Jungs gelöscht haben.“

„Das klingt, als seist du sehr stolz auf deinen Dad.“

Mit einem Kloß im Hals nickte sie und schaffte ein wackeliges Lächeln. Selbst über drei Jahre nach seinem tödlichen Unfall fehlte ihr Dad ihr schrecklich. Es gab kaum einen Tag, an dem sie nicht an ihn dachte oder den Wunsch verspürte, ihm von ihrem Tag, einem verrückten Patienten oder einem besonders gelungenen Gericht zu erzählen.

Daher erwiderte sie mit viel zu hoher Stimme: „Ja, ich bin sehr stolz auf ihn. Wir alle sind das. Für uns Geschwister ist er ein Held.“

Versonnen leuchteten seine Augen auf. „Es klingt schön, einen Helden in der Familie zu haben.“

Kayleigh rutschte näher an ihn heran und zeigte auf ein weiteres Foto, das er sich ebenso eingehend anschaute. „Das ist ein uralter Zeitungsausschnitt über meinen Grandpa. Er war sein Leben lang Bostoner Polizist und hat damals eine Frau aus dem Charles River gefischt, nachdem jemand sie hineingestoßen hatte.“ Sie konnte das Duschgel riechen, das er benutzt hatte und das seit fast zwei Wochen bei ihr im Badezimmer stand, als sie so nah an ihn heranrutschte, dass kein Papier mehr zwischen sie gepasst hätte. „Auf der anderen Seite der

Theke findest du Fotos von Heath mit seiner Feuerwehrtruppe, einen Zeitungsausschnitt über meine Mom, die beim Kirchenbasar für den besten Kuchen prämiert wurde, und eine gerahmte Kopie von Kyles Siegerurkunde bei den Stadtmeisterschaften im Fünfkampf."

„Willst du mir damit sagen, dass ihr Fitzpatricks hier so etwas wie eine Legende seid?"

„Ha, ha! Eine Legende ist zu viel des Guten."

„Sondern?"

„Es ist wohl eher so etwas wie eine Hassliebe", griente sie.

Fragend blinzelte er ihr mit seinen blauen Augen zu. „Inwiefern?"

Kayleigh grinste und deutete in Richtung Bar, um ihm anzuvertrauen: „Der Barkeeper heißt Mike. Ihm gehört der Laden. Er verehrt meine Mom, weil sie ihm vor Jahrzehnten in der Sonntagsschule das Lesen beigebracht hat, und meinen Dad hat er heiß und innig geliebt, weil er sein brennendes Gartenhaus gelöscht hat, aber was meine Brüder betrifft, ist er weniger euphorisch."

„Warum das denn?"

Kichernd hob sie eine Hand über ihren Mund. „Heath stand einmal kurz davor, den Pub auseinanderzunehmen. Außerdem hat Mike eine entzückende Nichte, die auf der Highschool mit Shane befreundet war. Nun ja ... nachdem mein lieber Bruder mit Mikes Nichte in seinem Auto unterwegs war, war diese nicht mehr so unschuldig wie zu dem Zeitpunkt, als sie in Shanes alten Chevy gestiegen ist."

„Nette Dinge, die du mir da über meinen zukünftigen Schwager erzählst", murmelte er.

Zu ihrer Verteidigung erklärte Kayleigh: „Das ist schon ein paar Jahre her. Ich will nicht wissen, wie viele Mädchen du in deinem Auto entjungfert hast."

„Keine einzige", beteuerte er ernst und grinste anschließend verdorben. „Ich hatte mehr Stil als dein Bruder und habe die Garage meines Dads benutzt."

„Eine Garage?", wehrte Kayleigh entsetzt ab. „Das ist ja wie bei dem Schweigen der Lämmer, Aidan! Schäm dich!"

„Besser als der Rücksitz eines Autos", wies er sie auf das Offensichtliche hin, um gleich darauf wieder einen ernsthafteren Ton anzuschlagen. „Trotz der Episode mit der Nichte scheint ihr Fitzpatricks hier sehr beliebt zu sein. Und dich kennt hier anscheinend jeder."

„Wie sollte es auch anders sein, schließlich war ich schon als Kind in diesem Pub und habe Shepherd's Pie gegessen."

Neben all der Leichtigkeit nahm seine Stimme einen Hauch von Sehnsucht an. „Das klingt, als wärst du hier fest verwurzelt."

Kayleigh lächelte sachte und schlang die Arme um sich. „Nicht einmal fürs Studium habe ich Boston verlassen. Hier bin ich aufgewachsen und kann mir nicht vorstellen, woanders zu leben. Meine Familie lebt schließlich auch hier. Außerdem erinnert mich alles an meine Kindheit, meine Freunde und meinen Dad."

„Kann ich verstehen", murmelte er und ließ seine Augen über die Bilder an den Wänden gleiten. „Ich kann dich sogar sehr gut verstehen."

„Wirklich?", fragte sie merkwürdigerweise gerührt nach. Dass sich ihre ausgelassene Stimmung in ein emotionales Gespräch über Familie und Heimat entwickeln würde, hätte sie niemals in Erwägung gezogen.

„Ein Zuhause ist wichtig“, gab er beinahe grimmig von sich. „Ich weiß das sehr gut.“

„Aidan ...“

Er unterbrach sie mit einem kurzen Kopfschütteln, bevor er geradezu verlegen erläuterte: „Ich hielt ein Zuhause immerhin für so wichtig, dass ich mich dafür habe einsperren lassen, schließlich sollte Thorne es nicht verlieren.“

Auf ihren fragenden Blick hin fuhr er mit einem Seufzen fort: „Nach dem Tod unseres Dads mussten wir seine Schulden und die Hypothek aufs Haus abbezahlen. Wir hätten auch ablehnen können, aber Thorne hing so sehr an unserem Haus.“

Einfühlsam fragte Kayleigh nach: „Und du?“

Er zuckte kurz mit der Schulter, um vermutlich den Eindruck zu erwecken, die Situation völlig lässig hinzunehmen, doch Kayleigh konnte am nachdenklichen Schimmer in seinen Augen erkennen, dass dem nicht so war.

„Als unser Dad starb, war es für Thorne besonders schlimm. Unsere Mom war gestorben, als sie noch ein Teenager war, und beim Tod unseres Dads hatte sie gerade die Highschool beendet. Ich war immerhin ein paar Jahre älter ...“

„Du bist gerade einmal drei Jahre älter“, protestierte Kayleigh mitfühlend. „Für dich muss es auch nicht sehr leicht gewesen sein, mit dieser Situation umzugehen.“

Sein Stirnrunzeln sagte ihr, dass er typisch Mann den Unantastbaren spielen wollte. Seine Worte bestätigten diese Vermutung.

„Es war etwas anderes, schließlich lag es in meiner Verantwortung, mich um meine Schwester zu kümmern. Ihr lag an dem Haus sehr viel. Ich glaube, sie hatte Angst, dass die Erinnerungen an unsere Eltern verschwinden könnten, wenn wir das Haus verloren hätten.“

„Deshalb hast du dich in diese dubiosen Geschäfte verwickeln lassen.“ Dies war keine Frage, sondern eine Feststellung.

Augenblicklich begann er sich zu rechtfertigen. „Nein, Kayleigh. Unsere Geldsorgen sind keine Entschuldigung für das, was ich getan habe. Unsere Eltern haben uns vernünftig erzogen und immer betont, dass Kriminalität keine Lösung sei.“ Mit belegter Stimme und einer düsteren Miene prophezeite er: „Wenn meine Eltern wüssten, dass ich im Gefängnis war, dann ...“

„Aidan“, unterbrach sie ihn leise und legte eine Hand auf seine. „Nicht.“

Wortlos starrte er sie an, ließ seinen Blick zu ihrer Hand wandern, die noch immer tröstlich auf seiner lag, und heftete seine Augen anschließend wieder auf ihr Gesicht. Die emotionale Nähe und die Berührung seiner warmen Haut waren nichts im Vergleich zu dem offenen Blick, den sie miteinander austauschten. Kayleigh hätte gerne beiseite gestarrt oder wäre von ihm abgerückt, um die elektrisierende Spannung zwischen ihnen zu brechen, doch sie schaffte es nicht, sich auch nur einen Millimeter zu bewegen.

Aidan krächzte nach einer Weile: „Mich erstaunt immer wieder, wie aufgeschlossen und vorurteilslos du bist, Kayleigh.“

Das Kompliment trieb ihr die Schamesröte in die Wangen. Verlegen wägte sie ab: „Unsinn. Du weißt doch, wie groß meine Klappe ist.“

„Oh ja“, bestätigte er murmelnd. „Du hast in der Tat eine große Klappe, aber man merkt ziemlich schnell, was dahintersteckt.“

Kayleigh musste gegen den trockenen Kloß in ihrem Hals ankämpfen. „Aha. Was denn?“

Bevor er ihr eine Antwort hätte geben können, stellte ihnen Mike persönlich die Getränke auf den Tisch und ließ sich zu Kayleighs Verdruss ausführlich über das gewonnene Spiel aus, was dazu führte, dass die gerade noch aufgetretene Intimität zwischen Aidan und ihr gebrochen war.

Während Kayleigh dazu gezwungen war, Small Talk mit Mike zu betreiben, konnte sie aus dem Augenwinkel heraus beobachten, wie Aidan sein Bier an die Lippen setzte und interessiert ihr Gespräch verfolgte.

Auch als Mike endlich wieder hinter der Bar verschwand und sie beide allein ließ, änderte sich die Stimmung komischerweise nicht mehr. Von der vertraulichen und sogar einfühlsamen Atmosphäre war kaum noch etwas übrig. Stattdessen saßen sie im freundschaftlichen Schweigen nebeneinander und fanden nicht mehr zurück zu dem persönlichen Gespräch, das sie gerade noch geführt hatten.

Mit einem Gefühl der Enttäuschung schlug Kayleigh daher nach einigen Minuten vor, sich auf den Heimweg zu machen und den Pub zu verlassen. Sie wusste selbst nicht, weshalb sie derart niedergeschlagen war, als sie neben Aidan durch die dunklen Straßen Charlestowns schlenderte, schließlich war es ja wirklich nicht so, als wäre dies ein Date gewesen. Aidan war immerhin nur ihr Mitbewohner – jedenfalls zurzeit. Außerdem würde er in einer Woche Shanes Schwager sein. Wenn sie davon absah, dass sie beide vor Monaten miteinander geschlafen hatten, konnte sie froh sein, ihn als Freund zu haben, der sogar in der Lage war, ihr bei der Renovierung des Hauses zu helfen.

Die Frage, weshalb sich Aidan ständig in ihre Gedanken schlich, obwohl sie sich eigentlich darauf hätte vorbereiten sollen, von Alec zur Hochzeit ihres Bruders begleitet zu werden, formte sich in ihrem Kopf. Seit fast drei Jahren schwärmte sie wie ein Teenager für den Partner ihres Bruders und wünschte sich, seine Aufmerksamkeit zu erregen. Jetzt hatte sie endlich die Möglichkeit, mit Alec auszugehen – auch wenn er ihr Date eher für einen Scherz hielt und damit Shane auf die Palme bringen wollte –, und schien ihn völlig vergessen zu haben.

Wenn Kayleigh ehrlich zu sich sein wollte, musste sie zugeben, dass sie in den vergangenen zwei Wochen kaum an Alec gedacht hatte. Vielleicht lag es ja daran, dass Aidan ständig in ihrer Nähe war und dass sie diese männliche Aufmerksamkeit genoss. Immerhin benahm sich ihr Hausgast ausgesprochen fürsorglich und rücksichtsvoll ihr gegenüber. Außerdem hatte sie ihn bereits einige Male dabei erwischt, wie er ihr auf die Beine oder die Brüste geschaut hatte.

Sie mochte Aidan, aber wünschte sie sich insgeheim nicht eher, dass Alec ihr auf die Beine und die Brüste schaute?

Derart abgelenkt bemerkte sie kaum, dass sie bereits in ihre Straße abbogen.

Erst Aidans Stimme holte sie zurück in die Gegenwart. „Ich habe mich bei dir noch gar nicht für den schönen Abend bedankt.“

Mit einem schwachen Lächeln schaute sie zu ihm auf. „Nichts zu danken.“

„Schon lange hatte ich nicht mehr so viel Spaß“, gab er zu, als sie vor Kayleighs Haus ankamen.

„Mhh“, erwiderte sie einsilbig und kramte in ihrer Jackentasche nach ihrem Schlüssel, bevor sie wesentlich zugänglicher meinte: „Ich hatte auch viel Spaß, Aidan. Und es war schön, dass du mich begleitet hast.“

„Kayleigh?“

„Ja?“ Mit dem Schlüssel in der Hand stieg sie auf die erste Stufe der kleinen Verandatreppe und drehte sich fragend zu ihm um. Nun standen sie sich genau gegenüber und sahen sich direkt in die Augen, da es keinen Größenunterschied mehr zwischen ihnen gab.

Aidan nutzte dies anscheinend für sich aus, da er sich vorbeugte, ihr Gesicht mit seinen Händen umschloss und flüsterte: „Hinter deiner großen Klappe versteckt sich eine wahnsinnig tolle Frau.“

Dann küsste er sie.

Im ersten Moment war Kayleigh viel zu überrascht, um zu reagieren, und ließ es einfach geschehen, dass Aidan ihren Mund mit seinem bedeckte. Doch kaum schmeckte sie ihn und spürte seinen warmen Körper an ihrem, schloss sie die Augen, schmiegte sich näher an ihn und öffnete mit einem Stöhnen den Mund, um seinen Kuss ekstatisch zu erwidern.

Ihre Hände krallten sich in sein Sweatshirt. Eingehüllt von seinem Duft und dem Gefühl, dem kräftig gebauten Mann ausgeliefert zu sein, der mit einer überraschenden Zärtlichkeit über ihren Mund herfiel und gleichzeitig mit seinen starken Händen ihr Gesicht umfasst hielt, konnte Kayleigh nicht anders, als sich immer näher an ihn zu schmiegen und seine Lippen mit hemmungslosen Bissen zu martern. Auch er stöhnte und erweckte damit in Kayleigh den Wunsch, ihm genau hier und jetzt die Klamotten vom Leib zu reißen und sich an seinem nackten Körper zu reiben.

Gierig verschlang sie seinen Mund und spürte triumphierend, dass es ihm nicht anders zu ergehen schien, da er seine Zunge ebenso leidenschaftlich in ihren Mund stieß und sich inbrünstig an ihren Körper schmiegte.

Zwischen ihnen dampfte es regelrecht, und beinahe hätte Kayleigh das Gleichgewicht verloren und wäre rückwärts die Treppen hinaufgefallen, als sie im Eifer des Gefechts stolperte und sich gleich darauf wieder an ihn klammerte.

Als Aidans Hand von ihrer Wange zu ihrem Po fuhr und diesen umklammerte, während er ein tiefes Stöhnen hören ließ, fielen Kayleigh plötzlich zwei Dinge auf.

Erstens standen sie auf der hell erleuchteten Verandatreppe ihres Hauses und boten den Nachbarn vermutlich eine tolle Show, und zweitens sehnte sie sich geradezu fanatisch danach, mit Aidan ins Bett zu gehen. Sie wollte ihn nach oben in ihr Schlafzimmer schleifen, ihm die Klamotten vom Leib reißen und herausfinden, ob ihre Erinnerung ihr nicht einen Streich gespielt hatte oder ob Aidan es tatsächlich fertigbrachte, sie im Bett um den Verstand zu bringen.

Doch das war keine gute Idee.

Dieser Kuss war keine gute Idee.

In einer Woche würden sie beide an der Seite von Shane und Thorne die Trauzeugen spielen und an der Hochzeit ihrer Geschwister teilnehmen. Und sie würde mit Alec dort sein. Außerdem lebten sie momentan als Mitbewohner unter einem Dach. Sex würde dies nur verkomplizieren.

Daher entzog sie ihm mühevoll den Mund und presste beide Hände gegen seine sich hektisch hebende Brust, während ihr eigener Brustkorb nicht weniger hektisch bebte. Auch ihre Knie zitterten und ihr Mund sehnte sich nach einer Fortsetzung des Kusses.

„Aidan“, krächzte sie rau.

„Himmel“, stöhnte er mühsam beherrscht und starrte wie paralysiert auf ihren Mund.

Kayleigh konnte sich nicht beherrschen und strich die Strähnen seines schwarzen Haares, die sich in seine Stirn verirrt hatten, beiseite. Bevor sie ihre Hand wegziehen konnte, hatte er diese ergriffen und presste ihr einen heißen Kuss in ihre Handinnenfläche.

Es dauerte eine Ewigkeit, in der er sie mit brennenden Augen anstarrte und nicht preisgab, was er dachte, bis Kayleigh wieder sprechen konnte.

„Das ist keine gute Idee“, erklärte sie zitternd.

„Ich weiß“, bestätigte Aidan und machte dennoch keine Anstalten, sich von ihr zu lösen.

Kayleigh jedoch ging einen Schritt weiter und umklammerte den Kragen seines Shirts, um ihn näher zu ziehen, ihn zu küssen und ins Haus zu zerren.

10. Kapitel

Bevor Aidan wusste, wie ihm geschah, kämpfte er sich mit Kayleigh an seiner Seite den Weg über die Treppen in die erste Etage ihres Hauses hoch und verlor dabei ein Kleidungsstück nach dem anderen. Auf dem Treppenabsatz angekommen wurde ihm klar, dass er nicht nur barfuß war und sein Sweatshirt sowie das T-Shirt verloren hatte, sondern dass Kayleigh gerade dabei war, seinen Gürtel zu öffnen und ihn in ihr Schlafzimmer zu schieben.

Sein Herz schlug wie wild, als er eine Hand in ihren kurzen Haaren vergrub und den Kopf senkte, um sie wie entfesselt zu küssen und sich währenddessen arglos in ihr Schlafzimmer zerren zu lassen.

Dass es ihm gefiel, von einer Frau wie ihr persönliches Sexobjekt behandelt zu werden, musste er sicherlich nicht sagen. Jedoch gefiel es ihm umso besser, dass es Kayleigh Fitzpatrick war, die sich hier gebärdete, als müsste sie sterben, wenn sie ihn nicht in spätestens einer halben Minute nackt vor sich stehen hatte.

Mit all dem Hunger, den er nach ihr verspürte, küsste er sie, nagte an ihrer Unterlippe, zog ihre Zunge in seine Mundhöhle und verzehrte sich geradezu danach, sie zu berühren. Zu seinem Leidwesen ließ sie sich nicht so viel Zeit mit einem Vorspiel, wie er es gerne gehabt hätte. Am liebsten hätte er sie nackt auf dieses Bett gelegt, sich an sie gepresst und stundenlang jeden verführerischen Zentimeter ihres Körpers erkundet. Der Drang, mit der Zunge über ihre nackte Haut zu fahren, wurde beinahe übermächtig, doch Aidan zwang sich dazu, Kayleigh bestimmen zu lassen, und merkte, dass es etwas für sich hatte, mit einer leidenschaftlichen Frau wie ihr ins Bett zu taumeln, die keine Widerworte zu dulden schien.

Glühende Lust prickelte in ihm hoch, während er sie sanft dazu zwang, für einen Moment innezuhalten und seinen leidenschaftlichen Kuss zu erwidern. Gleichzeitig rieb er seine nackte Brust gegen ihren Oberkörper, der noch immer in einem Shirt steckte.

Da Aidan sich nicht benachteiligt fühlen wollte und irgendwann nackt vor ihr stünde, während sie noch vollkommen angezogen war, zog er ihr das Shirt über den Kopf und ließ seine Hände anschließend über ihren samtweichen Rücken fahren, um den BH zu öffnen und dessen Träger über ihre Schultern zu ziehen. Bevor sie wieder das Kommando übernehmen konnte, senkte Aidan den Kopf und küsste ihren Hals, saugte an der empfindlichen Stelle über ihrer Kehle und hinterließ eine feuchte Spur hinab, bis er an ihren Brüsten angekommen war, die er erst mit den Händen umfasste und anschließend mit Küssen bedeckte.

Ihr tiefes Stöhnen sagte ihm, dass er alles richtig machte, daher ließ er sich auf die Bettkante sinken und zog sie zwischen seine Beine, um mit der Zunge abwechselnd ihre Brustwarzen zu umkreisen und seine Finger zu dem Verschluss ihrer Hose wandern zu lassen.

Er selbst war dermaßen erregt, dass er nur noch Sterne vor Augen sah und bis auf abgehackte Stöhnlaute nichts Sinnvolles über die Lippen bekommen hätte. Pure Lust fuhr ihm in jede Faser seines Körpers, während seine Kehle immer trockener und seine Jeans zu eng wurde. Plötzlich wusste er, dass auch er kein langes Vorspiel ertragen würde, und öffnete daher ihre Hose, um diese mit fast schon ungeschickten Fingern hinunterzuzerren. Seine Lippen saugten an ihren Brüsten, als er mit beiden Händen ihren nackten Po umfasste und sich wenige Herzschläge später auf dem Rücken wiederfand.

Anscheinend hatte Kayleigh es satt, dass er bestimmte.

„Rühr dich nicht“, befahl sie ihm mit einem rauen Flüstern und beugte sich über ihn.

Die Befürchtung, dass er sich vor den Augen der bezaubernden und vor allem teuflischen Kayleigh Fitzpatrick blamieren könnte, stieg in ihm auf, als sie sich über seine Hüften hockte, den Mund zu seinem Hals senkte und mit weitaus geschickteren Fingern als er seine Jeans öffnete.

Aidan umklammerte mit beiden Händen die Bettdecke und ächzte ihren Namen, als sie eine Spur von feuchten Küssen und zarten Bissen über seinen Oberkörper regnen ließ, ihre Hände mit kräftigen Griffen seine Schultern, seine Brust und anschließend seine Bauchmuskeln massierten und sie ihm gleich darauf mit seiner Unterstützung die Hose komplett auszog.

Vollkommen nackt lag er vor ihr und blinzelte zu ihr hoch, um sie im Halbdunkel des Zimmers ebenfalls völlig nackt vor sich stehen zu sehen.

Der Anblick brachte ihn beinahe um. Mit einem zischenden Atemzug wollte er sich aufsetzen, aber die nackte Schönheit mit den langen Beinen, den sanft gerundeten Hüften und den vollen Brüsten, die bei jeder noch so winzigen Bewegung auf und ab hüpften, schüttelte den Kopf und kniete sich wieder über seine Hüften, um ihn nach hinten zu schubsen.

„Liegen bleiben“, kommandierte sie heiser und senkte sich so weit nach unten, dass er scharf Luft holen musste, weil ihr weiches Fleisch seine stahlharte Erektion berührte.

Aidan stieß einen grimmigen Laut aus und wollte nach ihr greifen, als sie sich fast auf ihn legte und ihm in die Unterlippe biss.

„Nicht anfassen, Aidan“, warnte sie ihn.

„Du bringst mich um“, grollte er heiser, fügte sich ihr jedoch und bekam keine Sekunde später denn erregendsten Kuss, den er jemals erhalten hatte. Ihr feuchter Mund saugte an seinem und ihre Zunge umschlang seine, während ihre Hände seine umfassten und sie Bauch an Bauch auf ihrem Bett lagen.

Ihm war vor lauter Lust und einem verzehrenden Gefühl in den Eingeweiden regelrecht schwindelig, als er merkte, wie sie sich zur Seite beugte und er gleich darauf das Geräusch einer sich schließenden Schublade vernahm. Bevor Aidan etwas sagen konnte, hatte Kayleigh seinen Penis umfasst und ihm ein Kondom übergezogen. Dann senkte sie sich quälend langsam über ihn.

Aidan war es egal, dass sie ihm gerade noch befohlen hatte, sie nicht anzufassen. Er konnte nicht anders, als ihre Hüften mit seinen Händen zu umfassen, als sie sich aufsetzte und sich auf ihm zu bewegen begann. Das weiche Fleisch zwischen seinen Fingern, ihr warmer Körper und die kleinen lustvollen Töne, die sie bei jeder Bewegung ausstieß, machten ihn wahnsinnig scharf und ließen ihn die Zähne zusammenbeißen.

Seine Augen saugten sich an ihren Brüsten fest, die vor seinem Gesicht auf und ab hüpften und sich ihm in die Netzhaut einbrannten. Mit einem unterdrückten Stöhnen bewegte er sich schneller unter Kayleigh und fuhr mit den Händen zu ihrem Po, in den er seine Finger grub, um sie so zu seinem Rhythmus zu zwingen. Den Protestlaut, der zusammen mit einem Stöhnen über ihre Lippen kam, während ihre grünen Augen warnend aufblitzten, ignorierte Aidan und nutzte seine Körperkraft aus, um Kayleigh auf den Rücken zu werfen und sich auf sie zu legen.

„Hey“, raunte sie heiser und sah mit glühenden Wangen und schimmernden Augen zu ihm auf. „So war das nicht abgemacht.“

„Pech“, entgegnete er heiser und stützte sich mit den Händen neben ihrem Kopf ab, um sich zu ihr hinabbeugen und sie küssen zu können.

Niemals zuvor war sie ihm so schön vorgekommen – bis sie ihm in die Lippe biss. Nach einem kurzen Moment lachte Aidan tief und begann sich wieder in ihr zu bewegen.

Es war wie ein lustvoller Kampf darüber, wer die Oberhand behielt, und trieb sie beide so weit, dass sie beinahe vom Bett gefallen wären. Zwischendurch befürchtete er, zu grob zu ihr zu sein und sie möglicherweise zu zerbrechen, doch Kayleigh schenkte ihm nichts und zerkratzte nicht nur seine Schulterblätter, sondern grub ihre Zähne in seinen Hals. Ihre lauten Schreie befeuerten seine Lust, bis er wie ein Blasebalg nach Luft schnappte und glaubte, vor Anstrengung das Bewusstsein zu verlieren.

Genau in diesem Moment krallte sie nicht nur ihre Fingernägel wie besessen in seine Schultern und schrie ekstatisch auf, sondern auch Aidan kam zu seinem Höhepunkt und ließ sich schwer auf sie fallen. Er betete um Atemluft, um Kraft und darum, sie nicht zu erdrücken. Das war der letzte Gedanke, den er hatte, bevor er in einen tiefen Schlaf fiel, aus dem er wieder erwachte, als Kayleigh ihre Finger über sein Schulterblatt wandern ließ.

Verschlafen öffnete er die Augen und drehte sich mit ihr im Arm zur Seite, was sie zu einem winzigen Seufzen verleitete.

„Was tust du da?“, fragte er mit schläfriger Stimme.

„Ich wollte nur fühlen, wie es deiner Wunde geht“, erwiderte sie erheblich ausgeruhter und wacher als er.

Zu seiner Verwunderung und Freude drückte sie ihm einen Kuss auf die Schulter und schmiegte ihren Kopf auf seinen Oberarm.

Aidan stützte sich auf seinem Ellenbogen ab und betrachtete sie eingehend, wie sie neben ihm auf der Seite lag, sich ihm nackt zugewandt hatte und ungeniert zu ihm aufblickte.

Gott, er hatte soeben extrem heißen Sex mit der Frau gehabt, die sich in der letzten Zeit viel zu oft in seine Gedanken geschlichen hatte, und merkte beim Anblick ihres nackten Körpers, dass sich etwas in ihm regte, ein weiteres Mal über sie herzufallen, doch ein anderes Gefühl ließ den Steinzeitmenschen in seinem Inneren, der sie in seine Höhle tragen und nicht mehr herauslassen wollte, verstummen. Es war das plötzliche Gefühl von Nähe, das er viel zu lange vermisst hatte, das ihn dazu bewog, sie anzuschauen und sich zu wünschen, einige Fehler in seinem Leben ausgelassen zu haben.

„Du hast es schon wieder getan“, merkte sie amüsiert an und rutschte näher an ihn.

Während sie die Hand ausstreckte und auf die Stelle legte, unter der sein Herz schlug, hakte er mit belegter Stimme nach: „Was habe ich wieder getan?“

„Du bist für ein paar Minuten in einen fast komatösen Schlaf gefallen. Das hast du damals auch getan.“

Da sein Sexleben in den vergangenen Jahren geruht hatte, konnte er zu seinem postkoitalen Verhalten wenig sagen. Schnaufend legte er ihr eine Hand auf die Hüfte und gab dem Drang nach, seine rauen Fingerspitzen über ihre weiche Haut gleiten zu lassen. Schon wieder spürte er, wie sein Hals trocken wurde, als er sie berührte. Andächtig erforschte er ihre Haut, die im trägen Mondlicht wie Perlen schimmerte, und versenkte seinen Mund anschließend hinter ihrem Ohr. „Wie kommt es, dass du so weiche Haut hast?“, murmelte er fragend.

„Und wie kommt es, dass du am ganzen Körper Muskeln hast?“, stellte sie ihre Gegenfrage, während ihre Finger über seine Bauchmuskeln fuhren. Im Gegensatz zu ihm klang sie belustigt.

Aidan legte den Kopf wieder zurück und schaute ihr in die grünen Augen, um mit großer Ernsthaftigkeit zu verraten: „Harte Arbeit auf der Bohrinsel. Außerdem gibt es in meinem Bekanntenkreis eine Frau mit einem Haus, das von Grund auf renoviert werden sollte. Sie lässt mich die ganze Sklavenarbeit tun ...“

Prustend rückte sie näher und schob eines ihrer Beine zwischen seine. „Du Scherzkeks! Ich hoffe, du hast außer mir nicht noch andere Frauen mit einem renovierungsbedürftigen Haus in deinem Bekanntenkreis.“

Er schnalzte mit der Zunge. „Mach dir keinen Kopf, Kayleigh. Du bist die einzige Frau, deren Haus ich renoviere *und* mit der ich schlafe.“

„Gut zu wissen“, entgegnete sie mit gespielter Erleichterung. „Da fällt mir ein Stein vom Herzen.“

„Sollte es auch.“

Anhand ihrer Stimme hörte er, dass sie ernstere Töne anschlug, als sie neugierig wissen wollte: „Du renovierst gerne Häuser, oder?“

Es sollte ihn nicht wundern, dass sie diese Frage stellte, schließlich hatte er schon oft bemerkt, dass sie über eine ausgezeichnete Beobachtungsgabe verfügte. Zögernd holte er Luft und war sich bewusst, dass er einen Teil seines Inneren preisgab. „Das stimmt. Ich finde, es gibt keine schönere Arbeit, als ein Zuhause für jemanden zu erschaffen, in dem er sich wohlfühlen kann.“

„Mhh“, seufzte sie beinahe träumerisch. „Das klingt wunderbar.“

„Findest du?“

„Unbedingt“, stimmte sie zu und schenkte ihm ein weiches Lächeln.

Aidan schluckte den nervösen Kloß in seinem Hals hinunter. „Das möchte ich tun – Häuser renovieren und wohnlich machen. Menschen ein Zuhause geben.“

Fragend runzelte sie die Stirn und legte ebenfalls den Kopf zurück, um ihm voll ins Gesicht zu sehen. „Das möchtest du tun?“

Obwohl er wusste, dass er Kayleigh gerade etwas verriet, von dem nicht einmal seine Schwester wusste, kam es ihm absolut richtig vor, ihr von seinem Traum zu erzählen. „Ja, das möchte ich. Zwar kann ich auch als Schweißer arbeiten und mir in einer Firma einen Job suchen, aber irgendwann hätte ich gerne meinen eigenen Betrieb – irgendetwas Kleines, um Häuser aus meiner Nachbarschaft zu renovieren. Vermutlich wird das Startkapital, das ich mir erarbeitet habe, noch nicht reichen, aber ich kann meinen Traum auch etwas später umsetzen.“

Aidan wusste nicht, womit er gerechnet hatte, aber Kayleigh überraschte ihn, indem sie stumm blieb, ihm nachdenklich ins Gesicht sah und anschließend sein Gesicht umfasste, um ihn zu küssen.

Als er aufwachte, war es draußen bereits taghell.

Aidan drehte sich auf den Rücken, schaute sich zufrieden in Kayleighs Zimmer um und grinste breit, als er an die vergangene Nacht dachte. Er hatte nicht nur einige sehr befriedigende Stunden hinter sich, sondern war in dem Bewusstsein eingeschlafen, dass er dabei war, sich in die Frau, die sich im Schlaf an ihn gekuschelt hatte, zu verlieben.

Da war es kein Wunder, dass er höchst motiviert die Bettdecke zurückschlug, als er bemerkte, dass Kayleigh nicht mehr neben ihm lag, und sich auf die Suche nach ihr machen wollte. Nackt spazierte er aus ihrem Schlafzimmer heraus und folgte den Geräuschen, die darauf hindeuteten, dass sie unter der Dusche stand.

Die Vorstellung, wie sie nackt unter einem heißen Wasserstrahl stand und er sich zu ihr gesellen könnte, ließ ihn breit grinsen, sodass er seinen Schritt beschleunigte und voller Vorfreude das Badezimmer betrat, wo sie tatsächlich unter der Dusche stand, wie er hinter dem Milchglas der Duschkabine sehen konnte.

Langsam, damit sie sich nicht erschrak, öffnete er die Kabine und fragte lässig: „Darf ich mich zu dir gesellen?“

Aidan wusste nicht, was er erwartet hatte, aber als Kayleigh das Wasser abdrehte, sich über das Gesicht fuhr und ihn mit schamhafter Zurückhaltung ansah, wurde ihm klar, dass er mit ein wenig mehr Euphorie gerechnet hatte.

„Guten Morgen“, erwiderte sie schlicht und griff fahrig nach einem Handtuch, in das sie sich anscheinend nicht schnell genug einwickeln konnte.

„Guten Morgen“, entgegnete er misstrauisch und runzelte die Stirn. „Alles okay bei dir?“

„Mhh.“ Sie schenkte ihm ein schwaches Lächeln, machte einen großen Bogen um ihn herum und stellte sich an das Waschbecken. „Alles okay.“

„Aha.“ Selbst er hörte den griesgrämigen Unterton aus seiner Stimme heraus.

In der nächsten Minute beobachtete er, wie sie seinen Blickkontakt mied und sich die Haare abtrocknete, jedoch stumm blieb.

Das gefiel Aidan ganz und gar nicht. Noch vor wenigen Stunden hatten sie leidenschaftlichen Sex miteinander gehabt, er hatte ihr sein Herz ausgeschüttet und dann waren sie nebeneinander eingeschlafen, aber sie tat gerade so, als wäre er nur ein entfernter Bekannter, der zufälligerweise nackt war, während sie sich die Zähne putzte und sich in diesem überdimensionalen Handtuch versteckte.

Ihre nervöse Stimme bestätigte seinen Eindruck. „Würdest du das Bad verlassen? Ich möchte mich fertig machen.“

Stirnrunzelnd verschränkte er die Arme vor der Brust, während ihn ein unangenehmes Gefühl beschlich. „Was ist los, Kayleigh?“

„Was soll los sein?“, fragte sie ihn und schaute ihm durch den Badezimmerspiegel unschlüssig in die Augen. „Ich würde mich nur gerne fertig machen.“

Aidan schnaubte aufgebracht. „Falls du dich erinnerst, hatten wir in der vergangenen Nacht Sex. Ich glaube, wir sind über den schamhaften Punkt hinweg."

Seufzend drehte sie sich zu ihm um, faltete die Hände vor ihrem Körper, als wüsste sie nicht, wohin mit ihnen, und nagte beinahe schüchtern auf ihrer Unterlippe herum. „Hör zu, Aidan, ich denke einfach, dass die letzte Nacht keine gute Idee war."

Er blieb stumm und starrte sie nachdenklich an.

An ihrer Kehle konnte er erkennen, dass sie schluckte. Komischerweise schien sie ihm nicht eine einzige Sekunde lang in die Augen schauen zu können. „Dieses Sex-Ding verkompliziert alles. Du bist Thornes Bruder und ich bin Shanes Schwester ..."

„Was haben unsere Geschwister denn damit zu tun?", wollte Aidan verächtlich wissen. „Immerhin sind wir erwachsen und begehen keinen Inzest, wenn wir miteinander schlafen."

„Ich finde nun einmal, dass es sich komisch anfühlt", wehrte sie ab und wirkte dabei mehr als unehrlich.

„Du findest, dass es sich komisch anfühlt?" Seine Augenbraue wanderte nach oben. „Da hatte ich heute Nacht aber einen anderen Eindruck."

„Mach es mir doch nicht so schwer", flehte sie und trat einen Schritt vor. „Aidan, ich mag dich. Ich mag dich wirklich."

Er wusste, was jetzt kommen würde, fragte dennoch dumpf nach: „Aber?"

„Aber ..." Verlegen hob sie die Schulter an. „Aber wir sollten nicht mehr daraus machen, als es ist. Wir verstehen uns gut, du wohnst bei mir und gestern ... gestern hatten wir Sex, was eine dumme Idee war und was nicht wieder vorkommen sollte."

„Aha.“ Ein Pulsieren setzte an seiner Schläfe ein, als ihm bewusst wurde, was sie ihm durch die Blume sagen wollte. Bereits die ganze Zeit hatte er gewusst, dass jemand wie Kayleigh Fitzpatrick nicht seine Kragenweite war und niemals auf die Idee käme, mit jemandem wie ihm zusammen zu sein – einem ehemaligen Gefängnisinsassen. Frauen wie Kayleigh, die clever, lustig und hübsch waren und einem Job als Ärztin nachgingen, hatten nichts mit einem Knasti verloren. So einfach war das.

Sie hatte ihn einmal vor die Tür gesetzt, also würde ihn ein zweites Mal nicht umbringen. Vielleicht würde er dieses Mal wenigstens einen Kaffee bekommen, überlegte er mit einem Anflug bitterer Ironie.

„Ich verstehe.“

„Wirklich?“ Ihr Gesicht erhellte sich erleichtert. „Ist zwischen uns alles gut?“

„Sehr gut“, bekräftigte er und nickte ihr zu. „Dann verschwinde ich mal wieder im Gästezimmer.

Er war schon fast aus der Tür, als sie zögernd rief: „Aidan?“

„Ja?“ Er drehte sich um und betrachtete kurz ihr unsicheres Gesicht, das ihm ein nervöses Lächeln schenkte. „Was gibt's?“

Kayleigh fuhr sich über die Lippen, atmete durch und trat an die Badezimmertür. „Ich bin mir sicher, dass du dir deinen Traum erfüllen wirst.“

Nach einem kurzen Moment zuckte er mit der Schulter und lächelte trocken. „Danke.“

11. Kapitel

„Heath, könntest du jetzt bitte Hayden ans Telefon holen?“, bat Kayleigh flehentlich, während sie auf der Bettkante in ihrem Schlafzimmer saß und sich verzagt umsah.

Noch immer war sie völlig außer sich und konnte nicht glauben, dass sie mit Aidan geschlafen hatte. Wieder einmal.

Doch das hoffnungslos zerwühlte Bett, ihre auf dem Boden liegenden Klamotten und die Knutschflecke an ihrem Hals waren eindeutig. Sie hatte schon wieder mit Aidan geschlafen, ihn schon wieder vor die Tür gesetzt und konnte schon wieder dem Alkohol keine Schuld an ihren Sexeskapaden geben. Ihr war es egal, wie früh es war, denn sie musste unbedingt mit ihrer besten Freundin über das Chaos in ihrem Leben sprechen.

Leider war ihr ältester Bruder ein wenig schwer von Begriff.

„Sie wechselt Kayla gerade die Windeln“, ertönte die müde Stimme ihres Bruders, die darauf hinwies, dass er gerade irgendeinen Snack mampfte. „Warum rufst du in aller Herrgottsfrühe an? Komm doch später vorbei und sprich dann mit ihr.“

„Ich will aber jetzt mit ihr reden!“

„Aber sie ist gerade oben bei Kayla“, protestierte Heath abgelenkt, während im Hintergrund die Geräusche des Fernsehers zu hören waren, die darauf schließen ließen, dass ihr Bruder bereits morgens Fernsehen schaute.

Kayleigh verdrehte daher die Augen und blaffte ihn gereizt an: „Dann nimm ihr deine Tochter ab und sage ihr, dass ich sie sprechen muss, Heath! Dringend.“

„Himmel, Kayleigh“, beschwerte sich Heath grummelnd. „Schon gut, schon gut. Du musst mich nicht gleich durchs Telefon töten.“

„Wenn ich dich töten wollte, würdest du es merken“, versprach sie ernst und erntete lediglich ein haltloses Lachen dieses Idioten, bevor es eine ganze Weile still war. Sobald Haydens sympathische Stimme durch den Hörer klang, ließ sich Kayleigh rückwärts auf ihr Bett fallen und starrte resigniert an ihre Zimmerdecke.

„Hey, Kayleigh! Was gibt's?“

„Aidan und ich hatten Sex“, erklärte sie ohne Vorankündigung.

Wie nicht anders zu erwarten, hörte sie das entsetzte Luftschnappen ihrer Schwägerin, die zudem seit ihrer Kindheit ihre beste Freundin war. „Was?“

„Aidan und ich hatten Sex“, wiederholte sie. „Und geknutscht haben wir auch. Ich glaube, dass Mr. Willoghbly von gegenüber alles beobachtet hat.“

Ein weiteres Mal schnappte Hayden am anderen Ende der Leitung erschrocken nach Luft. „Was? Mr. Willoghbly hat euch beim Sex beobachtet?“

„Nein, natürlich nicht“, wehrte Kayleigh stirnrunzelnd ab und schluckte. „Er hat uns beim Knutschen beobachtet. Die Gardine in seinem Wohnzimmer hat sich bewegt. Ich habe es genau gesehen.“

„Kayleigh“, stöhnte Hayden frustriert. „Ich verstehe nur Bahnhof! Von Anfang an, bitte. Du hattest gerade Sex mit Aidan ...“

„Nein ... ja, das auch“, unterbrach sie Hayden seufzend. „Wir hatten vor sieben oder acht Monaten Sex. Und heute Nacht.“

„Wie bitte?“

Nachdenklich nagte Kayleigh an ihrer Unterlippe und murmelte keinesfalls verlegen, diesen Gedanken vor ihrer besten Freundin preiszugeben: „Mittlerweile weiß ich ja, dass er damals gerade erst aus dem Gefängnis entlassen wurde, und dachte, dass er in jener Nacht so unersättlich war, aber heute Nacht war es genauso.“

„Um Gottes willen“, krächzte Hayden fassungslos. „Bist du betrunken?“

„Ich wünschte, ich wäre es“, gab sie elendig zu.

Am anderen Ende der Leitung war es totenstill, bis Kayleigh eine Tür undeutlich knarzen und anschließend Hayden seufzen hörte. „Ich bin ins Schlafzimmer gegangen, damit Heath hiervon nichts mitbekommt. Also? Jetzt will ich die ganze Geschichte hören, Kayleigh. Von Anfang an.“

„Okay“, murmelte diese niedergeschlagen und presste sich ihr Lieblingskissen gegen den Bauch. „Versprich mir aber, dass du niemandem etwas verraten wirst. Auch nicht Heath!“

„Bist du wahnsinnig?“, herrschte ihre Freundin sie an. „Wenn ich deinem Bruder erzählen würde, dass du mit dem Mann, der im Gefängnis saß und jetzt bei dir wohnt, Sex hattest, würde er Aidan auf Shanes Hochzeit verprügeln. Natürlich verrate ich nichts!“

Die Tatsache, dass Hayden Aidans Gefängnisstrafe erwähnte, ließ Kayleigh grimmig den Mund verziehen und sich abrupt aufsetzen. In dem Bedürfnis, Aidan zu verteidigen, protestierte sie sehr vehement: „Was hat das denn mit Aidans Gefängnisaufenthalt zu tun?“

„Du weißt doch, wie deine Brüder sind ...“

„Wenn du mir sagen willst, dass sie dickfellige, überhebliche und großkotzige Idioten sind, erzählst du mir nichts, was ich nicht schon längst wusste“, grollte sie aufgebracht und verstand selbst nicht, warum sie kurz vorm Ausrasten stand.

„Kayleigh, sie wollen dich doch nur beschützen.“

Sie schnaubte wütend. „Vor Aidan?“

„Keine Ahnung“, gab ihre Schwägerin zu. „Weil er im Gefängnis saß, werden die vier sicherlich nicht begeistert sein, wenn du mit ihm ausgehen solltest.“

„Erstens geht es die vier nichts an, mit wem ich ausgehe“, redete sie sich in Rage. „Und zweitens wäre das ja wohl das intoleranteste, verbohrteste und dümmste Verhalten, von dem ich jemals gehört habe!“

„Ganz ruhig, Kayleigh“, versuchte Hayden sie zu beschwichtigen. „Ich sage doch auch nur, dass ich das vermute.“

Das konnte sie nicht wirklich beruhigen. Leider besaß nämlich auch Kayleigh das hitzköpfige Blut der Fitzpatricks, das sie grauenvoll schnell an die Decke gehen ließ. „Außerdem lasse ich mir doch nicht vorschreiben, mit wem ich schlafe oder nicht!“

„Ich glaube nicht, dass es deine Brüder wagen würden, dir Vorschriften in Bezug auf dein Sexleben zu machen, Kayleigh“, entgegnete Hayden trocken. „Keiner der vier hat Todessehnsucht.“

„Gott, Hayden“, stöhnte Kayleigh wütend. „Das ist gar nicht komisch!“

„Irgendwie schon, wenn ich bedenke, wie sehr du Aidan verteidigst. Was steckt also wirklich hinter diesem Anruf?“

Jammernd zog Kayleigh ihre Beine an. „Das fragst du noch? Aidan und ich hatten vor Monaten Sex und jetzt haben wir es schon wieder getan!“

„Und?“

„Und?! Was soll ich bloß tun?“ Hin- und hergerissen zwischen dem Bedürfnis, die Wände hochzugehen und sich gleichzeitig die Bettdecke über den Kopf zu ziehen, fluchte sie in den Telefonhörer hinein. „Das ist alles nur Ryans Schuld! Wenn er nicht darauf bestanden hätte, dass Aidan bei mir unterkommen soll, gäbe es jetzt nicht diesen Schlamassel!“

„Von Anfang an“, bat Hayden ein weiteres Mal genervt. „Inwiefern ist Ryan daran schuld, dass du mit Aidan Sex hattest?“

Vergrätzt schnitt Kayleigh eine Grimasse. „Wenn du es genau wissen willst: Vor ein paar Monaten war ich bei O’Reary’s, habe einen netten Typen kennengelernt und ihn mit nach Hause gekommen. Am nächsten Morgen habe ich ihn vor die Tür gesetzt ...“

„Sehr charmant, Kayleigh“, unterbrach Hayden sie mit einem Glucksen.

„Das macht man so nach einem One-Night-Stand“, belehrte sie ihre Freundin, unterdrückte ihr schlechtes Gewissen und fügte mit liebevollem Spott hinzu: „Aber woher sollst du das wissen, schließlich bist du seit dem Kindergarten mit Heath zusammen.“

„Genau“, erklärte Hayden fröhlich und nicht im Mindesten beleidigt. „Jetzt weiß ich auch warum.“

„Sehr komisch. Hast du dich genug über mich amüsiert?“

„Du kannst gerne weitererzählen. Das hier ist auf jeden Fall sehr viel interessanter als meine morgendliche Routine.“

Kayleigh antwortete darauf gar nicht, sondern erzählte weiter: „Eigentlich bin ich davon ausgegangen, meinen One-Night-Stand nie wiederzusehen, doch dann stellt sich plötzlich heraus, dass er Thornes Bruder ist. Bevor ich weiß, wie mir geschieht, bestimmt mein lieber Bruder Ryan, dass Aidan bei mir wohnen kann, bis er eine Wohnung gefunden hat. Jetzt habe ich den Salat!"

„Weil ihr Sex hattet?"

„Ja", fuhr sie Hayden an und erwiderte regelrecht verzweifelt: „Du ... du verstehst das nicht, Hayden. Er ist nett, witzig, hilfsbereit und verdammt heiß."

„Das hört sich ja grauenvoll an! Hast du das FBI schon benachrichtigt?"

Beinahe hätte Kayleigh gekreischt. „Hayden!"

„Ich sehe das Problem nicht", fasste Hayden ruhig zusammen. „Ist es so schlimm, dass er nett, witzig, hilfsbereit und verdammt heiß ist?"

Anstatt darauf zu antworten, jammerte Kayleigh: „Was soll ich bloß tun?"

Nach einer halben Minute Schweigen räusperte sich ihre beste Freundin. „Auch auf die Gefahr hin, dass deine katholische Mutter mich ans Kreuz nagelt, wäre mein Vorschlag, weiterhin mit ihm zu schlafen. Anscheinend willst du das ohnehin tun, sonst hättest du mich nicht derartig aufgelöst angerufen."

Kayleigh fasste sich ins Gesicht. „Hayden ..."

Leichthin unterbrach ihre Schwägerin sie. „Was ist schon dabei? Wenn ihr euch versteht und keine große Sache daraus machen wollt, könnt ihr doch miteinander schlafen. Meinen Segen habt ihr."

„Vielen Dank", ächzte Kayleigh ironisch.

„Oder spricht etwas anderes gegen Sex?"

Das war eine gute Frage. Im Grunde sprach nichts gegen Sex mit Aidan oder gegen Aidan selbst. Ganz im Gegenteil. Tatsächlich war der Mann, den sie gerade aus ihrem Badezimmer geworfen hatte, obwohl sein Anblick ihren Puls in astronomische Höhen befördert und ihr Herz ins Flattern gebracht hatte, außerordentlich nett, witzig, hilfsbereit und heiß. Sie verbrachte gerne Zeit mit ihm, genoss ihre gemeinsamen Gespräche und mochte ihn sehr, vielleicht sogar ein wenig zu sehr, wenn sie bedachte, dass sie mit einem anderen Mann auf die Hochzeit ihres Bruders gehen wollte. Irgendwie kam sie sich verdammt schäbig vor, gerade noch mit Aidan im Bett gelegen und keinen Gedanken an Alec verschwendet zu haben, während sie nun lustlos einem Date entgegensah, auf das sie sich eigentlich hätte freuen sollen.

Und warum hatte sie Alec kein schlechtes Gewissen gegenüber, aber dafür Aidan?

Verlegen, zögernd und mehr als peinlich berührt brummte Kayleigh: „Ich gehe bereits mit Alec zur Hochzeit."

„Alec?"

„Ja", bestätigte sie Haydens irritierte Frage mit einem widerwilligen Laut. „Mit Alec."

„Aber warum das denn?"

Kayleigh blinzelte überrascht, als sie Haydens empörte Frage hörte, holte tief Luft und vertraute ihrer besten Freundin beschämt an: „Weil ich seit fast drei Jahren in ihn verliebt bin, Hayden."

„*Was*?!"

Zähneknirschend wiederholte Kayleigh: „Ich bin seit fast drei Jahren in Alec verliebt."

Es folgte ein langer Moment der Stille, bis Hayden streng und beinahe anklagend entgegnete: „Sei nicht albern, du bist nicht in Alec Anderson verliebt.“

Kayleigh blieb vor lauter Überraschung die Luft weg. Sprachlos starrte sie vor sich her und suchte nach den passenden Worten, bis sie verdutzt krächzte: „Was? Was zum Teufel willst du mir denn damit sagen? Ich weiß doch am besten, in wen ich verliebt bin und in wen nicht!“

„Kayleigh“, ließ sich Hayden gutmütig vernehmen. „Ich will dir nicht absprechen, dass du Alec attraktiv findest. Das tut vermutlich jede Frau – deine Mom, Thorne und mich eingeschlossen, aber für dich, mein Schatz, ist dieser Mann viel zu schnöselig.“

Sie konnte nicht glauben, was sie da hörte. „Was?“

„Oh ja! Ich mag Alec, versteh mich da bitte nicht falsch, aber er ist ein bisschen zu sehr aufs Äußere bedacht ...“

„Soll das heißen, dass ich hässlich bin?!“

„Scheiße, nein!“

Dass ausgerechnet die liebreizende Hayden ein solches Wort in den Mund genommen hatte und gerade brüllte, ließ Kayleigh beinahe den Hörer aus der Hand fallen.

„Du bist nicht hässlich! Lass dir so etwas bloß niemals einreden, Kayleigh.“

„Aber ...“

Hayden unterbrach sie augenblicklich mit düsterer Stimme. „Ist dir schon einmal aufgefallen, mit welchen Frauen Alec durch die Gegend zieht? Oder in welchem Tempo er seine Freundinnen wechselt?“

„Natürlich“, murmelte Kayleigh widerstrebend. „Aber das muss nichts heißen.“

„Richtig, das muss nichts heißen.“ Hayden seufzte tief. „Hast du dich mit seinen Freundinnen mal unterhalten? Ich jedenfalls hatte nicht den Eindruck, dass man mit ihnen besonders hochgeistige Gespräche hätte führen können, und witzig waren sie auch nicht. Weißt du, wie Heath Alecs Begleitungen immer nennt?“

„Ich habe keine Ahnung“, stöhnte Kayleigh, der das Gespräch von Sekunde zu Sekunde mehr auf den Keks ging.

„Er nennt sie die bezaubernden Jeannies. Und weißt du auch warum?“

„Weil sie blond und leicht bekleidet sind?“, mutmaßte Kayleigh mit abfälliger Ironie.

„Nein“, entgegnete Hayden dumpf. „Heath nennt sie so, weil Alec sie nur dann immer aus der Flasche zaubert, wenn es ihm in den Kram passt, und weil Alec anscheinend eine Frau braucht, die ihn anhimmelt und *Meister* nennt. Sobald er nichts mehr mit ihnen anfangen kann, steckt er sie zurück in die Flasche und vergisst sie.“

„Was willst du mir damit sagen?“, fragte Kayleigh bissig und wusste gleichzeitig die Antwort auf ihre Frage.

„Du bist viel zu klug, selbstständig und emanzipiert, um dich zu einer bezaubernden Jeannie degradieren zu lassen“, urteilte Hayden weich. „Warum willst du in einen Mann verliebt sein, der es genießt, ein Meister zu sein, Kayleigh? Das hast du nicht nötig. Außerdem wärst du sicherlich nicht auf deiner Veranda über einen anderen Mann hergefallen, wenn du ernsthaft in Alec verliebt wärst.“

Kayleigh liebte ihre Schwägerin wie eine Schwester, doch gerade jetzt konnte sie deren Scharfsinn nicht ertragen und legte daher einfach auf.

Dass Thorne ihn zu diesem Probeessen genötigt hatte, nahm Aidan seiner Schwester sehr übel, als er zusammen mit ihr, ihrem Verlobten und dessen Familie im Haus von Ellen Fitzpatrick alle Speisen des Catering-Unternehmens probieren musste, das auch auf der Hochzeit für das Essen verantwortlich sein würde. Seiner Meinung nach war es Schwachsinn, wenige Tage vor der eigentlichen Hochzeit die Speisen zu probieren und die Familie dazu zu nötigen, an dieser Veranstaltung auch noch teilzunehmen. Aidan jedenfalls hätte Besseres mit seiner Zeit anfangen können, als inmitten von Menschen zu sitzen, zu denen er sowieso nicht gehörte, und kleine Spinaträllchen zu essen, während er sich den Kopf darüber zerbrach, was er nur sagen könnte, um wenigstens ein bisschen Small Talk zu betreiben.

Dazu kam, dass er ausgerechnet Kayleigh gegenübersaß.

Seit sie vorgestern miteinander geschlafen hatten, gingen sie sich aus dem Weg. Zwar funktionierte dies relativ reibungslos, da Kayleigh gestern eine lange Schicht übernommen hatte und sich Aidan beinahe kopfüber in die Wohnungssuche gestürzt hatte, aber die Tatsache blieb bestehen, dass ihre freundschaftliche Beziehung futsch war.

Momentan konnte er sich nicht vorstellen, mit ihr gemütlich durch einen Baumarkt zu schlendern, Tapetenmuster auszusuchen oder mit ihr ein Baseballspiel zu besuchen.

Nein, er hatte mit ihr geschlafen, einen kleinen Seelenstriptease vor ihr abgezogen und sich Hoffnungen gemacht, dass sie seine Gefühle eventuell erwidern könnte, um dann höflich, aber bestimmt eine Abfuhr zu kassieren.

Er kannte seinen Platz. Und der war sicherlich nicht neben Kayleigh Fitzpatrick.

„Also diesen Thunfischsalat müssen wir unbedingt anbieten, Liebling.“ Shane unterbrach Aidans Gedanken und nickte Thorne auffordernd zu. „Meinetwegen lass die Spinaträllchen weg, aber der Thunfischsalat sollte dabei sein.“

„Mir schmecken diese Teigtaschen am besten“, schmatzte Ryan laut.

„Das sagst du jetzt bestimmt schon zum zehnten Mal“, ließ sich Thorne vernehmen. „Ryan, ich habe dich schon beim ersten Mal verstanden. Deine Teigtaschen sind notiert.“

„Sehr gut“, erwiderte ihr baldiger Schwager zufrieden und grinste Aidan an, der vor einem voll bepackten Teller saß und eigentlich auf Anweisung seiner Schwester jedes Gericht probieren sollte, jedoch nur wenig Lust hatte, sich vollzustopfen.

„Was ist mit dir, Aidan? Gibt es etwas, was du besonders gut findest?“

Anscheinend schien Thorne ihre Hochzeit perfekt vorbereiten zu wollen, da sie ihn nachdrücklich anstarrte und auf seinen Teller deutete.

Aidan hatte bereits jetzt keine Lust mehr auf die Hochzeit seiner Schwester und erschrak in dem Augenblick, als ihm dieser Gedanke durch den Kopf schoss. Es würde Thornes großer Tag werden, den er unter keinen Umständen hatte verpassen wollen, doch jetzt bekam er wegen Kayleigh schlechte Laune und wäre am liebsten getürmt. Das war seiner Schwester nicht fair gegenüber. Vielleicht hatte Kayleigh wirklich recht gehabt, als sie davon gesprochen hatte, dass Sex zwischen ihnen in Hinblick auf die Hochzeit ihrer Geschwister keine gute Idee sei.

Als bräuchte er eine Bestätigung, schaute er auf und wollte Kayleighs Blick einfangen, nur um zu sehen, wie sie sich gut gelaunt mit ihrem jüngeren Bruder Kyle unterhielt. Im Gegensatz zu ihm schien sie sich köstlich zu amüsieren und keinen Gedanken an die angespannte Atmosphäre zwischen ihnen zu verschwenden.

Da Thorne noch immer auf seine Antwort wartete, blickte Aidan seine Schwester an und brummte: „Der Thunfischsalat schmeckt wirklich gut."

„Sag ich doch", triumphierte Shane und nickte Aidan zu, der das Nicken stoisch erwiderte.

Thorne verdrehte die Augen. „Auch dich habe ich gehört, Shane. Dich und deinen Thunfischsalat."

„Schätzchen", mischte sich Thornes zukünftige Schwiegermutter ein und drückte diese auf einen Stuhl. „Jetzt setz dich bitte hin und iss selbst etwas. Es nützt nichts, wenn du dich wegen dieser Hochzeit verrückt machst und noch krank wirst."

„Aber es ist noch so viel zu tun!"

„Unsinn, Thorne. Alles ist bereits organisiert, und den Rest bekommen wir auch noch hin, ohne dass du dich verrückt machst." Auffordernd sah Thornes zukünftige Schwiegermutter ihren Sohn an. „Jetzt sag doch auch etwas, Shane!"

Dieser schüttelte resigniert den Kopf. „Was soll ich sagen, Mom? Auf mich hört sie doch sowieso nicht."

„Ellen, ich möchte doch nur, dass alles perfekt wird", seufzte Thorne.

„Es wird alles perfekt", versprach die ältere Frau, die Aidan gleich sympathisch gefunden hatte, als sie ihn in seinem Haus begrüßt hatte. „Jetzt setz dich, mein Schatz, und mache es dir bequem. Du sollst deine Hochzeit schließlich genießen können."

Die blondhaarige Hayden lachte auf. „Welche Braut kann ihre Hochzeit genießen, Ellen? Der ganze Stress und die Angst, dass etwas schieflaufen könnte, machen alle Bräute völlig wahnsinnig."

„Eigentlich wollte ich Thorne ein wenig beruhigen, Hayden", stieß ihre Schwiegermutter seufzend aus.

„Ich verstehe sowieso nicht, warum ihr euch freiwillig diesem Stress aussetzen wollt." Ryan zuckte nachlässig mit der Schulter und griff nach einer weiteren Teigtasche. „Las Vegas soll auch ganz nett sein."

Aidan konnte beobachten, wie Kayleigh ihr Gespräch mit dem einen Zwilling unterbrach, um dem anderen ihre Aufmerksamkeit zu schenken. „Las Vegas, Ryan?" Sie ächzte. „Du bist die Romantik in Person."

Ihr jüngerer Bruder grinste. „Und das aus *deinem* Munde? Was weißt du denn bitte über Romantik, Schwesterherz?"

Vielleicht bildete er sich dies ein, aber Aidan bemerkte, wie sie ihn für den Bruchteil einer Sekunde von der Seite ansah und wie ihr anschließend peinliche Röte ins Gesicht stieg. „Darüber weiß ich sicherlich mehr als du, mein lieber Bruder."

Ellen Fitzpatrick beugte sich über Aidans Schulter und schenkte ihm von der hausgemachten Limonade nach. „Geht das schon wieder los? Wir haben einen Gast hier, der an eure Foppereien noch nicht gewöhnt ist."

„Schon gut, Mrs. Fitzpatrick", entgegnete er beschwichtigend und eigenartigerweise befriedigt, weil er Kayleighs verlegenen Augenaufschlag gesehen hatte.

Tadelnd schnalzte die ältere Frau mit der Zunge. „Ich möchte nicht noch einmal hören, dass du mich Mrs.

Fitzpatrick nennst, Schätzchen. Du weißt doch, dass ich Ellen heiße."

„Jawohl, Ellen", grinste er als Antwort und verstand nun, woher Kayleigh ihr patentes Gemüt hatte.

Als Ellen Fitzpatrick ihm verschwörerisch zuzwinkerte, hätte er beinahe gelacht und fand es erfrischend, wenigstens eine Person in diesem Haushalt zu kennen, die sich über seine Anwesenheit zu freuen schien.

„Du musst diese Rasselbande entschuldigen, Aidan", bat sie ihn und legte ihm eine Hand auf die Schulter. „Obwohl meine Kinder erwachsen sind, verfallen sie manchmal zurück in die Pubertät."

Aidan beteuerte amüsiert: „Mir macht das nichts aus."

„Siehst du, Mom. Aidan macht es nichts aus", rief Ryan fröhlich.

„Aber mir macht es etwas aus", erwiderte seine Mom streng. „Heute möchte ich keinen Ärger zwischen dir und deiner Schwester mehr hören."

Das schien Ryan nicht zu beeindrucken. „Aber, Mom, ich sorge mich doch nur um das Liebesleben meiner Schwester."

„Ryan", zischte Kayleigh wütend. „Lass das!"

Mit der Vermutung, dass Kayleigh seinetwegen dermaßen aufgebracht wirkte, als ihr kleiner Bruder ihr Liebesleben anschnitt, lag Aidan sicherlich nicht falsch.

„Was regst du dich so auf?", spottete Ryan. „Wir sind doch unter uns."

„Dann können wir genauso gut über *dein* Liebesleben reden", feuerte Kayleigh zurück und wurde tatsächlich glühend rot.

„Mit meinem Liebesleben ist alles in Ordnung. *Ich* habe beispielsweise ein Date für die Hochzeit.“

Sein Zwillingsbruder stöhnte auf. „Fängt das schon wieder an?“

„Immerhin ist das Thema besser als Kayleighs perverse Patientengeschichten“, urteilte der älteste Bruder gleich neben Aidan, der interessiert verfolgte, wie Kayleigh beide Hände zu Fäusten ballte und verlegen die Stirn runzelte.

„Könnten wir bitte das Thema wechseln?“, bat sie nachdrücklich und schaute geradezu flehentlich zu ihrer Mom.

„Das finde ich auch.“

„Warum so empfindlich, Schwesterherz? Ist es dir peinlich, dass du kein Date hast?“

Zögernd blinzelte sie Aidan zu, bevor sie an ihren jüngeren Bruder gewandt murmelte: „Findest du nicht, dass du dich wie ein Kleinkind benimmst? Und nur zu deiner Information: Ich komme in Begleitung.“

„Ach! Und wer ist der Glückliche?“

Das wollte nun auch Aidan wissen, der interessiert den Kopf zur Seite legte und nur am Rande mitbekam, wie seine Schwester ihm ein weiteres Spinatröllchen aufdrängen wollte.

Kayleigh jedenfalls war mittlerweile feuerrot geworden. „Mach keine große Sache draus, Ryan. Alec ist so nett, mich zu begleiten, damit du dir nicht das Maul zerreißen musst.“

„Alec ist dein Date?“ Ungläubig rundeten sich die Augen des jungen Mannes.

„Es ist kein Date“, wehrte Kayleigh augenblicklich ab. „Wir ... wir sind nur befreundet.“

Ironisch dachte Aidan, der gegen das brennende Gefühl der Eifersucht ankämpfte, dass Kayleigh anscheinend bei ihm genau die gleiche Ausrede verwendet hatte.

Sogar Shane wirkte verwundert. „Du gehst mit meinem Partner auf meine Hochzeit?"

„Versteht ihr nicht, was ich gesagt habe?" Frustriert hob Kayleigh beide Hände. „Alec ist nur ein Kumpel. Zwischen uns läuft nichts ..."

„Das war uns schon klar", schnaubte Ryan und schenkte ihr einen abschätzigen Blick. „Du bist nicht gerade sein Typ."

„Ryan", wies ihn Ellen Fitzpatrick streng an. „Du gehst jetzt vor die Tür und stellst die Abfalltonnen raus!"

Irritiert runzelte der junge Mann die Stirn. „Aber die Müllabfuhr kommt doch erst in vier Tagen, Mom."

„Jetzt sofort, Ryan!", herrschte seine Mom ihn scharf an.

Die anschließende Stille wurde ziemlich schnell beseitigt, indem Hayden Fitzpatrick freundlicherweise wieder über die Hochzeit zu sprechen begann und Thorne mit Fragen zu der Zeremonie löcherte. Aidan jedoch hatte keine Lust mehr, sich über die Trauung informieren zu lassen, sondern starrte über den Tisch hinweg zu Kayleigh, die lustlos in ihrem Essem herumstocherte und ab und zu aufsah, um seinen Blicken immer wieder auszuweichen.

Jetzt wusste er erst recht, woran er war, und spürte, wie er schwermütig wurde. Kayleigh war tatsächlich nicht der Typ, der mit jemandem ausging oder zusammen sein wollte, der einmal Handschellen getragen hatte. Sie gehörte eher zu den Frauen, die sich für Männer interessierte, die auf der anderen Seite des Verhörraums saßen.

„Was macht eigentlich die Wohnungssuche, Aidan?“

Aus seinen trübsinnigen Gedanken gerissen schaute er zu Kyle, der ihn mit freundlicher Neugierde maß, und erwiderte nach einem tiefen Atemzug: „Ganz gut. In den nächsten Tagen habe ich mehrere Besichtigungstermine. Ich schätze, dass eine Wohnung darunter sein sollte, die es dann auch wird.“

„Davon hast du mir ja noch gar nichts erzählt“, erklang plötzlich Kayleighs erschrockene Stimme.

Aidan zuckte mit der Schulter und ignorierte ihren verletzten Blick. „Es ergab sich noch keine Gelegenheit, dir davon zu erzählen.“

„Oh ... okay.“

Bevor Thorne ihm auch noch etwas von dem Nachtisch aufschwatzen konnte, erhob sich Aidan kurz darauf und verschwand im Badezimmer der Familie, das im oberen Stock lag. Auf dem Weg nach oben waren ihm unzählige Familienbilder aufgefallen, über die er sich jetzt keine Gedanken machen wollte, weil er Kayleigh eigentlich aus seinem Kopf herausbekommen und nicht noch öfter an sie denken wollte.

Leider fing sie ihn am Fuß der schmalen Treppe ab und schaute mit einer Miene zu ihm auf, die Aidan normalerweise als hoffnungsvoll beschrieben hätte.

„Thorne hat gesagt, dass du gleich nach Hause gehen willst.“

Er nickte und war sich bewusst, dass er sich gerade äußerst abweisend verhielt.

Zögernd erklärte sie daraufhin: „Dann würde ich mich dir gerne anschließen. Wir können ja zusammen nach Hause gehen.“

Aidan schluckte und erwiderte düster: „Eigentlich wollte ich noch kurz im Pub vorbeischauen."

„Ein Bier könnte ich jetzt auch ganz gut vertragen", fügte sie hinzu und lächelte schwach. „Das klingt nach einer guten Idee."

„Kayleigh", seufzte er schwer. „Damit meinte ich, dass ich allein in den Pub gehen will."

Sie zuckte zurück und rümpfte die Nase, sobald sie verstanden hatte, was er meinte. „Was soll das denn, Aidan? Du hast selbst gesagt, dass die vorletzte Nacht nichts geändert hat."

Aidan senkte den Kopf und fuhr sich über seine Lippen, bevor er flüsterte. „Der Sex war tatsächlich keine gute Idee, Kayleigh. Vergessen wir das Ganze einfach. Bald bist du mich ohnehin los", scherzte er in dem Bemühen, die Situation aufzulockern.

Kayleigh jedoch schien dies völlig anders zu sehen, da sie ihn plötzlich wütend anfunkelte. „Das klingt doch wunderbar! Dann viel Spaß bei O'Reary's!"

12. Kapitel

„Thorne wird mich umbringen, wenn sie hiervon erfährt“, prophezeite Shane seiner Entourage, als diese ihn unter grölendem Gelächter in eine Stripteasebar zerrte. „Und euch auch!“

Obwohl sich Aidan ziemlich sicher war, dass seine Schwester momentan viel zu beschäftigt war, um einen Mehrfachmord zu planen, konnte er sich durchaus vorstellen, dass Thorne nicht besonders glücklich sein würde, wenn sie hörte, dass ihr Bräutigam am Abend vor der Hochzeit von seinen Brüdern und Kumpels einen Lapdance spendiert bekäme. Die O’Sheas neigten nun einmal zur Eifersucht.

Er selbst stellte keine Ausnahme dar, bemerkte Aidan düster, als er den bereits angetrunkenen Männern in den diesigen Club folgte, in dem – wie sollte es auch anders sein – die Töne von Def Leppard zu *Pour some sugar on me* erklangen. Die Tatsache, dass unter Shanes Gästen auch dessen Partner war, der Kayleigh morgen zur Hochzeit begleiten würde, verursachte bei Aidan nicht nur brodelnde Wut in seinen Eingeweiden, sondern auch den Wunsch, sich mit jemandem zu prügeln. Zwar hatte ihm der Cop, der in Aidans Augen viel zu schnöselig aussah, nichts getan und er wirkte eigentlich wie ein ziemlich spaßiger Zeitgenosse, doch die Vorstellung, dass der Anzug tragende Blonde mit seinen manikürten Händen Kayleigh betatschen könnte, ließ Aidan rot sehen.

Schon seit zwei Stunden musste er sich beherrschen, nicht auszurasten, und nahm daher eher widerwillig am Junggesellenabschied seines zukünftigen Schwagers teil.

Feuchtfröhliches Gelächter, Shots und halb nackte Frauen, die sich an glänzend polierten Stangen rieben, gehörten heute nicht zu seinem bevorzugten Abendprogramm.

„Thorne wird wissen, dass wir dich nicht ohne einen richtigen Junggesellenabschied heiraten lassen", johlte Ryan und setzte seinem Bruder einen albern wirkenden Partyhut auf den Kopf, bevor er ihn auf ein mit rotem Plastikleder bezogenes Sofa stieß, das direkt vor einer gut ausgeleuchteten Bühne stand.

Während die meisten seiner Gäste beinahe hinüber und volltrunken waren, hatte sich Shane bislang zurückgehalten und zeigte nicht einmal die Anzeichen eines kleinen Schwips, wie Aidan fast schon widerwillig zugeben musste. Er wollte Shane Fitzpatrick nicht sympathisch finden, selbst wenn dieser morgen seine Schwester heiraten würde, doch er konnte gar nicht anders, als anzuerkennen, dass der Detective ein guter Kerl zu sein schien. Da Aidan kein nachtragender Mensch war, juckte es ihn nicht mehr wirklich, dass Shane damals der Cop gewesen war, der ihn hochgenommen hatte. Immerhin konnte er nicht sagen, was passiert wäre, wenn er weiterhin in illegale Geschäfte verwickelt gewesen wäre, von denen er nicht einmal eine Ahnung besessen hatte. Geklaute Elektrogeräte zu verticken, war schließlich ein ganz anderes Kaliber als krimineller Waffenhandel. Wenn Shane nicht verdeckt gearbeitet und Aidan hochgenommen hätte, hätte Aidans kriminelle Karriere sehr schnell böse oder gar tödliche Konsequenzen haben können.

Zwar war Aidan nun zweiunddreißig Jahre alt, musste neu anfangen und hatte fast sieben Jahre in einem

Gefängnis verbracht, aber da er mittlerweile in einer anderen Stadt wohnte, niemanden verpfiffen hatte und keinen Kontakt zu jemandem aus seinem früheren Umfeld hatte, war er mit einem blauen Auge davongekommen.

Bis auf die grölende Männerrunde war es in dem Club alles andere als voll, wie Aidan bemerkte, als er sich einen der Wackelpudding-Shots nahm, die eine Kellnerin im Krankenschwesterkostüm verteilte.

„Hey, Süße", brüllte Ryan großspurig und nahm sich gleich zwei der Shots, während er der eher desinteressiert wirkenden Kellnerin mit den ultrakurzen Latex-Pants eindeutig zuzwinkerte. „Willst du mich später verarzten?"

Dass die Kellnerin dem abgedroschenen Spruch keine Beachtung schenkte, sprach für sie, fand Aidan, als er zweifelnd die grüne Wackelpuddingmasse betrachtete.

Auch Ryans Zwillingsbruder schien ganz ähnlich zu denken. „Fällt dir nichts Besseres ein, Ryan? Das war ja unterste Schublade!"

„Du weißt doch, was man über Krankenschwestern sagt", witzelte sein Bruder. „Nicht umsonst gibt es so viele Pornos über sie."

Kyle ächzte: „Dir ist aber schon klar, dass das Pornodarstellerinnen und keine richtigen Krankenschwestern sind, oder?"

Der blondhaarige Ryan ließ sich neben seinen älteren Bruder Shane fallen und grinste prahlerisch. „Ich weiß aus erster Hand, dass es einige nymphomanische Krankenschwestern gibt. Und auch Notfallärztinnen, die ihnen in nichts nachstehen."

Augenblicklich schaute Aidan hoch und sah mit an, wie Shane seinem jüngeren Bruder einen Klaps auf den Hinterkopf gab.

„Halt die Klappe, Ryan. Unsere Schwester ist zufälligerweise auch Notfallärztin, falls du es vergessen haben solltest."

In keiner Weise eingeschüchtert zuckte der junge Detective mit der Schulter. „Schwestern zählen nicht."

„Sehr interessant, was ihr über die Frau zu berichten habt, mit der ich morgen zu deiner Hochzeit gehe", tönte Alec, der gerade von der Bar zurückkam und durchaus zufrieden erschien.

In Aidan löste sein aufgeplustertes Verhalten jedoch nur den Wunsch aus, ihn windelweich zu prügeln. Zu seiner Überraschung erhielt er Schützenhilfe von Shane, der seinem Partner drohend ins Gesicht sah.

„Finger weg von meiner Schwester, Anderson."

„Hey", beschwerte sich dieser unbedarft und ahnungslos, dass er mit dem Feuer spielte. „Deine Schwester ist schließlich alt genug."

„Alec", warnte nun auch Heath drohend. „Halt die Klappe."

Dieser schien überhaupt nicht eingeschüchtert zu sein und lachte fröhlich. „Oje, die Fitzpatricks sind wieder außer Rand und Band."

„Was unsere Schwester betrifft: Ja", fügte auch Kyle grimmig hinzu.

Ryan dagegen zuckte mit der Schulter. „Wenn du dir an ihr die Finger verbrennen willst, werde ich dir nicht im Weg stehen."

Arglos hob der blonde Cop seine Finger und lehnte sich auf seinem Sessel zurück, während er scherzhaft erklärte: „Wenn ihr denkt, dass ich nicht gut genug für

Kayleigh bin, halte ich die Hände still und die Hose geschlossen.“

Aidan holte bereits Luft und stieß ein tiefes Grollen aus, das man dank des kopfschmerzverursachenden Basses sowieso nicht hören konnte.

„Niemand ist gut genug für Kayleigh“, erwiderte überraschenderweise Ryan voller Ernst, bevor er die Wackelpudding-Shots in die Höhe hielt und brüllte: „Jungs, sollen wir weiter über meine Schwester quatschen oder endlich dem Bräutigam eine Show bieten?“

Aidan beteiligte sich schweigend an den folgenden Glückwünschen auf den zufrieden wirkenden Bräutigam, indem er wie die anderen Shane zuprostete, den widerwärtigen Wackelpudding hinunterschluckte und anschließend zusah, wie eine rothaarige Stripperin bis auf ihr Höschen alle Kleidungsstücke verlor, Shane auf die Bühne zerrte und ihn mit einem Lapdance versorgte, bei dem seine Kumpels vor Begeisterung grölten, während er merkwürdig distanziert und mehr als unbehaglich wirkte. Tatsächlich versuchte Shane anscheinend alles, um seine Hände vor der aufdringlichen Tänzerin zu verbergen, die ihren Hintern im gleichen Rhythmus wie das dröhnende Lied im Hintergrund über Shanes Schoß rieb.

Sein baldiger Schwager bekam von Aidan allein wegen seines verzweifelten Gesichtsausdruckes über den übergriffigen Lapdance dicke Pluspunkte aufs Konto geschrieben, als Shane erleichtert die Bühne wieder verließ. Hätte es noch eines Beweises bedurft, dass Shane in Thorne verliebt war, hätte Aidan spätestens jetzt gewusst, dass der Cop nicht log. Nur ein Mann, der bis über beide Ohren in eine Frau verliebt war, machte ein Gesicht, als wäre er in einen Hundehaufen getreten, wenn sich eine heiße und fast nackte Frau auf seinem Schoß rekelte und ihm dabei die nackten Brüste ins Gesicht hielt.

Auch Aidan konnte der halb nackten Frau auf der Bühne nicht viel abgewinnen und verzog sich aufs Klo. Kaum stand er vor dem Urinal, hörte er auch schon, wie sich die Tür ein weiteres Mal öffnete, und sah, wie sich Shane zu ihm gesellte und das nächste Urinal belegte. Obwohl sein baldiger Schwager noch immer den lächerlichen Partyhut trug, machte er nicht den Eindruck, sich daran besonders zu stören.

„Wenn ich noch ein einziges Mal *Pour some sugar on me* höre, drehe ich durch“, versprach er ächzend.

Mit milder Neugier sah Aidan den Mann, den er vor sieben Jahren für seinen Kumpel gehalten hatte, von der Seite an. „Hat dir die Show nicht gefallen?“

Shane schnaubte und begann ins Becken zu pinkeln. „Diese peinlichen Shows sind doch sowieso nicht für den Bräutigam gedacht, sondern für seine Kumpels. Augen zu und durch.“

„Thorne wird begeistert sein, wenn sie hört, mit welchem Widerwillen du die nackte Stripperin auf deinem Schoß ertragen hast“, versprach Aidan lässig und richtete seine Augen auf die weißen Fliesen vor sich.

„Thorne weiß, dass ich keine andere Frau auch nur ansehe“, erwiderte Shane mit der Zuversicht eines Mannes, der wunschlos glücklich war. Anschließend erklärte er ohne Verlegenheit: „Ich liebe deine Schwester, Aidan, und würde mir eher die Augen ausstechen, als sie unglücklich zu sehen.“

Ein Muskel in Aidans Wange zuckte angespannt, als er die Kiefer zusammenbiss und grimmig fragte: „Bekomme ich das schriftlich?“

Sein Pinkelnachbar zuckte mit der Schulter. „Wenn es hilft?“

„Wobei?“

Shane seufzte schwer. „Du bekommst alles schriftlich, wenn es dabei hilft, dass du endlich das Kriegsbeil begräbst und mein Schwager sein willst.“

Wortlos schnaubte Aidan.

Nach einem kurzen Moment zog Shane an dem Abzug der Klospülung. „Ich meine es ernst. Uns wäre sehr geholfen, wenn Thorne nicht jedes Mal durchdreht, wenn wir beide aufeinandertreffen, weil sie denkt, es könnte Tote geben.“

Aidan runzelte die Stirn und zog ebenfalls die Klospülung, nachdem er seine Hose geschlossen hatte. „Was bringt dich zu der Annahme, dass ich mit dir auf Kriegsfuß stehe?“

„Ich bin doch nicht blöd“, erwiderte Shane gutmütig. „Und ich kann sogar verstehen, dass du mir den Arsch aufreißen willst, weil ich dich in den Knast gebracht habe, aber ...“

„Falsch.“ Aidan schüttelte den Kopf. „Ich würde dir gerne den Arsch aufreißen, weil du unter falschen Voraussetzungen mit meiner Schwester geschlafen hast, Shane. Den Knast habe ich mir selbst eingebrockt.“

„Okay.“ Shane hob beide Hände in die Höhe und nickte ihm auffordernd zu. „Einen Treffer hast du.“

„Was?“ Irritiert blinzelte Aidan. „Bist du betrunken?“

„Stocknüchtern“, versicherte sein Gegenüber. „Schlag ruhig zu, wenn du dich dann besser fühlst und wir morgen eine schöne Hochzeit mit einer glücklichen Braut feiern können.“

Kritisch trat Aidan einen Schritt zurück. „Meinst du das ernst?"

„Todernst."

Er schüttelte den Kopf. „Denkst du wirklich, dass ich mich besser fühlen würde, wenn meine Schwester morgen neben einen Mann vor den Altar tritt, der eine gebrochene Nase hat? Da hast du dich aber geschnitten."

Widerstrebend fragte Shane nach: „Und jetzt?"

Ebenso widerstrebend schob Aidan das Kinn vor und kniff die Augen zusammen. „Meinetwegen kann ich mich mit dir als Schwager anfreunden, wenn du mir versprichst, meine Schwester glücklich zu machen, Fitzpatrick."

„Das sollte kein Problem sein." Shane strahlte zufrieden und legte den Kopf schief, um freundschaftlich vorzuschlagen: „Meinetwegen kann ich mich dann auch mit der Tatsache anfreunden, dass du mit meiner Schwester geschlafen hast, O'Shea."

„Was?" Aidans Gesicht fiel in sich zusammen, als er fassungslos krächzte: „Woher weißt du das denn?"

Shane zuckte mit der Schulter. „Bis gerade hatte ich es nur vermutet. Du solltest Alec vielleicht nicht die ganze Zeit ansehen, als würdest du seine Füße liebend gern in Zement trocknen lassen und ihn anschließend ins Hafenbecken stoßen."

„Moment mal ..." Aidan schüttelte den Kopf und verfolgte beinahe entsetzt, wie Shane völlig gelassen zum Waschbecken trat. „Aber ... aber hast du nichts dagegen?"

„Dass du mit meiner Schwester geschlafen hast?" Durch den Spiegel über dem Waschbecken sah Shane ihn an, griff nach einer Portion Seife und rümpfte belustigt die Nase. „Ich denke, dass Kayleigh alt genug ist, um das alleine entscheiden zu können.“

Aidan runzelte finster die Stirn und knurrte: „Shane, sie ist deine Schwester und ich bin ein verurteilter Straftäter.“

„Du hast geklaute Elektrogeräte vertickt und dich mit den falschen Leuten eingelassen“, entgegnete Shane schulterzuckend, während er sich die Hände wusch. „Das macht dich weder zu einem Hannibal Lecter noch zu einem Charles Manson und auch nicht zu einem Don Vito Corleone.“

„Deine Schwester ist Ärztin“, hob Aidan hervor.

„Und eine verdammt gute dazu“, verkündete Shane stolz und trocknete sich seine Hände ab.

Mit zusammengebissenen Zähnen hakte Aidan nach: „Findest du etwa, dass ich gut genug für deine Schwester bin?“

„Gegenfrage.“ Shane blickte ihn fragend an und kräuselte dabei belustigt die Mundwinkel. „Findest du denn, dass *ich* gut genug für *deine* Schwester bin?“

„Was werden die Männer jetzt wohl machen?“

Kayleigh sah von den Tischkarten auf, die sie gerade zusammen mit Thorne, Hayden und Thornes Freundin Dana beschriftete, um ihrer zukünftigen Schwägerin grimmig zu antworten: „Es ist Shanes Junggesellenabschied. Sie werden trinken, Zigarren qualmen und nackten Frauen dabei zusehen, wie sich diese auf einer Bühne gegenseitig mit Zuckerguss beschmieren, um diesen anschließend von diversen

Körperstellen abzulecken. Währenddessen werden die Kerle geifernd auf ihren Sitzen herumrutschen und Masturbationsfantasien nachgehen."

Ein Moment lang herrschte Stille, bis sich Hayden räusperte und betont freundlich nachfragte: „Hast du zu viele Pornos gesehen, Kayleigh? Oder bist du auf Diät, weil du Zuckerguss in deine Tagträume einbaust?"

„Weder noch", erwiderte sie ein wenig vergrätzt und schenkte ihrer Freundin einen frostigen Blick, den diese mit uneingeschränkter Liebenswürdigkeit erwiderte.

Sie wusste selbst nicht, weshalb sie dermaßen schlechte Laune hatte und diese ausgerechnet an den drei Frauen ausließ, die mit ihr im Wohnzimmer ihrer Mom saßen und die letzten Hochzeitsvorbereitungen abschlossen. Dass sie dazu verdonnert worden war, Tischkärtchen zu schreiben und gleich das Kleid anzuprobieren, an dem ihre Mom in der oberen Etage noch nähte, schlug ihr aufs Gemüt. Kayleigh wünschte sich, die morgige Hochzeit schwänzen zu können, und hatte sich einen kurzen Moment lang sogar überlegt, mit irgendjemandem ihre Schicht zu tauschen, damit sie morgen arbeiten gehen musste. Da sie jedoch wusste, dass sie im ewigen Höllenfeuer schmoren würde, nachdem ihre Mom sie eigenhändig geköpft hätte, hatte sie diesen verführerischen Gedanken gleich verworfen.

Hätte sie Alec bloß niemals gefragt, ob er mit ihr zur Hochzeit ging.

Hätte sie Aidan bloß niemals in ihr Gästezimmer, in ihr Bett oder in ihr Herz gelassen.

Alles wäre so viel einfacher, wenn sie nicht vor der Bredouille stünde, morgen mit einem Mann ein *Date* zu haben, für den sie seit drei Jahren schwärmte, um nun zu bemerken, dass diese Schwärmerei völliger Quatsch gewesen war, während sie es geschafft hatte, den Mann, für den sie wirklich etwas empfand, in die Wüste zu schicken.

Seit sie mit Aidan geschlafen hatte, benahm er sich derart unpersönlich, kühl und abweisend, dass sich Kayleigh manchmal fragen musste, ob sie sich jene Nacht in ihrem Schlafzimmer nur eingebildet hatte. Der Aidan, mit dem sie in ihrem Bett gelegen hatte, unterschied sich wie die Nacht vom Tag von dem Aidan, der sie nun kaum eines Blickes würdigte. Wie konnte ein Mann so leidenschaftlich, zärtlich und zugänglich sein, wenn er einen Tag später wie ein Fremder wirkte? Natürlich wusste sie, dass ihr Verhalten am nächsten Morgen beschissen gewesen war, aber was hätte sie angesichts ihres schlechten Gewissens denn tun sollen? Kayleigh hatte ihn nicht abblitzen lassen wollen, aber sie war darüber erschrocken gewesen, mit welcher Leichtigkeit sie Alec aus ihren Gedanken gestrichen und sich nur noch auf Aidan konzentriert hatte.

Hayden hatte recht gehabt. Sie konnte keine tiefgründigen Gefühle für einen Mann hegen, wenn sie an nichts anderes denken konnte, als mit einem anderen Mann zu schlafen, mit ihm zu reden und mit ihm zusammen zu sein.

Genau das hatte sie Aidan zwei Tage später sagen wollen. Sie hatte ihm sagen wollen, dass sie ihn mochte und nicht wollte, dass sie nur Freunde waren, doch dann war er genau in diesem Haus damit herausgeplatzt, dass er schon bald eine neue Wohnung hätte, und hatte ihr sehr deutlich zu verstehen gegeben, dass er keinen Wert auf ihre Gesellschaft legte.

Zwar hatte sich Kayleigh in Aidan verliebt – richtig und wahrhaftig verliebt –, aber dies traf wohl nicht auf ihn zu.

Obwohl Kayleigh niemals zuvor Liebeskummer gehabt hatte, der über den Status eines enttäuschten Highschool-Flirts hinausging, wusste sie, weshalb sie dermaßen niedergeschlagen, wütend und verzweifelt gleichzeitig war. Und sie wusste auch, weshalb sie in ganz schwachen Momenten ein Stoßgebet zum Himmel schickte, dass sich Alec Anderson eine Lebensmittelvergiftung oder einen gebrochenen Fuß zuzog. Sie wollte von ihm nicht zu dieser Hochzeit begleitet werden, während der Mann, an dessen Seite sie sitzen und mit dem sie tanzen wollte, ganz in ihrer Nähe war, sich jedoch nicht für sie interessierte.

„Vielen Dank für die Illustration, Kayleigh“, riss Thorne sie aus ihren trübsinnigen Gedanken heraus. „Ich werde in der Nacht vor meiner Hochzeit von Stripperinnen träumen, die sich gegenseitig den Zuckerguss von ihren Körpern lecken.“

„Wenn du Shane erzählst, dass du lesbisch anmutende Träume hast, wirst du ihm wohl nie wieder ein Geschenk machen müssen“, kicherte ihre Freundin Dana.

Kayleigh bemerkte den weichherzigen Blick ihrer besten Freundin und wurde das Gefühl nicht los, dass Hayden ganz genau wusste, was in ihr vorging. Daher schaute sie zu der liebenswerten Blondine hinüber, die mit ihrem Fuß die kleine Wippe anstieß, in der die schlafende Kayla lag, und schnitt eine kaum wahrnehmbare Grimasse, die ihr furchtbares Verhalten entschuldigen sollte.

„Sag mal, Kayleigh, kann es sein, dass *du* dir Gedanken darüber machst, dass ein gewisser Cop, mit dem du morgen zur Hochzeit kommen wirst, ebenfalls anwesend ist, wenn besagte Stripperinnen mit Zuckerguss experimentieren?“, neckte Thorne sie ausgelassen.

Eigentlich machte sie sich eher Gedanken darum, dass der Bruder der Braut zu viel Gefallen an Stripperinnen finden könnte, doch das konnte sie Thorne unmöglich sagen.

Stattdessen schüttelte sie abwehrend den Kopf. „Ich interessiere mich nicht für Alec.“

Dana stieß ein verzücktes Seufzen aus. „Ist Alec nicht Shanes extrem heißer Partner? Und von ihm wirst du morgen zur Hochzeit begleitet, Kayleigh? Du Glückskind!“

„Unsinn“, protestierte sie und musste das Bedürfnis unterdrücken, nervös auf ihrem Platz herumzurutschen. „Da ist überhaupt nichts dran. Er ist lediglich Shanes Partner und ein Kumpel. Wenn Ryan mit dieser dämlichen Wette nicht angefangen hätte, würde ich alleine zur Hochzeit kommen.“

„Eine schöne Ausrede“, kicherte nun Thorne. „Aber mein Verständnis hast du. Alec ist wirklich heiß.“

„Und das sagt die glückliche Braut“, spottete Dana gutmütig.

„Hey“, verteidigte sich Thorne empört. „Nur weil ich morgen heirate, bedeutet dies nicht, dass ich blind bin. Alec *ist* heiß, aber Shane ist um einiges heißer. Außerdem gehört er zu der Sorte Mann, der dich auch dann noch anbetet, wenn du krank im Bett liegst und dir Rotze aus der Nase läuft. Alec dagegen würde sich vermutlich sofort eine neue austauschbare Barbie suchen, wenn das Vorgängermodell auch nur niest.“

Ein beklemmendes Gefühl stieg in Kayleigh auf, als sie das hörte. Es war nicht nur fast identisch mit Haydens Aussage, sondern klang nicht einmal übertrieben.

Um die für sie unangenehme Diskussion um ihr morgiges Date zu beenden, räusperte sie sich hart und erklärte fest: „Ihr sagt mir nichts, was ich nicht schon wüsste. Alec ist nicht mein Typ und nur ein Freund, aber danke für eure Besorgnis."

Glücklicherweise wurde sie Sekunden später von ihrer Mom nach oben gerufen, um eine letzte Anprobe über sich ergehen zu lassen, bevor das Kleid fertig war, das ihre Mom unbedingt selbst hatte nähen wollen. Zwar stellte Kayleigh fest, dass das Kleid keine rosafarbenen Puffärmel hatte, doch dafür schien sich ihre Mom die größte Mühe gegeben zu haben, die körperlichen Vorzüge ihrer Tochter gebührend zu präsentieren.

Argwöhnisch musterte Kayleigh den großzügigen Ausschnitt des meeresgrünen Kleides und den knappen Schnitt, wollte angesichts der strahlenden Miene und der erwartungsvollen Augen ihrer Mutter jedoch keine Kritik üben. Stattdessen versicherte sie ihr, dass sie niemals zuvor ein dermaßen schönes Kleid gesehen hätte und dass sie sich darauf freute, es auf der morgigen Hochzeit zu tragen.

Selbstverständlich freute sie sich nicht darauf, das Kleid auf der Hochzeit zu tragen. Sie hätte sich nicht einmal gefreut, wenn sie ihr liebstes Baseballtrikot hätte tragen dürfen.

Daher schlich sie mit einem Kleidersack bewaffnet und mit einer missmutigen Miene im Gesicht nach Hause, um dort ein leeres, dunkles und vor allem stilles Haus zu betreten.

Niedergeschlagen machte sie Licht und brachte das Kleid in ihr Schlafzimmer, um es dort ordentlich in ihren Schrank zu hängen, wie es ihr ihre Mom befohlen hatte. Anschließend schlüpfte sie in eine abgeschnittene Jogginghose und ein altes T-Shirt ihres Colleges, um wieder in die untere Etage zu verschwinden und sich eine Schüssel Cornflakes mit Milch zu machen und sich vor die Glotze zu setzen.

Zwar hätte sie sich genauso gut ins Bett legen und schlafen können, um für morgen gewappnet zu sein, aber die Tatsache, dass Aidan noch nicht zu Hause war, machte sie nervös.

Kayleigh kam sich ziemlich armselig vor, wie sie auf ihrer Couch lag, durch die Kanäle zappte und Chips in sich hineinstopfte, nachdem die Cornflakes gegessen waren, während sie jedem Geräusch von draußen lauschte.

Beinahe wäre sie schon eingeschlafen, als Schlüssel im Haustürschloss umgedreht wurden.

Augenblicklich war sie hellwach und hob den Kopf, als Aidan den Flur betrat und die Tür wieder hinter sich schloss. Für einen winzigen Moment war Kayleigh unbeobachtet und konnte Aidan betrachten, wie er hochgewachsen, kräftig gebaut und in lässiger Kleidung im hellen Schein der Deckenlampen aus seiner Jeansjacke schlüpfte und diese ordentlich an den Garderobenständer hängte.

Sie wünschte, sie hätte sich ihm gegenüber nicht dermaßen gehemmt gefühlt, doch leider brachte sie nur ein schwaches Hallo hervor, als er den Kopf ins Wohnzimmer steckte und ihr kurz zunickte.

„Hallo“, erwiderte er ihren Gruß mit brummiger Stimme.

Kayleigh schluckte den Kloß in ihrem Hals hinunter. „Und? Wie war der Junggesellenabschied?“

„Gut.“ Er versenkte seine Hände in den Taschen seiner Hose.

Wirklich redselig war er nicht und signalisierte auch nicht, dass er Lust auf ein Schwätzchen mit ihr hatte. Tatsächlich schien er jeden Augenblick nach oben verschwinden zu wollen, doch Kayleigh wollte dies nicht zulassen. Also schwang sie sich auf der Couch herum, setzte sich auf und schaltete den Fernseher aus. „Thorne hatte Angst, dass ihr euch eine Show ansehen könntet, bei der sich Stripperinnen gegenseitig Zuckerguss vom Körper lecken“, log sie schamlos und schenkte ihm ein zittriges Lächeln, von dem sie hoffte, dass er es erwidern würde.

Was er nicht tat.

Stattdessen brummte er: „Kein Zuckerguss.“

„Na, dann wird Thorne ja beruhigt sein“, seufzte Kayleigh und wartete darauf, dass er irgendetwas sagen würde. Oder sie fragen würde, wie ihr Abend gewesen war.

Als er jedoch den Mund öffnete, kam nicht unbedingt das heraus, was sie sich erhofft hatte: „Mich hat heute der Makler angerufen. Nächste Woche kann ich meine neue Wohnung beziehen. Am Montag werde ich also ausziehen.“

Schockiert rundeten sich ihre Augen. „Was? Aber ... aber ich dachte ...“

„Natürlich werde ich den restlichen Boden in deinem Arbeitszimmer noch verlegen und die neuen Deckenlampen anbringen. Das hatte ich dir schließlich versprochen.“

Fassungslos schüttelte sie den Kopf und erhob sich. „Aidan, mir geht es doch nicht um meinen Boden oder die Deckenlampen!“

„Sondern?“

Sie konnte ihm schlecht sagen, dass sie ihn nicht gehen lassen wollte und dass sie es außerordentlich schön fand, ihn um sich zu haben. Unsicher stotterte sie deshalb: „Du wohnst schließlich hier.“

Seine blauen Augen zogen sich zu Schlitzen zusammen. „Vorübergehend – und ich danke dir sehr für deine Gastfreundschaft, die ich jedoch nicht überstrapazieren will. Sobald ich ausgezogen bin, hast du dein Haus wieder für dich allein.“

„Aber ... aber ich habe dir doch gesagt, dass du so lange hierbleiben kannst, wie du willst“, entgegnete sie beinahe verzweifelt.

Sein grimmiger Tonfall änderte sich nicht. „Das war sehr nett von dir, aber ich denke, es ist an der Zeit, dass ich endlich gehe.“

„Aidan ...“

„Nein, Kayleigh“, unterbrach er sie dumpf. „Ich will nicht länger hierbleiben und dich nerven.“

„Du nervst mich doch nicht!“

Er lachte trocken, um anschließend sehr ruhig und besonnen zu erklären: „Schon gut, aber ich weiß, wann ich unerwünscht bin.“

„Unerwünscht?“ Nervös, panisch und aufgebracht zugleich fuhr sie ihn an: „Ich weiß nicht, was ich getan haben soll, dass du mich behandelst, als wäre ich jemand, der Hundebabys tritt!“

„Und ich weiß nicht, warum du dich so sehr gegen meinen Auszug sträubst“, erwiderte er ebenso ungeduldig wie sie. „Vor ein paar Tagen hättest du mich am liebsten gleich vor die Tür gesetzt, wie du es schon einmal getan hast, und hast nicht den Eindruck erweckt, dass dir an meiner Gegenwart sonderlich viel läge. Ich dachte, du würdest dich freuen, wenn du mich endlich los bist, schließlich bist du der Meinung, dass es keine gute Idee wäre, wenn wir beide etwas miteinander zu tun haben."

„Du drehst mir die Worte im Mund um", beschuldigte sie ihn. „Ich habe lediglich gesagt, dass Sex zwischen uns keine gute Idee wäre und alles verkomplizieren könnte!"

Er nickte vehement. „Ja, das hast du, und wie es scheint, hattest du recht, also packe ich meine Sachen und ziehe wieder aus – bevor es noch komplizierter wird."

„Du machst es kompliziert", warf sie ihm vor.

Aidan senkte den Kopf und ließ die Schultern nach unten fallen. Plötzlich klang er nicht mehr aufgebracht, sondern erschöpft. „Kann sein, Kayleigh, aber ich bin aus dem Alter raus, faule Kompromisse einzugehen."

Das verstand sie nicht und wollte ihn gerade fragen, was er damit meinte, als er das Wohnzimmer verließ und die Treppen nach oben ging.

13. Kapitel

Abgesehen davon, dass der Kragen seines Hemdes zu eng war und kratzte und dass Kayleigh beinahe seine ganze Aufmerksamkeit beanspruchte, weil er kaum den Blick von ihrem Ausschnitt nehmen konnte, war die Trauung ein wunderschönes Ereignis.

Mit Argusaugen verfolgte Aidan, wie Thorne und Shane ihre Gelöbnisse sprachen, den Segen der heiligen Kirche bekamen, die Ringe tauschten und sich einen fast schon unanständig langen Kuss gaben, als der Geistliche sie zu Mann und Frau erklärte.

Angesichts des Glücks seiner Schwester wurde ihm leichter ums Herz, während er rechts vom frisch getrauten Ehepaar vor dem Altar der Kirche stand und einen verstohlenen Blick nach links warf, wo Kayleigh Aufstellung genommen hatte und sich nun eine Träne aus dem Augenwinkel wischte. Dass sie beide als Trauzeugen an der Zeremonie teilgenommen hatten, war Aidan etwas befremdlich vorgekommen.

Zwar mochte es eine schöne Geste des Ehepaares gewesen sein, den Bruder der Braut und die Schwester des Bräutigams als Trauzeugen zu nominieren, jedoch hätte Aidan gerne auf diesen Posten verzichtet, weil es ihn dann davor bewahrt hätte, über eine Stunde in der Nähe der Frau zu stehen, wegen der er heute Nacht kein Auge zugemacht hatte, und an einer romantischen Zeremonie teilzunehmen, während er selbst niedergeschlagen daran dachte, dass aus ihm und Kayleigh niemals etwas werden könnte.

Es war moderne Folter, sie in ihrem hinreißenden Kleid zu sehen und sie gleichzeitig nicht anfassen zu dürfen.

Als sie alle die Kirche verließen und Aidan den langen Mittelgang neben Kayleigh herlief, kam ihm jeder Schritt grauenvoll lang vor. Erst vor der Kirche konnte er wieder aufatmen und stellte sich etwas ins Abseits, um dort aus sicherer Entfernung beobachten zu können, wie Shane und Thorne unzählige Gratulationen annahmen und vor Glück strahlten, während der kleine Brady in einer genauen Kopie des Anzuges seines Dads laut und deutlich verkündete, dass er jetzt endlich Kuchen essen wolle.

Eigentlich war Aidan kein sentimentaler Idiot, aber der Anblick seiner Schwester, die ihr persönliches Glück gefunden zu haben schien, rührte sein Herz.

Kaum dachte er an Thornes Glück, schweifte sein Blick zu Kayleigh, die neben ihrem ältesten Bruder stand, Gäste begrüßte und dabei so unglaublich schön aussah, dass es ihm den Atem verschlug. Bislang hatte er sie in Freizeitkleidung, ihrem Arztkittel oder nackt, wie Gott sie geschaffen hatte, gesehen, doch auch in diesem kurzen Kleid mit dem tiefen Ausschnitt und der Farbe, die ihren Augen ähnelte, wirkte sie umwerfend. Dass es ihn erwischt hatte, war ihm schon vorher klar gewesen, aber sein plötzlicher Wunsch, Kayleigh an sich zu ziehen und allen Anwesenden zu zeigen, dass die dunkelhaarige Frau mit der großen Klappe und dem fantastischen Baseballtalent zu ihm gehörte, sagte ihm, dass er sich unwiderruflich verliebt hatte.

Umso beschissener war das Gefühl, kurze Zeit später mit ihr und ihrem Begleiter an einem Tisch gleich neben dem glücklichen Brautpaar zu sitzen und schweigend dabei zuzusehen, wie der schnöselige Cop beste Laune versprühte und mit Kayleigh flirtete.

Obwohl Aidan zu ihrer Ehrenrettung sagen musste, dass sie dabei ein Gesicht wie sieben Tage Regenwetter machte, verspürte er nichts anderes als das fiese Gefühl von Eifersucht. Außerdem fiel es ihm von Minute zu Minute schwerer, gute Miene zum bösen Spiel zu machen.

Seiner Schwester zuliebe ertrug er das obligatorische Anschneiden der Torte, ließ sich dazu hinab, eine kurze Rede auf das Brautpaar zu halten, und lauschte anschließend Kayleighs emotionaler Rede, bei der sich ein Kloß in seiner Kehle bildete, als sie mit verschnupfter Stimme über das glückliche Brautpaar und die Liebe philosophierte.

Aidan beobachtete, wie sie sich nach ihrer Rede wieder an den kreisrunden Tisch, an dem sie saßen, setzte und nach ihrem Weinglas griff, um mit geröteten Wangen einen großen Schluck zu nehmen. Über den Rand des Glases sah sie ihn zweifelnd an, als wolle sie ihn fragen, ob sie sich blamiert hatte, und schaffte durch diese Geste, dass er ihr aufmunternd zulächelte.

Gerade als sie das Lächeln erwiderte, das einen winzigen Funken in seiner Brust zum Glühen brachte, beugte sich ihr Tischnachbar zu ihr, legte einen Arm um ihre Stuhllehne und senkte sein Gesicht so nah und vertraulich zu ihrem, dass Aidan das Lächeln verging.

Um sich nicht länger anzusehen, wie Shanes Partner mit Kayleigh flirtete, verzog sich Aidan an die Bar und traf dort auf Ryan, der sich Whiskey hinter die Binde goss und gar nicht zufrieden aussah.

„Was gibt's?“ Aidan deutete auf Ryans Glas, als der Barkeeper sich fragend zu ihm drehte, und stieß anschließend den jüngeren Mann an.

„Nichts“, ließ sich dieser vernehmen und lehnte mit dem Rücken gegen die Bar, während er seine Blicke über die Festgesellschaft schweifen ließ. „Was sind wir jetzt eigentlich? Bist du mein Schwager? Oder mein Schwager-Schwager?“

„Ist das nicht scheißegal?“, erwiderte Aidan die Frage und nahm das Glas Whiskey entgegen, dessen Inhalt er zur Hälfte dezimierte. Anschließend lehnte er sich ebenfalls mit dem Rücken gegen die Bar und öffnete frustriert den obersten Knopf seines Hemdes.

„Oha, du scheinst ebenso gute Laune zu haben wie ich“, mutmaßte Ryan ächzend.

„Meine Laune ist fantastisch“, brummte Aidan sarkastisch. „Sieht man das nicht?“

„Stört es dich, dass mein Bruder jetzt den Segen der Kirche hat, wenn er deine Schwester schwängert?“

Aidan zuckte mit der Schulter. „Solange sie glücklich ist.“

Der großspurige Mistkerl, den Aidan echt gernhatte, grinste ihn träge von der Seite an. „Nichts für ungut, Mann, aber wir Fitzpatricks sind dafür bekannt, Frauen im Bett glücklich zu machen?“

„Und außerhalb?“

„Das steht auf einem anderen Blatt“, murrte der Blondschopf und richtete sich ein wenig auf, um in hemmungsloser Offenheit zu erzählen: „Mein Date hat gerade die Biege gemacht, weil sie mitbekommen hat, wie ich einer anderen meine Nummer gegeben habe. Dumm gelaufen.“

„Gehört das auch zur Fitzpatrick'schen Finesse?“

„Ne“, entgegnete Ryan mit einem trockenen Lachen. „Das habe ich ganz alleine versaut.“

„Wenigstens siehst du es ein.“

„Ja.“ Ryan hob sein Glas an die Lippen und murmelte: „Beim nächsten Mal warte ich darauf, dass mein Date auf dem Klo ist, bevor ich einer anderen meine Nummer gebe.“

„Weise gesprochen“, krächzte Aidan ironisch.

„Man tut, was man kann.“ Der jüngere Mann nickte ihm auffordernd zu. „Ich kann schon verstehen, was dich an die Bar getrieben hat.“

„Ach ja?“

„Klar.“ Ryan deutete ohne Scheu zum Tisch des Brautpaares. „Wenn ich dort sitzen müsste und mir den ganzen Tag anschauen dürfte, wie sich das frisch verliebte Paar gegenseitig mit Kuchen füttert, während Kayleigh und Alec auf dem besten Weg zu sein scheinen, den beiden nachzueifern, würde ich mich auch an die Bar verziehen. Das ist ja nicht mehr auszuhalten.“

Aidan spielte den Desinteressierten und hakte daher nur angelegentlich nach: „Was meinst du mit *nacheifern*? Glaubst du, dass Kayleigh und Alec was am Laufen haben?“

„Keine Ahnung, aber ich würde Alec raten, seine schmierigen Finger von meiner Schwester zu lassen“, gelobte Ryan ernsthaft und nickte boshaft in Richtung Brauttisch. „Schließlich habe ich eine Pistole und weiß sie zu benutzen.“

Das klang dermaßen nach einem schlechten Western, dass Aidan innerlich die Augen verdrehte, um anschließend zu erklären: „Das klingt nicht so, als würdest du Alec mögen.“

Überrascht zogen sich die blonden Augenbrauen des Mannes hoch. „Natürlich mag ich ihn. Alec ist cool."

„Aha, aber Kayleigh ..."

„Kayleigh ist für ihn tabu", bekräftigte Ryan fest.

Mit gerümpfter Nase hakte Aidan nach: „Wieso? Immerhin ist er ein Cop."

„Na und? Nichts gegen ihn, aber für Kayleigh ist er nicht gut genug. Niemand ist das." Ryan klopfte ihm auf die Schulter. „Ich schaue mal, was die Kleine macht, der ich meine Nummer gegeben habe. Vielleicht wird der Abend ja doch noch ganz schön."

Für Aidan dagegen war der Abend gelaufen. Er hätte alles dafür gegeben, jetzt abzuhauen, doch zu allem Überfluss forderte Thorne ihn auch noch zum Tanzen auf. Daher drehte er mit seiner Schwester im Arm ein paar Runden über das Tanzparkett und fragte angesichts ihrer heiteren Miene: „Was?"

„Nichts", beteuerte sie fröhlich. „Ich bin nur glücklich, dass du hier auf meiner Hochzeit bist und meinen Bräutigam noch nicht verprügelt hast."

Er schnitt eine Grimasse und gab widerwillig zu: „Dein Mann ist ganz okay."

„Nur okay?"

„Hey", protestierte er. „Ich muss ja nicht mit ihm leben."

Thorne kicherte übersprudelnd und schmiegte ihre Wange gegen seine Schulter, was ihn dazu veranlasste, über die Hand seiner Schwester zu streicheln und sich trotz allem zu freuen, an diesem Tag bei ihr zu sein.

„Freu dich nicht zu früh, mein Lieber, immerhin wirst du in Zukunft an vielen Familienfeiern teilnehmen und deinen Schwager ziemlich oft zu Gesicht bekommen."

„Halleluja."

Jemand klopfte ihm auf den Rücken, und über Thornes Kichern hinweg hörte er die Stimme seines frisch gebackenen Schwagers. „Partnertausch?"

Wieder dachte Aidan daran, dass der liebe Herrgott ihn gerne leiden sah, da er seine Schwester einen Augenblick später an Shane übergab und dafür Kayleigh in den Arm gedrückt bekam. Bevor er überhaupt über eine Ausrede hätte nachdenken können, tanzte er mit ihr zu einem langsamen Lied und hielt sie in seinen Armen.

„Auf einer Hochzeit sollte man sich eigentlich freuen", murmelte sie ihm verzagt zu und forschte in seinen Augen.

„Und?"

„Du lächelst nicht", wies Kayleigh ihn auf das Offensichtliche hin.

Aidan verzog seinen Mund zu einem gequälten Lächeln. „Besser?"

„Viel besser", bestätigte sie mit einem amüsierten Lächeln, das ihm weiche Knie bescherte.

„Du siehst in diesem Anzug sehr gut aus", flüsterte sie nach einer Weile.

„Willst du mir damit sagen, dass sich mein Shoppingausflug gelohnt hat?"

„Definitiv."

Rasch fuhr er sich über seine Lippen und murmelte undeutlich: „Dir brauche ich sicherlich nicht zu sagen, wie gut du aussiehst, oder?"

„Eigentlich wäre es ganz schön, ein solches Kompliment aus deinem Mund zu hören, Aidan." Ihre Grübchen machten sich bemerkbar.

„Du siehst toll aus", führte er voller Ernsthaftigkeit aus. „Aber das tust du immer, Kayleigh."

Zu seiner absoluten Verwirrung erklärte sie plötzlich mit belegter Stimme: „Aidan, es tut mir leid, was ich nach jener Nacht zu dir gesagt habe. Ich wollte ...“ Sie stockte einen kurzen Moment.

„Was wolltest du?“

Kayleigh seufzte leise. „Ich wollte dir nicht wehtun.“

„Das hast du nicht“, versicherte er aus dem Wunsch heraus, ihr nicht zu offenbaren, dass ihre Zurückweisung ihn sehr wohl getroffen hatte.

Sie stieß einen verwirrten Laut aus. „Oh.“

„Kayleigh“, erklärte er heiser und in dem Bemühen, besonders verständnisvoll und lässig zu wirken. „Du hattest völlig recht. Wir beide hätten keinen Sex haben sollen. Dass wir im Bett gelandet sind, ist jedoch kein Beinbruch. Du gehst deinen Weg und ich gehe meinen. Mich hast du nicht verletzt. Mach dir keine Sorgen.“

„Solltest du nicht mit der Braut um die Wette strahlen?“

„Wieso?“ Kayleigh stand am Rand des Festsaals und nippte an einem Glas Champagner, als sich Alec zu ihr gesellte und dicht neben ihr stehen blieb.

„Immerhin hast du heute das heißeste Date.“

Sie verdrehte die Augen und schenkte dem Mann neben sich kaum Beachtung. Das tat sie schon den ganzen Abend nicht, da sie gar nicht anders konnte, als sich auf Aidan zu konzentrieren, der mit stoischer Gelassenheit die ganze Hochzeit über sich zu ergehen lassen schien.

Bereits an der Zeremonie hatte er als Trauzeuge mit seiner ruhigen Art teilgenommen und sich seither im

Hintergrund gehalten, sodass sich Kayleigh beinahe ständig den Hals verrenkt hatte, um nachzusehen, wo er steckte. Auch jetzt verrenkte sie sich fast den Hals, um über die Tanzenden hinweg nach ihm zu suchen. Da sie ihn nicht entdecken konnte, wurde sie merkwürdigerweise nervös.

Außerdem war sie enttäuscht.

Als sie beide miteinander getanzt hatten und es sich so angefühlt hatte, als würde es zwischen ihnen wieder werden wie vor ihrem Streit, hatte er ihr unmissverständlich zu verstehen gegeben, dass er keine Gefühle für sie hatte.

Kayleigh schimpfte sich eine Idiotin, weil sie in einem Kleid steckte, das nicht zu ihr passte, niedergeschlagen und unglücklich an der wunderbaren Hochzeit ihres Bruders teilnahm und sich nach einem Mann sehnte, der ihr vor erst einer Stunde auf den Kopf hinzu gesagt hatte, dass er nichts für sie empfand. Noch beschissener konnte ein Abend doch gar nicht laufen.

„Irgendwie bin ich enttäuscht, Kayleigh. Ich dachte, wir hätten ein Date."

„Alec", seufzte sie genervt auf. „Das war eine Schnapsidee, okay? Wenn du jemanden suchst, den du heute Abend abschleppen willst, musst du dich leider woanders umsehen."

Für ihn tat es ihr sogar leid, dass sie dermaßen feindselig und aufgebracht klang, aber die ständige Flirterei und die Erwähnungen ihres Pseudo-Dates gingen ihr gehörig auf die Nerven. Es ärgerte sie, dass Alec, der sich bislang niemals dazu hinabgelassen hatte, ihr auf die Brüste oder den Hintern zu starren, wenn sie ihm in ihrer normalen Kleidung begegnet war, jetzt auf einmal damit begann, ihr Komplimente zu machen und mit ihr zu flirten, weil sie ein Kleid trug und geschminkt war. Am meisten ärgerte sie sich jedoch über sich selbst, dass sie nicht längst zu dem Schluss gekommen war, dass jemand wie Alec wirklich nicht zu ihr passte.

Kayleigh hatte sich bereits dick und fett in ihren Synapsen notiert, dass sie sich nie wieder auf so einen Mist einlassen würde.

„Wenn du mir sagen würdest, wen du eifersüchtig machen willst, dann könnten wir wenigstens wie ein Team vorgehen“, erwiderte Alec überraschend lässig. „So handle ich ins Blaue. Außerdem wirken wir nicht gerade glaubhaft, wenn du mich ständig ansiehst, als würdest du dich lieber mit einer Drahtbürste waschen, als dich von mir anfassen zu lassen, Kayleigh.“

Mit offenem Mund schwenkte sie den Kopf zur Seite, um ihm sprachlos ins attraktive Gesicht zu starren. „Was?“

„Ich bin doch nicht blöd.“ Er tippte sich an die Stirn. „Wenn mich Kayleigh Fitzpatrick darum bittet, sie auf eine Hochzeit zu begleiten, weiß ich doch sofort, dass sie jemanden eifersüchtig machen will. Es ist Thornes Bruder, richtig?“

Natürlich brauchte sie darauf nicht zu antworten, da ihre Wangen mit einem Mal vor Hitze glühten. „Ich wollte niemanden eifersüchtig machen!“

„Das hoffe ich für dich“, schnaubte er trocken. „Denn falls es deine Absicht gewesen wäre, müsste ich dir sagen, dass du deinen Job nicht gut gemacht hast.“

„Alec.“ Sie kniff die Augen zusammen und fasste sich an die Stirn, als hätte sie Kopfschmerzen. Ihm zu sagen, dass sie mit ihm hatte ausgehen wollen, weil sie dämliche Kuh sich fast drei Jahre lang eingebildet hatte, in ihn verliebt zu sein, obwohl das völliger Blödsinn gewesen war, überstieg ihr Fassungsvermögen. Also schwieg sie dazu.

Dennoch war sie verwirrt und fragte daher nachdenklich: „Wieso kommst du darauf, dass ich mit dir als Date jemanden eifersüchtig machen wollte?"

„Warum sonst hättest du mit mir ausgehen wollen? Außerdem hast du mir doch gesagt, dass du deine Brüder verarschen wolltest."

„Aber ..."

Völlig ungeniert rückte er nah an sie heran und flüsterte in aller Ehrlichkeit: „Wenn Frauen mich um ein Date bitten, wollen sie entweder Sex haben oder mich dafür benutzen, jemanden auf die Palme zu bringen. Bei dir ging ich nicht davon aus, dass du Sex wolltest, oder?"

Wortlos schüttelte sie den Kopf und konnte nicht glauben, was sie da hörte. Krächzend tadelte sie ihn: „Kann es sein, dass du kein gutes Selbstwertgefühl hast, Alec?"

„Ich habe ein ausgezeichnetes Selbstwertgefühl", protestierte er keinesfalls beleidigt, sondern eher voller Stolz. „Nur weil ich gerne Dates habe und mich nicht auf eine Frau festlege, heißt das nicht, dass ich kein Selbstwertgefühl habe. Mir gehen nur Beziehungen auf den Keks."

„Aha." Sie musterte ihn kritisch und vertraute ihm an: „Heath meint, dass du darauf stehst, dass dich dein Date wie einen Meister behandelt, während sie sich selbst wie die bezaubernde Jeannie verhält."

Dies schien Alec nicht zu beleidigen, da er den Kopf in den Nacken legte und schallend lachte. „Guter Vergleich."

„Findest du?", murmelte sie zweifelnd.

„Komm schon, Kayleigh.“ Er legte ihr freundschaftlich einen Arm um die Schulter und zwinkerte. „Das mit uns wäre sowieso nie gut gegangen.“

„Sehr komisch.“ Augenblicklich befreite sie sich von seinem Arm. „Kannst du nicht ernst bleiben?“

„Wieso?“

„Ich bekomme Kopfschmerzen“, klagte sie. „Für ein Date bist du nicht gerade sensibel.“

„Dito.“ Er lachte fröhlich. „Würde es dir etwas ausmachen, wenn ich mich zu der hübschen Blondine aufmache, die ständig zu mir rüberstarrt?“

„Tu dir keinen Zwang an“, antwortete sie schwach und wedelte mit der Hand herum. Wenigstens war sie ihn los, sagte sie sich erleichtert, als er mit einem Pfeifen verschwand. Der heutige Abend wäre sicherlich angenehmer verlaufen, wenn er sich gestern eine Lebensmittelvergiftung zugezogen hätte.

Doch kaum war sie Alec los, gesellte sich der stolze Bräutigam zu ihr, der versonnen die tanzenden Paare betrachtete und nun an der Reihe zu sein schien, ihr einen Arm über die Schulter zu legen.

„Hast du Spaß?“

„So ziemlich“, entgegnete sie mit einem angestrengten Lächeln. Spaß sah eigentlich ganz anders aus, aber das musste sie Shane ja nicht auf die Nase binden.

Ihr Bruder jedoch ging auf ihren Tonfall nicht ein, sondern blieb stehen, wo er war, und erwähnte beiläufig: „Aidan ist schon gegangen.“

Da Kayleigh nicht wusste, was Shane von ihr erwartete, reagierte sie mit einem Schulterzucken. „Schön für ihn.“

„Mhh“, erwiderte ihr Bruder lässig. „Ich habe keine Ahnung, warum er bereits abgehauen ist.“

„Vielleicht war er müde“, mutmaßte Kayleigh und hätte Shane sehr gerne einfach stehen gelassen, um nach Hause zu gehen und nach Aidan zu schauen. Da sie jedoch erstens die Hochzeitsparty nicht schon so früh verlassen konnte und zweitens sowieso wusste, dass Aidan keinen Wert auf ihre Gesellschaft legte, bewegte sie sich nicht von der Stelle, sondern starrte bedrückt vor sich hin.

„Ich glaube nicht, dass er müde war. Thorne ist es ein Rätsel, warum er schon gegangen ist und ein Gesicht gemacht hat, als müsste er zurück in den Knast.“

Kayleigh knirschte mit den Zähnen. „Er muss aber nicht zurück ins Gefängnis.“

„Sie macht sich halt Sorgen. Hast du eine Idee, was mit ihm los ist?“

„Woher soll ich das wissen?“, fragte sie mühsam beherrscht nach. „Er ist doch schließlich Thornes Bruder.“

„Stimmt, aber ich vermute, dass er so schlecht drauf ist, weil ihr etwas miteinander am Laufen habt und du jetzt mit Alec auf der Hochzeit aufgetaucht bist.“

Kayleighs Schultern sackten hinunter. „Shane ...“

„Komm schon, Kayleigh, es ist sehr offensichtlich.“

Resigniert stöhnte sie auf. „Ich will gar nicht wissen, woher du das weißt, aber tu mir einen Gefallen und halte dich raus, Shane.“

Geradezu geduldig erwiderte er: „Mit dem größten Vergnügen würde ich mich aus deinem Liebesleben heraushalten, wenn ich nicht mit ansehen müsste, wie meine Schwester ein ganz ähnliches Gesicht wie mein Schwager macht. Glücklich wirkt ihr beide gerade nicht.“

„Ich bin das blühende Leben“, ächzte sie.

„Dann solltest du auch so aussehen.“ Shane sinnierte ernst: „Alec passt nicht zu dir, Kayleigh.“

„Himmel“, stieß sie frustriert aus. „Das weiß ich selbst! Für mich ist dein Partner kein Thema, Shane.“

„Ist Aidan denn ein Thema für dich?“

Bitter offenbarte sie ihrem Bruder: „Für mich ist er ein Thema, aber bei ihm sieht es ganz anders aus.“

Sein Glucksen ließ sie beinahe rot sehen. „Was ist daran so komisch?“

„Nichts.“ Er holte tief Luft. „Komisch ist nur, dass Aidan mir etwas ziemlich Ähnliches erzählt hat.“

„Wie bitte?“ Verwirrt blinzelte sie ihn an, um dann neugierig nachzuhaken: „Was hat er dir denn gesagt?“

„Nicht viel, aber ich vermute, dass der Schwachkopf davon ausgeht, dass du kein Interesse an ihm hast.“

„Das ist doch Unsinn.“ Kayleigh runzelte grimmig die Stirn.

„Wirklich?“

„Ja“, fuhr sie ihren Bruder an. „Immerhin hat er mir eine Abfuhr erteilt!“

„Ach! Ist das so?“

Ausweichend gestand sie ihm: „Ich gebe zu, dass ich mich zwischendurch dumm verhalten habe, aber als ich alles geraderücken wollte, fing er damit an, dass wir sowieso nicht zusammen passen würden. Wieso erzählt er dir jetzt, dass es an mir liegen würde?“

„Solltest du das nicht ihn fragen?“

„Und wie soll ich das tun, wenn er mir plötzlich aus dem Weg geht?“ Aufgebracht und verzweifelt zugleich blinzelte sie ihn an. „Kannst du nicht mit ihm reden?“

„Himmel, Kayleigh! Seit wann bist du denn eine Mimose, die sich feige hinter ihrem Bruder versteckt?“

Sie schluckte ihren Kloß hinunter und sah Shane in die Augen, um mit belegter Stimme zu verraten: „Ich mag ihn sehr, Shane. Er ist mir wichtig, aber irgendwie schaffe ich es nicht, ihm das auch zu sagen. Außerdem verstehe ich nicht, weshalb er sich plötzlich so merkwürdig mir gegenüber verhält."

Ihr großer Bruder presste ihr einen Kuss auf die Schläfe und murmelte belustigt. „Das nennt man gemeinhin Liebeskummer und Eifersucht."

Mit einem Kopfschütteln widersprach sie: „Aidan hat keinen Liebeskummer. Und eifersüchtig ist er auch nicht, schließlich hat er mir zu verstehen gegeben, dass er nicht mit mir zusammen sein will."

Shane stöhnte leise. „Ich glaube, dass mein Schwager sich für nicht gut genug hält, um mit dir zusammen zu sein, Kayleigh."

Sie zuckte zurück. „Wie bitte? Wie kommst du denn darauf?"

„Er hat es mir gesagt", entgegnete Shane schlicht. „Erst gestern Abend sprach er davon, dass du eine Ärztin bist, während er ein verurteilter Straftäter ist. Es war ziemlich offensichtlich, dass er der Meinung ist, dass du etwas Besseres als ihn verdient hättest."

Wie vom Blitz getroffen und vom Donner gerührt stand Kayleigh stocksteif neben ihrem Bruder und fühlte, wie ihr einerseits ganz warm ums Herz wurde und sie andererseits den Wunsch verspürte, Aidan an sich zu ziehen und ihm diesen abwegigen Gedanken auszutreiben. Sehr ruhig, sehr leise und sehr einfühlsam erklärte sie: „Das ist doch Schwachsinn. Ich kenne niemanden, der besser ist als er."

Shane kräuselte die Nase. „Vielleicht solltest du ihm das einmal sagen."

Ängstlich holte sie Luft. „Aber ...“

„Hast du etwa Schiss?“

Kayleigh lächelte schief. „Ein bisschen.“

„Also mich würde es nicht stören, wenn auch du früher gehen würdest.“

14. Kapitel

„Was tust du da?“

Vor Schreck wäre Aidan beinahe von der Leiter gefallen, als er plötzlich Kayleighs Stimme hinter sich hörte.

Da war er vor zwei Stunden absichtlich von der Hochzeitsfeier seiner Schwester verschwunden, um seine Wunden zu lecken und sie nicht länger beobachten zu müssen, wie sie derart verführerisch und bezaubernd aussah, während Aidan nur daran denken konnte, dass sie diejenige war, nach der er sich sehnte und die tabu für ihn war, um ihr jetzt gegenüberzustehen.

Eigentlich hatte er in aller Ruhe und ohne Störungen die letzten Reparaturen für sie erledigen wollen. Noch einmal auf sie zu treffen und mit ihr zu reden, war nicht der Plan für den heutigen Abend gewesen. Sein Maß des Erträglichen war fast ausgeschöpft.

„Ich hatte dir doch versprochen, eine neue Deckenbeleuchtung anzubringen“, erklärte er daher tonlos und drehte den Kopf in ihre Richtung.

„Und das musst du am Hochzeitstag deiner Schwester tun?“, wollte sie ungläubig wissen.

Aidan zuckte mit der Schulter und wandte sich nach einem kurzen Blick auf Kayleigh wieder der Montage der Beleuchtung zu. „Sie wird auch ohne mich auskommen.“

„Das mag schon sein“, ertönte ihre Stimme, während Aidan gleichzeitig ihre Schritte wahrnahm und deshalb vermutete, dass sie näher kam. „Aber ich finde die Hochzeit unerträglich, seit du gegangen bist.“

Einen Moment lang stutzte er, bevor er mit dumpfer Stimme entgegnete und weiterhin an der Lampe herumschraubte: „Dein Date scheint sehr nett zu sein.“

„Oh, das ist er auch“, stimmte Kayleigh ihm fröhlich zu. „Aber er hat ein großes Problem.“

Aidan schnaubte. „Sein übergroßes Ego?“

„Das auch“, lachte sie heiser. „Außerdem stören mich ein paar andere Dinge an ihm.“

Er war ein Masochist, bekannte er und fragte dennoch: „Die da wären?“

„Na ja ... eigentlich ist es nur eine Sache, die mich entsetzlich an ihm stört und verhindert, dass ich mich wohlfühle, wenn er neben mir sitzt. Er ist nicht du, Aidan.“

Nun hatte sie es geschafft, ihm das letzte Quäntchen Konzentration zu rauben, da ihm der Schrauber aus der Hand fiel und mit einem lauten Klackern auf dem Boden landete.

Verwirrt und argwöhnisch zugleich drehte er sich wieder in ihre Richtung und schaute auf Kayleigh hinab, die die Ruhe in Person war, in ihrem bezaubernden Kleid neben der Leiter stand und mit einem offenen Blick zu ihm aufschaute.

„Kayleigh ...“

„Könntest du bitte von der Leiter hinunterkommen?“, bat sie ihn und hielt ihm eine Hand hin. „Ich habe mir heute schon oft genug den Hals verrenkt, weil ich nach dir Ausschau gehalten habe, und möchte morgen keine Halskrause tragen.“

Als hätte sie Chinesisch zu ihm gesprochen, starrte Aidan sie verständnislos an. „Was?“

Ihr Lächeln haute ihn beinahe um. „Könntest du bitte von der Leiter hinunterkommen?“

Aidan holte tief Luft und schüttelte den Kopf, bevor er hinzusetzte: „Erst wenn du mir verrätst, warum du dir meinetwegen beinahe den Hals verrenkt hättest."

Keineswegs eingeschüchtert trat sie dicht an die Leiter heran und legte den Kopf in den Nacken. Ihre Hand schlüpfte in seine, während sie breit lächelte. „Weil ich nicht anders konnte, als dich den ganzen Tag in meiner Nähe haben zu wollen und dich anzuschauen."

Das musste er einen kurzen Moment sacken lassen, schaute in ihre grünen Augen und brummte grimmig: „Wo ist dein Date?"

Auch das ließ sie nicht zurückweichen. Stattdessen verdrehte sie die Augen und streichelte seine Hand. „Bist du etwa eifersüchtig, Aidan O'Shea?"

„Auf diesen Schnösel?" Er machte ein abfälliges Geräusch. „Im Leben nicht!"

„Gut", erwiderte sie lächelnd und stellte sich auf die unterste Sprosse der Leiter. „Denn ich beginne damit, eifersüchtig zu werden, weil du anscheinend nur über Alec reden willst, während ich vor dir stehe und dir sagen will, dass ich nicht möchte, dass du ausziehst."

Sein Herz begann in einem unregelmäßigen und euphorischen Takt zu schlagen. Gleichzeitig befahl ihm sein Verstand, das heiße Glücksgefühl zu unterdrücken, das ihre Worte bei ihm auslösten.

„Kayleigh." Seine Stimme war so rau wie Sandpapier. „Du verstehst das nicht. Wir beide können hier nicht zusammen wohnen. Ich kann nicht länger dein Mitbewohner sein."

„Könntest du denn hier wohnen bleiben, wenn du mein Freund wärst?" Ihre andere Hand legte sich auf seine Brust.

Aidan kniff die Augen zusammen und erforschte ihr Gesicht nach einem Anzeichen von scherzhafter Ironie, doch die einzige Regung, die er dort fand, war ein sehnsüchtiger Funke in ihren Augen.

Bei ihm löste dies ein schmerzhaftes Ziehen in jeder Zelle seines Körpers aus. „Dein Freund?"

„Mein Freund", bestätigte sie leise und drückte seine Hand. „Ich möchte hier mit meinem Freund wohnen, in den ich mich in den letzten Wochen verliebt habe und den ich nie wieder vor die Tür setzen oder aus dem Badezimmer werfen werde", gelobte sie ernst.

Sein Hals war plötzlich staubtrocken. „Aber ..."

„Aidan", setzte sie mit wackeliger Stimme an. „Es tut mir leid, dass ich so unsensibel und verbohrt war, aber ich wusste nicht, wie ich damit umgehen sollte, dass ich mich in dich verliebt hatte."

„Kayleigh." Er holte tief Luft und erlaubte einer Hand, sich auf ihre Wange zu legen. Die nächsten Worte taten ihm regelrecht weh, dennoch führte er mit abgehackter Stimme aus: „Du weißt, wer ich bin. Wir beide ... das würde nicht passen."

Nun glitt ihre Hand von seiner Brust zu seiner Wange. Niemals zuvor hatte ihre Stimme so zärtlich geklungen. „Ich weiß, wer du bist, Aidan O'Shea. Aber weißt du das auch?"

„Du bist Ärztin", wehrte er ab. „Und ich war in einem Gefängnis."

Sie verzog keine Miene. „Na und?"

„Du hast etwas Besseres ..."

„Halt", stieß sie mit einem Lachen hervor. „Den Zahn kann ich dir sofort ziehen, denn auch ich habe einige kriminelle Akte begangen, mein Freund!"

Aidan wusste nicht, weshalb er sich dies antat, fragte jedoch mit einem Seufzen: „Die da wären?“

„Wo soll ich nur anfangen?“ Lächelnd stellte sie sich auf die Zehenspitzen, was ihn dazu veranlasste, einen Arm um ihre Taille zu schlingen, damit sie nicht von der Leiter fiel. „Im Kindergarten habe ich Jody O’Connor von der Schaukel geschubst, weil ich unbedingt schaukeln wollte. Erfüllt das nicht den Strafbestand der Körperverletzung?“

„Mindestens“, schnaubte er ironisch.

„Im Alter von acht Jahren habe ich den Zwillingen den Nachtisch gemobst, weil sie mich nervten und ich Moms Pudding so sehr liebte. Also füge meiner Liste schweren Diebstahl hinzu.“

„Wird gemacht.“

„Ach ja, in der Highschool verriet ich einer Freundin, dass Shane in Superman-Bettwäsche schlief und noch am Daumen lutschte.“

Er stieß einen erstickten Laut aus. „Was?“

„Das tat er natürlich nicht, aber er war mir entsetzlich auf den Sack gefallen, als ich meine erste Periode bekam, und deshalb wollte ich mich an ihm rächen.“

„Womit wir bei Verleumdung wären“, ließ sich Aidan belustigt vernehmen. „Du solltest lebenslänglich bekommen.“

„Ich weiß.“ Sie grinste zu ihm auf. „Wir wären das ultimative Gangsterpaar.“

„Das stimmt.“

„Aidan ...“

Wieder unterbrach er sie mit einem Kopfschütteln. „Nicht, Kayleigh.“

„Oh doch“, rief sie nachdrücklich. „Mich stört es nicht die Bohne, dass du im Gefängnis warst. Tatsächlich ist es mir total egal.“

„Aber deiner Familie und deinen Freunden nicht.“

Ihre Stimme klang, als müsse sie sich bemühen, geduldig zu bleiben. „Aidan, war es das jetzt? In meiner Vorstellung waren wir nämlich zu diesem Zeitpunkt längst beim Versöhnungssex.“

Er verschluckte sich an einem Lachen, bevor er krächzend zu bedenken gab: „Die Tatsache bleibt bestehen, dass ich im Gefängnis saß.“

„Wenn du jetzt von mir verlangst, mich auch einsperren zu lassen, damit wir gleich auf sind, hast du dich geschnitten“, warf sie schneidend ein, um gleich darauf zärtlich zu erklären: „Du bist nett, witzig, süß, hilfsbereit und unglaublich heiß, Aidan. Ich bin verliebt in dich und erlaube dir sogar, Fantasien von Stripperinnen zu haben, die sich gegenseitig mit Zuckerguss beschmieren, wenn du mir versprichst, dass wir nie wieder dieses Gefängnisthema auf den Tisch bringen.“

Lange starrte er sie an und sagte kein Wort.

Erst als ihre Augen unsicher über sein Gesicht huschten, zwang er sich zum Sprechen. „Kayleigh ...“

„Es sei denn, dass du gar nicht das Gleiche empfindest wie ich, Aidan.“ An ihrem schlanken Hals konnte er sehen, dass sie schluckte. „Willst du überhaupt mit mir zusammen sein?“

Gequält stöhnte er auf und zog sie eng an seinen Körper. Aidan senkte das Gesicht zu ihrem hinab und presste einen harten Kuss auf ihren Mund.

„Du machst mich wahnsinnig.“

„Wie wahnsinnig?“, wollte sie atemlos wissen.

„Wahnsinnig ... wahnsinnig“, schwor er und küsste sie ein weiteres Mal.

Langsam entzog sie ihm den Mund und fragte hoffnungsvoll: „Könnten wir jetzt bitte ins Bett gehen? Ich möchte nämlich mit meinem Freund schlafen.“

Er schaute ihr in die Augen und lächelte weich. „Bekomme ich morgen früh einen Kaffee?“

Sie nickte fröhlich und fuhr ihm durchs Haar. „Eine Dusche, einen Kaffee, Frühstück ... alles, was du willst.“

„Alles?“

„Alles“, bekräftigte sie.

Aidan nagte nachdenklich auf seiner Unterlippe herum, bevor er feixte: „Dann hätte ich zum Frühstück gerne irgendetwas mit ... Zuckerguss.“

Ihr Lachen klang ihm noch in den Ohren, als sie längst in ihrem Schlafzimmer waren und grandiosen Versöhnungssex hatten.

Epilog

Ryan Fitzpatrick schaute sich mit dem anerkennenden Blick eines Gourmets in dem frisch renovierten Wohnzimmer seiner Schwester um und fragte den Mann, der für den edlen Holzfußboden und die geschmackvollen Wandfarben verantwortlich war, mit scheinheiliger Stimme: „Da du ja sozusagen mein Schwager bist, wirst du meine Wohnung sicherlich für lau renovieren, oder?"

Der dunkelhaarige Aidan ließ sich prompt in den wunderschönen Ohrensessel fallen, den er selbst mit einem Patchworkstoff bezogen hatte, wie Kayleigh nicht müde wurde, stolz zu erzählen, und erwiderte lahm: „Wenn es nur nach mir ginge, müsstest du nicht einmal fragen, Ryan, aber da deine Schwester sich gerne in mein Geschäft einmischt und die Buchhaltung übernimmt, werden wir das wohl mit ihr absprechen müssen."

Nachdem Ryan ein abfälliges Schnaufen von sich gegeben hatte, streckte er seine langen Beine von sich und sah an die Decke, die seit Kurzem mit einer antik wirkenden Stuckverzierung versehen war. „Gott, du bist ein solcher Pantoffelheld, Aidan!"

„Findest du?" Belustigt lehnte sich Aidan zurück.

Ryan nickte nachdrücklich. „Wo kommen wir denn hin, wenn ein Mann um Erlaubnis bitten muss, seinem liebsten Beinahe-Schwager bei ein paar Renovierungsarbeiten zu helfen? Wenn du mich fragst, ist diese ganze Emanzipationsbewegung für den Arsch", führte er übertrieben aufgebracht aus. „Sei ein Mann, Aidan!"

„Ach ja?“ Sein Gegenüber gluckste und hatte die Ruhe weg. „Und wie soll ich das anstellen, der Herr Experte?“

„Sprich ein Machtwort, versohle Kayleigh meinetwegen den Hintern, und komm dann zu mir rüber, um mir bei der Renovierung zu helfen.“

Aidans fröhliches Lachen wirkte nicht so, als würde er seinen Vorschlag ernst nehmen oder als würde es ihm mit Ryans Schwester schlecht gehen. Im Gegenteil – der dunkelhaarige Mann mit den blauen Augen saß absolut zufrieden mit sich und der Welt in seinem Wohnzimmer und hob augenblicklich den Kopf, als Ryans Schwester den Raum betrat und sich stöhnend streckte.

„Kayleigh, du wirst nicht glauben, was mir dein Bruder gerade vorgeschlagen hat!“

„Falls es damit zu tun hat, dass ich in der Küche verschwinden soll, um ihm etwas zu kochen, kann er es gleich vergessen“, wehrte sie gähnend ab und trottete ins Zimmer hinein, um sich ungefragt auf den Schoß ihres Freundes zu setzen. „Ich habe eine anstrengende Schicht hinter mir und würde es gerade noch schaffen, eigenhändig Pizza zu bestellen. Mehr bekommt ihr nicht.“

„Pizza klingt doch gut“, ließ sich Aidan vernehmen, der einen Arm um Ryans Schwester legte und sie an sich zog.

Entnervt lehnte sich Ryan zurück und betrachtete das dunkelhaarige Paar, das nun schon seit zwei Jahren zusammen in diesem Haus wohnte und zum Leidwesen seiner Mom keine Anstalten machte, sich vor einem Altar wiederzufinden und sich von einem Kirchenmann trauen zu lassen. Zwar war sich Ryan sicher, dass Aidan und Kayleigh auch ohne Trauschein ein tolles Leben führten, aber seine Mom dagegen rannte täglich in die Kirche, um mindestens eine Kerze anzuzünden und zu jedem verfügbaren Heiligen zu beten, dass der fleißige Handwerker eine ehrbare Frau aus ihrer Tochter machte. Wie Ellen Fitzpatrick erst vorgestern beim sonntäglichen Familienessen betont hatte, wünschte sie sich weit mehr als die bisherigen vier Enkelkinder und hatte bedeutungsvoll zu Kayleigh und Aidan geblickt.

Wie nicht anders zu erwarten gewesen war, hatte Kayleigh mit ein paar deftigen Anekdoten über ihre Patienten und deren Sexpraktiken geantwortet, die ihre Mutter vermutlich dazu veranlasst hatte, gleich einhundert Kerzen für das Seelenheil ihrer Tochter anzuzünden.

Aidan, dieser Verräter, prustete noch immer vergnügt und gestand Kayleigh: „Dein Bruder hat mir vorgeschlagen, dir den Hintern zu versohlen."

Entrüstet zog Kayleigh eine Augenbraue in die Höhe und warf Ryan einen mordlustigen Blick zu. „So? Hat er das? Und warum?"

Ryan stand seiner Schwester in nichts nach und zog seine Augenbraue ebenso kritisch nach oben wie sie. „Du hast den armen Mann an den Eiern, Kayleigh", beschwerte er sich. „Er traut sich ja nicht einmal, mir beim Renovieren zu helfen, weil er Schiss hat, dass du dann wie eine Furie über ihn herfallen würdest!"

„Oh", ließ sich Aidan feixend vernehmen. „Deine Schwester fällt tatsächlich regelmäßig über mich her, aber dagegen habe ich nichts. Nicht im Geringsten!"

Kayleigh nickte hoheitsvoll. „Außerdem lasse ich mir von ihm sehr gerne den Hintern versohlen, falls du es genau wissen willst."

„Grr!“ Ryan schüttelte sich übertrieben. „Nein, ich will es nicht genau wissen! Das sind definitiv zu viele Informationen, Kayleigh.“

Seine Schwester schnaufte ungehalten. „Und das sagst du? Du prahlst doch ständig mit deinen Eroberungen, Bruderherz.“

„Das ist etwas anderes“, würgte er hervor. „Du bist immerhin meine Schwester! Ich will doch nicht wissen, was ihr im Bett treibt!“

„Sehr erwachsen“, urteilte Kayleigh und streckte ihm die Zunge heraus, um gleich einmal zu beweisen, dass sie ihm in Sachen Erwachsensein in nichts nachstand.

„Apropos erwachsen.“ Er grinste geradezu wölfisch, weil er wusste, dass seine liebe Schwester allergisch auf das Thema Heirat und Kinder reagierte. „Wann macht dich mein liebster Beinahe-Schwager endlich zu einer verheirateten Frau?“

„Sobald du aus der Pubertät kommst“, schoss Kayleigh zurück.

„Oh Mann, das wird dann ja noch ewig dauern“, seufzte Ryan und nahm sich selbst aufs Korn, um anschließend mit ungewohnt ernster Stimme nachzufragen: „Mal ehrlich, ihr beide. Aidan versorgt mit seiner Firma zwar alle Familien der Nachbarschaft mit den schönsten Häusern und hat mit eurem Zuhause das absolute Prachtstück erschaffen, aber ihr kommt nicht auf die Idee, eine eigene Familie zu gründen?“

„Ryan“, seufzte Aidan schwer und verdrehte die Augen. „Deine Schwester hat eine lange Schicht hinter sich. Reize sie nicht auch noch.“

„Ha!“ Triumphierend deutete er auf Kayleigh. „Also liegt es an dir! Du willst nicht heiraten.“

„Vor allem will ich nicht, dass sich mein Bruder ständig in meine Angelegenheiten einmischt“, brummte sie angriffslustig. „Wieso bist du eigentlich so versessen darauf, dass wir heiraten? Bist du nicht das Paradebeispiel eines ewigen Junggesellen?“

„Ewig?“ Er rümpfte die Nase. „Ich bin nicht einmal dreißig! Sehe ich so wahnsinnig aus, mir jetzt schon eine Frau zu suchen und kleinen Babys die Windeln zu wechseln?“

Seine Schwester deutete mit einer ironischen Grimasse auf Aidan und sich selbst. „Aber uns schlägst du das vor?“

Schadenfroh nickte er. „Du solltest froh sein, dass du Aidan gefunden hast, der wahnsinnig und verrückt genug ist, es mit dir auszuhalten, also würde ich ihn an deiner Stelle an dich ketten und ihm so viele Babys schenken, dass er niemals auf die Idee käme, seine Sachen zu packen und abzuhauen.“

Während Kayleigh ein Fauchen hören ließ und ihm mit der Faust drohte, lachte Aidan gutmütig auf. „Nur zu deiner Info, liebster Beinahe-Schwager: Erstens würde ich deine Schwester niemals verlassen, weil ich mehr Zeit und Arbeit in dieses Haus investiert habe als in jedes andere Projekt ...“

„Vielen Dank“, maulte Kayleigh und stieß Aidan den Ellenbogen in die Rippen.

Dieser ächzte unbeeindruckt und verriet anschließend glückselig: „Und zweitens arbeiten Kayleigh und ich gerade fleißig daran, deine Mom mit einem weiteren Enkelkind zu versorgen. Sobald es geklappt hat, wirst du natürlich der Erste sein, dem wir es erzählen.“

„Aidan", seufzte Kayleigh und lief rot an. „Musst du unsere kleinen Geheimnisse vor diesem Großmaul ausplaudern?"

Mit dieser Nachricht hätte Ryan nicht gerechnet und schaute das Paar vor sich erstaunt an. „Babyplanung?"

„Wehe, du erzählst irgendjemandem auch nur ein Sterbenswörtchen", warnte Kayleigh ihn finster. „Sollte Mom davon Wind bekommen, werde ich meinen Medizinstudenten zwingen, bei dir eine Kastration ohne Narkose und Wundversorgung wahrzunehmen!"

Angesichts der Kratzbürstigkeit seiner Schwester vermutete Ryan, dass Aidan bereits seinen Teil zur Familienerweiterung beigetragen hatte, immerhin kannte er sich dank der Schwangerschaften seiner zwei Schwägerinnen mit hormonellen Ungleichheiten sehr gut aus. Um Kayleigh jedoch zu foppen, erwiderte er träge: „Wenn du Aidan nicht ständig dazu zwingen würdest, dir im Bett den Hintern zu versohlen, und ihn stattdessen einfach mal das tun lassen würdest, was er will, müssten wir dieses hochnotpeinliche Gespräch vielleicht nicht führen, Kayleigh."

„Ich gebe dir gleich ..."

Ryan verfolgte zufrieden von seinem sicheren Platz aus, wie Aidan grinsend seiner Freundin den Mund zuhielt, anschließend die Hand wegzog, weil sie ihn anscheinend gebissen hatte, und dann mit Kayleigh darum stritt, wer dem zukünftigen Baby einen Namen geben dürfte. Dass seine Schwester dabei Gift und Galle spuckte und ihrem Freund mit den schlimmsten Szenarien drohte, falls er auf die Idee käme, einen *bescheuerten* Namen auszusuchen, ließ Ryan zu der Erkenntnis kommen, dass er seine Schwester zwar liebte, aber sich selbst niemals eine dermaßen kratzbürstige und anstrengende Freundin zulegen würde.

Nein, wenn er jemals auf die Idee käme, sich an jemanden zu binden, dann sollte es eher eine Frau wie Hayden sein, die nicht dermaßen aufbrausend war, die nicht ständig zotige Geschichten über perverse Patienten erzählte und die zudem gut kochen konnte. Außerdem konnte er es nicht gebrauchen, mit einer Frau gesegnet zu sein, die ihm Vorschriften machen wollte.

Sollten Männer wie Aidan mit dickköpfigen Frauen wie Kayleigh klarkommen und sich von ihnen herumkommandieren lassen. Er war Ryan Fitzpatrick und würde sich von keiner Frau sagen lassen, wo es lang ging.

Buchvorschau auf Band 4

Prickelnde Küsse

(Boston 5 – Reihe)
Band 4
Erscheint am 20. November 2015

Ryan Fitzpatrick kommt zwar aus einer Familie, in der er mit dem Kochlöffel seiner Mutter verprügelt worden wäre, wenn er von sich gegeben hätte, dass Frauen in die Küche gehörten und auf ihre Männer hören sollten, dennoch steht er selbst eher auf den Typ Frau, der ihm seine Freiheiten lässt, ihm keine Vorschriften macht und bloß nicht zu viele Ansprüche an ihn stellt. Unkompliziert sollte die Frau sein, für die er seinen Single-Status aufgeben könnte, und unter keinen Umständen dürfte sie dickköpfig oder aufbrausend sein, schließlich will er sich keine Frau ins Haus holen, die wie seine Schwester ist, deren großmäulige Art einen Mann in den Wahnsinn treiben kann. Durch einen peinlichen Zufall lernt der Detective der Bostoner Polizei die gebieterische Jordan Esposito kennen, die sogar noch herrschsüchtiger und hitzköpfiger als Ryans Schwester ist und es schafft, dass er sich bis auf die Knochen blamiert.
Glücklicherweise hat er sich geschworen, niemals mit dickköpfigen, aufbrausenden, komplizierten, kratzbürstigen und einen Mann in den Wahnsinn

treibenden Frauen auszugehen. Aber wäre es denn so schlimm, ein Mal eine Ausnahme zu machen?

Brandheiße Küsse

(Boston 5 – Reihe)
Band 1

Als Heath Fitzpatrick urplötzlich die Verlobung löst, bricht für Hayden eine Welt zusammen, immerhin liebt sie ihn, seit sie denken kann. Verzweifelt muss sie erkennen, dass er es mit der Trennung ernst meint, und bemüht sich darum, sich mit der neuen Situation zu arrangieren. Doch das ist gar nicht so leicht, schließlich ist Heaths Familie auch Teil ihres Lebens, die sich nicht davor scheut, sich ständig in alles einzumischen. Außerdem benimmt sich Heath nicht wie ein Mann, der keine Gefühle mehr für die Frau hegt, die er sein ganzes Leben lang geliebt hat. Auf diese Weise kann Hayden ihren Ex-Verlobten nicht aus ihren Gedanken vertreiben und aus ihren Gefühlen sowieso nicht, schließlich sind die Fitzpatricks dafür bekannt, dass man sie so leicht nicht loswird.

Draufgängerische Küsse

(Boston 5 – Reihe)
Band 2

Shane Fitzpatrick kommt sich nicht nur unwiderstehlich vor - er ist es auch. Groß, dunkelhaarig und mit der Erlaubnis ausgestattet, eine Waffe zu tragen, wird der irische Dickschädel von Frauen angeschmachtet, wo er geht und steht. Bislang hat er sich wegen dieses Umstandes noch nie beklagt und ist dafür bekannt, nichts anbrennen zu lassen, doch der Bostoner Polizist denkt mittlerweile darüber nach, die zahlreichen Dates sausen zu lassen und sich auf die Suche nach einer Frau zu machen, mit der er endlich sesshaft werden kann. Dumm nur, dass ausgerechnet die einzige Frau, für die er jemals etwas empfunden hat, nicht einmal seinen richtigen Namen kennt und einen guten Grund hat, Shane die ewige Verdammnis an den Hals zu wünschen.

Weitere Romane von Poppy J. Anderson

New York Titans-Reihe:

1) Verliebt in der Nachspielzeit
2) Touchdown fürs Glück
3) Make Love und spiel Football
4) Verbotene Küsse in der Halbzeit
5) Knallharte Schale – zuckersüßer Kerl
6) Kein Mann für die Ersatzbank
7) Unverhofft verliebt
8) Auszeit für die Liebe
9) Hände weg vom Quarterback
10) Küss mich, du Vollidiot
11) Cheerleader küsst man nicht

Hailsboro-Reihe:

1) Beim zweiten Mal küsst es sich besser
2) Nachträglich ins Glück
3) Ein Hinterwäldler zum Verlieben
4) Hals über Kuss
5) Acht Pfoten und ein Traummann (erscheint am 19. Juni 2015)

Ashcroft-Saga:

1) Nur ein Kuss
2) Nur ein Augenblick (erscheint im Herbst 2015)

Impressum

Poppy J. Anderson
c/o copywrite Literaturagentur
Georg Simader
Woogstr. 43
60431 Frankfurt

Es werden grundsätzlich keine Pakete angenommen!

6058699R00151

Printed in Germany
by Amazon Distribution
GmbH, Leipzig